Dicionário do Diabo

Título original: *The Devil's Dictionary*
copyright © Editora Lafonte Ltda. 2025

Todos os direitos reservados.
Nenhuma parte deste livro pode ser reproduzida por quaisquer meios existentes sem autorização por escrito dos editores.

Direção Editorial *Ethel Santaella*

GrandeUrsa Comunicação

Direção *Denise Gianoglio*
Tradução *Otavio Albano*
Revisão *Ana Elisa Camasmie*
Capa, Projeto Gráfico e Diagramação *Idée Arte e Comunicação*

Dados Internacionais de Catalogação na Publicação (CIP)
(eDOC BRASIL, Belo Horizonte/MG)

B588d

Bierce, Ambrose.
  Dicionário do Diabo / Ambrose Bierce; tradução Otavio Albano. – São Paulo, SP: Lafonte, 2025.
  240 p. : 15,5 x 23 cm

  Título original: The Devil's Dictionary
  ISBN 978-65-5870-624-3 (CAPA A)
  ISBN 978-65-5870-623-6 (CAPA B)

  1. Humorismo americano. 2. Literatura americana. 3. Ficção.
I. Albano, Otavio. II. Título.

CDD 817

Elaborado por Maurício Amormino Júnior – CRB6/2422

Impressão e Acabamento:
Gráfica Oceano

Editora Lafonte

Av. Profª Ida Kolb, 551, Casa Verde, CEP 02518-000, São Paulo-SP, Brasil – Tel.: (+55) 11 3855-2100
Atendimento ao leitor (+55) 11 3855-2216 / 11 3855-2213 – atendimento@editoralafonte.com.br
Venda de livros avulsos (+55) 11 3855-2216 – vendas@editoralafonte.com.br
Venda de livros no atacado (+55) 11 3855-2275 – atacado@escala.com.br

Ambrose Bierce

Dicionário
DO DIABO

Tradução
Otavio Albano

Brasil, 2025

Lafonte

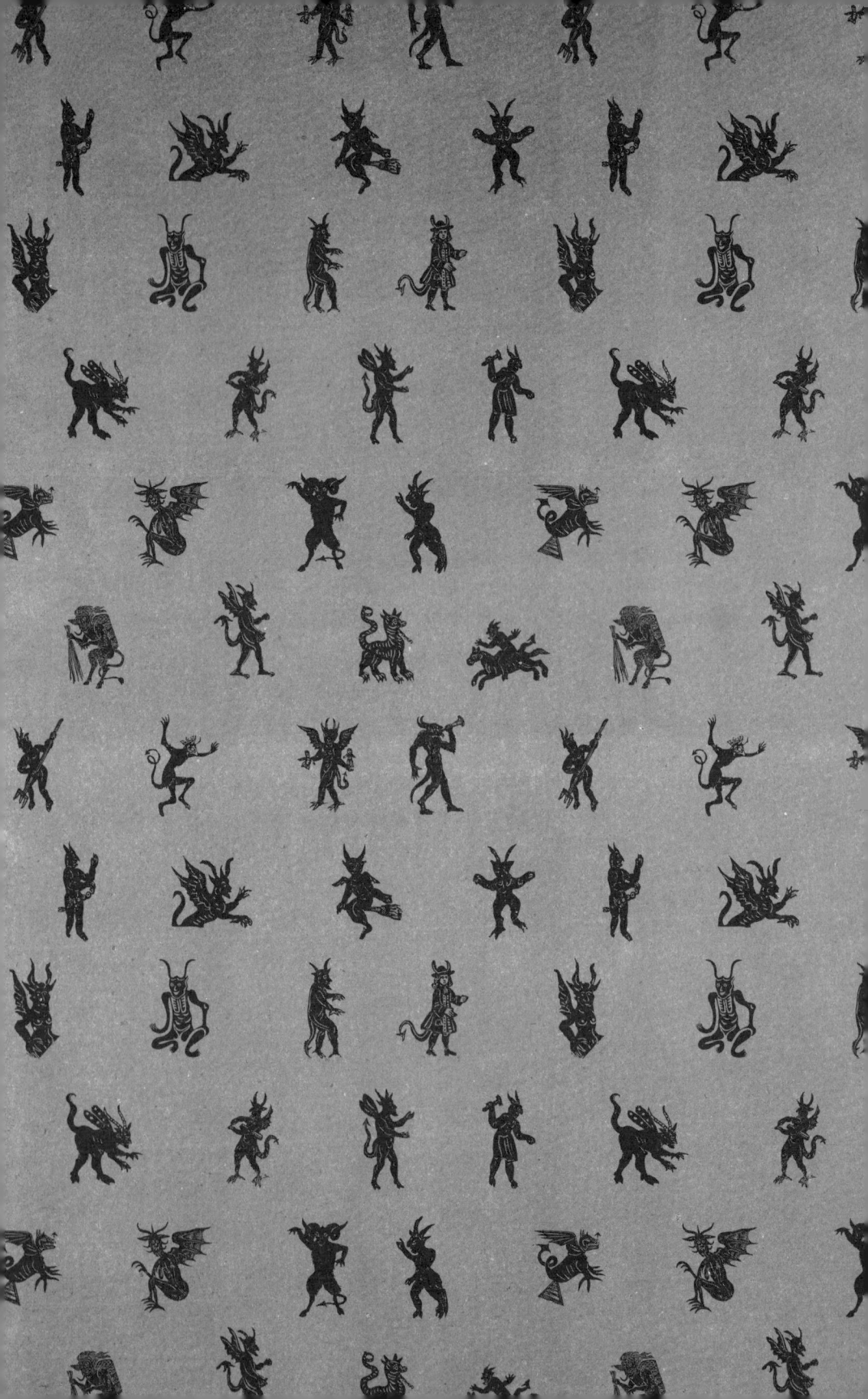

PREFÁCIO

O *Dicionário do Diabo* teve início em 1881, em um jornal semanal, e continuou, de forma desconexa, com longos intervalos, até 1906. Naquele ano, grande parte dele foi publicada em volumes com o título *O Livro de Vocábulos dos Céticos*, nome que o autor não tinha poder o bastante para rejeitar, tampouco a felicidade de aprovar. Citando, então, os editores da presente obra:

"Este título mais reverente já lhe havia sido imposto pelos escrúpulos religiosos do último jornal em que parte da obra aparecera, com a consequência natural de que, quando por fim saiu em um único volume, o país já havia sido inundado por seus imitadores em uma série de livros 'céticos' – 'Isto dos Céticos', 'Aquilo dos Céticos' e 'Aquele Outro dos Céticos'. A maioria desses livros era simplesmente estúpida, embora alguns deles acrescentassem certa distinção de ironia. No entanto, acabaram por fazer com que a palavra 'cético' suscitasse tamanha antipatia que qualquer volume que a ostentasse no título cairia em descrédito antes mesmo de sua publicação."

Além disso, nesse meio-tempo, alguns dos diligentes humoristas de nosso país serviram-se das partes da obra que convinham às suas necessidades, e muitas das suas definições, contos, frases e afins tornaram-se mais ou menos usuais na linguagem popular. Dou-me o direito de explicar-me não por uma questão de orgulho pela precedência nesse tipo de insignificância, mas apenas para negar possíveis acusações de plágio – o que, em si, não é nada insignificante. Ao simplesmente resgatar o que já era seu, o autor espera ser considerado inocente por aqueles a quem a obra se dirige – às almas esclarecidas que preferem vinhos secos a suaves, o bom senso ao sentimentalismo, a inteligência ao humor e o idioma puro às gírias popularescas.

Uma característica notável – e, espera-se, em nada desagradável – do livro é conter abundantes citações ilustrativas de poetas eminentes, dos quais o principal indivíduo é o erudito e engenhoso clérigo, o padre Gassalasca Jape, SJ[1], cujos versos trazem suas iniciais, G.J. Aos gentis incentivo e assistência do padre Jape, o autor do texto em prosa agradece imensamente[2].

Ambrose Bierce

ABREVIATURAS

2g.	comum de dois gêneros
abr.	abreviatura
adj.	adjetivo
adv.	advérbio
comp.	composto
conj.	conjunção
exp.	expressão
f.	feminino
int.	intransitivo
lt.	latino
m.	masculino
pl.	plural
pr.	pronome
pron.	pronominal
prop.	próprio
subs.	substantivo
tr.	transitivo
v.	verbo

---

1 Do latim *Societas Jesu* (Companhia de Jesus), sigla que denomina os padres jesuítas. (N. do T.)
2 Este, como muitos dos nomes citados pelo autor, é um personagem fictício criado por Ambrose Bierce. Nesta obra, optou-se por referenciar em nota todos os nomes que pertencem a personalidades reais, para diferenciá-las daquelas inventadas pelo escritor. (N. do T.)

ABATIS, subs. m. Lixo diante de uma fortificação, a fim de evitar que o lixo do lado de fora incomode o lixo do lado de dentro.

ABDICAÇÃO, subs. f. Ato pelo qual um soberano atesta sua percepção da alta temperatura do trono.

> *A pobre Isabella está morta, cuja abdicação*
> *Fez agitar todas as línguas na espanhola nação.*
> *Por essa façanha, é muito injusto repreendê-la:*
> *Sabiamente abandonou trono quente demais para contê-la.*
> *Para a História, não se trata de um enigma real...*
> *Simplesmente um sapo saltando do fogo fatal.*
>
> — G.J.

ABDÔMEN, subs. m. O templo do deus Estômago, em cuja adoração, com direito a sacrifícios, todos os homens de verdade se envolvem. Para as mulheres, essa antiga fé exige apenas um consentimento hesitante. Às vezes, elas oram em seu altar de maneira indiferente e ineficaz, sem conhecer a autêntica veneração pela única divindade que os homens realmente adotam. Se dessem às mulheres carta branca nas despensas do mundo, toda a raça se tornaria graminívora.

ABORÍGENE, adj. e subs. 2g. Pessoa de pouco valor encontrada ao ocupar o solo de um país recém-descoberto. Em pouco tempo, deixa de incomodar, tornando-se fertilizante.

ABRACADABRA, exp.

Abracadabra traz significado
a um número de coisas infinito.
Com ela, responde-se a: O quê? De onde? Para que lado?
Como? Por quê? – uma palavra que tem aportado
A Verdade (dado o conforto prescrito)
Disponível a todos os perdidos na escuridão,
Clamando pela sacratíssima luz da Razão.

Quer a palavra seja um verbo ou um substantivo
vai muito além da minha compreensão.
Apenas sei tratar-se de pensamento ativo,
De um sábio a outro passou,
E, era após era, se eternizou...
Tornando-se parte imortal da expressão!

Conta-se a história de um homem milenar
Que viveu até dez séculos de idade completar,
Na encosta de uma montanha, em uma caverna.
(Ele de fato morreu, não teve vida eterna.)
Toda a terra soube de sua sabedoria,
Com sua calva, você também compreenderia.
Tinha a barba branca, longa, gigante
E um olhar extraordinariamente brilhante.

Filósofos se reuniam, vindo de todo lugar
Para sentar-se a seus pés e ouvir e escutar,
Embora ele nunca tenha chegado a se exprimir,
Nem mesmo uma palavra chegou a proferir
A não ser "Abracadabra, abracadab,
Abracada, abracada,
Abraca, abrac, abra, ab!".
Era a única expressão usada,
Era tudo o que queriam ouvir, e cada um então
Fez copiosas anotações da mística expressão,
Publicando, em seguida...
Cada parte lida
Em meio a um campo de comentários,
Originando livros grandes, poderosos,

> *Com muitas páginas, numerosos,*
> *Eruditos e com aprendizados vários!*
>
> *Já é um homem falecido,*
> *Como já tornara conhecido,*
> *E o livro de cada sábio pereceu,*
> *Mas sua sabedoria permaneceu.*
> *E no Abracadabra toca solenemente,*
> *Como sino antigo que dobra eternamente.*
> *Ah, como amo escutar*
> *Essa palavra ressoar.*
>
> — "O Sentido Geral das Coisas da Humanidade".
> Jamrach Holobom

ABSENTEÍSTA, adj. e subs. 2g. Pessoa com rendimentos que teve a precaução de se retirar da área de alcance da cobrança.

ABSOLUTO, adj. m. Independente, irresponsável. Uma monarquia absoluta é aquela em que o soberano faz o que lhe agrada, desde que agrade aos assassinos. Não sobraram muitas monarquias absolutas, a maioria delas tendo sido substituída por monarquias limitadas, em que o poder do soberano para o mal (e para o bem) é grandemente reduzido, e por repúblicas, que são governadas pelo acaso.

ABSTÊMIO, adj. e subs. m. Pessoa fraca que cede à tentação de negar a si mesma um prazer. Abstêmio completo é aquele que se abstém de tudo, a não ser da própria abstenção e, especialmente, da inatividade nos assuntos alheios.

> *Disse certo homem a um jovem ébrio: "Cheguei a pensar,*
> *Meu filho, que fosse um abstêmio total, sem par."*
> *"Pois eu sou, sou sim", disse o patife, pego no ato...*
> *"Mas não sou, meu senhor, um intolerante nato."*
>
> — G. J.

ABSTINENTE, adj. e subs. m. Aquele que se abstém de bebidas fortes, às vezes totalmente, às vezes totalmente na medida do tolerável.

ABSURDO, subs. m. Declaração ou crença manifestamente inconsistente com a própria opinião.

ACADEMIA, subs. f. 1) Escola antiga onde a moralidade e a filosofia eram ensinadas. **2) [De ACADEME]** Escola moderna onde se ensina futebol.

ACEFÁLO, adj. m. Surpreendente condição do cruzado que, distraído, puxou o próprio topete algumas horas depois de uma cimitarra sarracena ter passado por seu pescoço sem que ele se desse conta, conforme relatado por De Joinville[1].

ACIDENTE, subs. m. Ocorrência inevitável devido à ação de leis naturais imutáveis.

ACORDO, subs. m. Harmonia.

ACORDEÃO, subs. m. Instrumento em harmonia com os sentimentos de um assassino.

ACUSAR, v. tr. Anunciar a culpa ou a indignidade de uma outra pessoa; mais comumente como uma justificativa para si mesmo por tê-la ofendido.

ADÁGIO, subs. m. Siso para dentes fracos.

ADERENTE, subs. 2g. Seguidor que ainda não obteve tudo o que espera obter.

ADIVINHAÇÃO, subs. f. Arte de descobrir o oculto. A quantidade de tipos de adivinhação é proporcional ao montante de variedades frutíferas de burros em florescência e tolos precoces.

ADMINISTRAÇÃO, subs. f. Engenhosa abstração utilizada na política, projetada para receber os chutes e pontapés que se dirigem ao primeiro-ministro ou ao presidente. Um espantalho à prova de canalhas e de insultos.

ADMIRAÇÃO, subs. f. Nosso educado reconhecimento da semelhança do próximo a nós mesmos.

ADMOESTAÇÃO, subs. f. Repreensão suave, com um machado de carne, por exemplo. Aviso amigável.

> *Consignou por meio de admoestação*
> *Sua alma eternamente à perdição.*
>
> — Judibras

---

1. Jean de Joinville (1224-1317) foi um cronista medieval francês. (N. do T.)

ADORAÇÃO, subs. f. Testemunho do *Homo creator* acerca da sólida construção e do fino acabamento de *Deus creatus*. Forma popular de abjeção, com um certo elemento de orgulho.

ADORAR, v. tr. Venerar ansiosamente.

ADVOGADO, subs. m. Alguém hábil em contornar a lei.

AFEIÇOAR-SE, v. tr. pron. Apegar-se a um ingrato.

AFLIÇÃO, subs. m. Processo de aclimatação que prepara a alma para outro mundo ainda mais amargo.

AFORISMO, subs. m. Sabedoria pré-digerida.

> *O odre flácido da sua mente*
> *Cede a algum patológico agente*
> *E esvazia de seu esquecido abismo*
> *A frágil gotícula de um aforismo.*
>
> — "O Filósofo Louco", 1697

AFRICANO, adj. e subs. m. Negro que vota a favor dos brancos.

AGITADOR, adj. e subs. m. Estadista que sacode as árvores frutíferas de seus vizinhos – para desalojar seus vermes.

AGRADAR, v. tr. Estabelecer as bases para uma superestrutura de imposição.

ÁGUA DE ARROZ, subs. comp. f. Mística bebida usada secretamente por nossos romancistas e poetas mais populares para regular a imaginação e narcotizar a consciência. Dizem ser rica em obtundita e letargina, sendo preparada em meio à névoa da meia-noite, por uma bruxa gorda do Pântano Sombrio.

ALÁ, subs. m. O Ser Supremo maometano, distinto do cristão, do judeu e assim por diante.

> *As boas leis de Alá eu guardei fielmente,*
> *Pelos pecados do homem chorei eternamente;*
> *E às vezes, ajoelhado no templo,*
> *Cruzei as mãos e dormi de forma reverente.*
>
> — Junker Barlow

ÁLBUM DE RECORTES, subs. comp. m. Livro geralmente editado por um tolo. Muitas pessoas de alguma pequena distinção compilam álbuns de recortes que contêm tudo o que leem acerca de si mesmas ou contratam outras pessoas para tal coleta. Agamemnon Melancthon Peters trata de um desses egoístas nas linhas a seguir:

> *Caro Frank, aquele álbum de recortes de que se vangloria,*
> *Onde você mantém um registro fiel*
> *De todo tipo de apimentada ironia*
> *Que de você faz o povo cruel;*
>
> *Onde você cola toda zombaria publicada*
> *Que deleitam fazer de seu nome,*
> *Pensando que, ao fazerem-no de piada,*
> *Os escribas atestam seu renome;*
>
> *Onde toda imagem por você arranjada,*
> *E o cômico traço a lápis que imita*
> *Seu estranho corpo e sua engraçada*
> *Face semita...*
>
> *É favor emprestá-lo a mim. Não tenho sagacidade,*
> *Tampouco arte, mas nele hei de listar*
> *As surras diárias que você levaria, de verdade,*
> *Caso Deus tivesse como o esmurrar.*

ALCANCE, subs. m. Raio de ação da mão humana. Área dentro da qual é possível (e habitual) gratificar diretamente a tendência a prover.

> *Eis uma verdade tão antiga quanto o próprio saber,*
> *Algo que ensinam a vida e a experiência:*
> *O homem pobre o mais grave dos males há de sofrer,*
> *Ao seu alcance toda e qualquer resistência.*
>
> — G. J.

ALCORÃO, subs. m. Livro que os maometanos tolamente acreditam ter sido escrito por inspiração divina, mas que os cristãos sabem ser uma impostura perversa, que se contradiz às Sagradas Escrituras.

ALFACE, subs. f. Erva do gênero *Lactuca*. — Com a qual — diz aquele pio gastrônomo, Hengist Pelly — Deus teve o prazer de recompensar os bons e punir os ímpios. Pois, por conta de sua luz divina, o homem justo encontrou uma maneira de inventar para a alface um molho em que conspirem uma horda de apetitosos condimentos, todos reconciliados e melhorados com uma profusão de óleo, que forma um todo que alegra o coração do piedoso e faz seu rosto brilhar. Mas a pessoa de valor espiritual é tentada com sucesso pelo Inimigo a comer alface sem nenhum azeite, mostarda, ovo, sal nem alho, mas com um tratante banho de vinagre poluído com açúcar. É por isso que toda pessoa indigna espiritualmente sofre uma dor intestinal de estranha complexidade e pede ajuda a Deus.

ALIANÇA, subs. f. Na política internacional, a união de dois ladrões que têm as mãos tão profundamente enfiadas nos bolsos um do outro que não conseguem chegar a saquear um terceiro separadamente.

ALJAVA, subs. f. Bainha portátil em que o antigo estadista e o advogado aborígene carregavam seus mais leves argumentos.

> *De sua aljava extraiu,*
> *Ele, o romano inquirido,*
> *Um argumento bem adequado*
> *Ao tópico apresentado,*
> *Então, ao inimigo o dirigiu,*
> *Em seu fígado não convencido.*
>
> — Oglum P. Boomp

ALMA, subs. f. Entidade espiritual a respeito da qual tem havido terríveis disputas. Platão sustentava que aquelas almas que, num estado anterior de existência (anterior a Atenas), tinham obtido os mais claros vislumbres da verdade eterna entraram no corpo de sujeitos que viriam a se tornar filósofos. O próprio Platão era um filósofo. As almas que menos contemplaram a verdade divina animaram o corpo dos usurpadores e dos déspotas. Dionísio I, que ameaçou decapitar o filósofo de sobrancelhas largas, era um usurpador e um déspota. Sem dúvida, Platão não foi o primeiro a construir um sistema de filosofia que pudesse ser usado contra seus inimigos – certamente, não foi o último.

— Quanto à natureza da alma — diz o renomado autor de *Diversiones Sanctorum* — provavelmente não houve discussão maior do que aquela acerca de seu lugar no corpo. Minha própria crença é que a alma tem seu assento no abdômen – em cuja fé podemos discernir e interpretar uma verdade até então ininteligível, a saber, que o glutão é o mais devoto de todos os homens. Nas Escrituras, dizem que ele "faz de seu ventre um deus" – por que, então, ele não deveria ser piedoso, já que sua Divindade está sempre consigo para restaurar sua fé? Quem poderia conhecer tão bem quanto ele o poder e a majestade a que ele se consagra? Verdadeira e sobriamente, a alma e o estômago são uma Entidade Divina, e tal era a crença de Promásio que, no entanto, ele errou ao negar sua imortalidade. Ele observara que sua substância visível e material minguava e decaía com o resto do corpo após a morte, mas de sua essência imaterial ele nada sabia. Isso é o que chamamos de Apetite, e ele sobrevive aos destroços e ao fedor da mortalidade, para ser recompensado ou punido em outro mundo, de acordo com o que ele exigira na carne. O Apetite cujo clamor grosseiro pedia as iguarias prejudiciais do mercado e do refeitório público será lançado na fome eterna, ao passo que aquele que insistia com firmeza – embora civilmente – em ser saciado com hortulanas, caviar, cágados, anchovas, patês de foie gras, e todos os comestíveis cristãos do tipo, enraizará seu dente espiritual nas suas almas para todo o sempre e espalhará sua sede divina sobre as partes imortais dos vinhos mais raros e ricos já bebidos aqui embaixo. Tal é a minha fé religiosa, embora eu lamente confessar que nem mesmo Sua Santidade, o Papa, nem Sua Graça, o Arcebispo de Canterbury (a quem reverencio da mesma forma, profundamente) concordarão com sua disseminação.

ALMIRANTE, subs. m. Aquela parte de um navio de guerra que fala enquanto a figura de proa pensa.

ALTAR, subs. m. Local onde o sacerdote anteriormente desfiava o intestino delgado da vítima sacrificial para fins de adivinhação e cozinhava sua carne para os deuses. Tal palavra agora é raramente usada, exceto com referência ao sacrifício da própria liberdade, da própria paz, por um instrumento masculino e feminino.

AMBROSE BIERCE

> *Puseram-se diante do altar e forneceram*
> *O fogo em que sua gordura por fim fritaram.*
> *Vão sacrifício! Nenhum deus reclama*
> *Oferenda ardendo em profana chama.*
>
> — M.P. Nopput

ALVORADA, subs. f. Sinal para que soldados adormecidos deixem de sonhar com campos de batalha e se levantem para que possam ser contados. No exército americano, essa palavra, *reveille* em inglês, tem origem francesa e é engenhosamente pronunciada como *revelry* (ou "farra", em português) – e é a ela que os soldados americanos comprometeram sua vida, seus infortúnios e sua sagrada desonra.

AMALDIÇOAR, v. tr. Criticar energicamente com uma bofetada verbal. Essa é uma operação que, na literatura – especialmente no drama –, mostra-se comumente fatal para a vítima. No entanto, a responsabilidade por uma maldição é um risco que reduz apenas uma pequena parcela na definição das taxas do seguro de vida.

AMANHECER, subs. m. Hora em que os homens de razão vão para a cama. Certos velhos preferem levantar-se a essa hora, tomar um banho frio e fazer uma longa caminhada com o estômago vazio – ou seja, simplesmente, mortificam a carne. Apontam, então, com orgulho essas práticas como a causa de sua saúde robusta e idade madura – a verdade é que são vigorosos e velhos não por causa de seus hábitos, mas apesar deles. A razão pela qual encontramos apenas pessoas robustas fazendo isso é que tais práticas mataram todos os outros que as tentaram levar a cabo.

AMBIÇÃO, subs. f. Desejo avassalador de ser difamado pelos inimigos ainda vivo e ridicularizado pelos amigos depois de morto.

AMBIDESTRO, adj. e subs. m. Capaz de escolher com igual habilidade um bolso direito ou esquerdo.

AMIZADE, subs. f. Navio grande o suficiente para transportar dois em meio a tempo bom, mas apenas um em caso de mau tempo.

> *O mar estava calmo, e azul o firmamento;*
> *Navegamos nós dois, alegremente, sem tormento.*
> *(O barômetro marca pressão infalível.)*

> *No navio embriagado, com terrível brado,*
> *Desceu a tempestade, e ficamos a nado.*
> *(Ah, que caminhada terrível!)*
>
> — Armit Huff Bettle

AMOR, subs. m. Insanidade temporária curável pelo casamento ou pela remoção do paciente das influências sob as quais ele incorreu no transtorno. Essa doença, tal como a cárie e muitas outras, prevalece apenas entre raças civilizadas que vivem sob condições artificiais. As nações bárbaras que respiram ar puro e comem alimentos simples gozam de imunidade à sua devastação. Às vezes, pode ser fatal – mas com mais frequência para o médico do que para o paciente.

ANGÚSTIA, subs. f. Doença causada pela exposição à prosperidade de um amigo.

ANISTIA, subs. f. Magnanimidade do Estado para com aqueles infratores cuja punição seria muito dispendiosa.

ANO, subs. m. Período de 365 decepções.

ANORMAL, adj. 2g. Que não está em conformidade com o padrão. Em questões de pensamento e conduta, ser independente é ser anormal, ser anormal é ser detestado. Portanto, o lexicógrafo aconselha um esforço em direção à semelhança mais estrita do Homem Medíocre do que ele tem consigo mesmo. Quem atingi-lo terá paz, a perspectiva da morte e a esperança do Inferno.

ANTIAMERICANO, adj. e subs. m. Perverso, intolerável, pagão.

ANTIPATIA, subs. f. Sentimento acalentado pelo amigo de um amigo.

APELAR, v. tr. De acordo com a lei, recolocar os dados na caixa para lançá-los novamente.

APETITE, subs. m. Instinto cuidadosamente implantado pela Providência como solução para a questão trabalhista.

APLAUSO, subs. m. 1) Eco de um lugar-comum. 2) Moeda com a qual a população paga a quem lhe faz cócegas e a devora.

APOCALIPSE, subs. m. Famoso livro em que São João, o Divino, escondeu tudo o que sabia. Sua revelação é feita por seus comentaristas, que de nada sabem.

APÓSTATA, adj. e subs. 2g. Sanguessuga que, tendo penetrado no casco de uma tartaruga apenas para descobrir que a criatura estava morta havia muito tempo, considera conveniente formar nova conexão com uma tartaruga viva.

APRENDIZAGEM, subs. f. O tipo de ignorância que diferencia os estudiosos.

APRESENTAÇÃO, subs. f. Cerimônia social inventada pelo diabo para agradecer a seus servos e atormentar seus inimigos. A apresentação atingiu seu desenvolvimento mais malévolo neste país, estando na verdade intimamente relacionada com o nosso sistema político. Já que cada cidadão americano é igual a qualquer outro, todos têm, então, o direito de conhecer todos os outros, o que implica no direito de apresentar-se sem pedido nem permissão prévios. A Declaração de Independência deveria ser assim:

> *"Consideramos tais verdades evidentes por si mesmas: que todos os homens são criados iguais; que são dotados pelo seu Criador de certos direitos inalienáveis, entre eles a vida, o direito de tornar miserável a vida de outrem – impondo-lhe uma quantidade incalculável de conhecidos –, a liberdade – em particular, a liberdade de apresentar pessoas umas às outras sem antes verificar se já não são conhecidas e inimigas –; e, por fim, a busca da felicidade de outra pessoa com um bando de estranhos".*

APRESENTÁVEL, adj. 2g. Horrivelmente vestido, de acordo com a época e o local.

> *Em Buriobula-Ga, um homem fica apresentável em ocasiões formais se tiver o abdômen pintado de azul brilhante e usar o rabo de uma vaca. Em Nova York, ele pode, se quiser, omitir a pintura, mas, depois do pôr do sol, deve usar duas caudas feitas de lã de ovelha e tingidas de preto.*

APURO, subs. m. Salário da consistência.

AR, subs. m. Substância nutritiva fornecida por uma generosa Providência para a engorda dos pobres.

ARADO, subs. m. Instrumento que clama por mãos acostumadas com a caneta.

ARCEBISPO, subs. m. Dignatário eclesiástico pouco mais santo do que um bispo.

> Se eu fosse um arcebispo de manias faceiras,
> Comeria todos os peixes às sextas-feiras...
> Linguado, salmão e abadejo;
> E, nos outros dias, todo o sobejo.
>
> — Jodo Rem

ARDÊNCIA, subs. f. Qualidade que distingue o amor sem o devido conhecimento.

ARDILOSO, adj. m. Faculdade que distingue os animais e pessoas fracas das fortes. Traz ao seu possuidor muita satisfação mental e grandes adversidades materiais. Há um provérbio italiano que diz: "O peleiro consegue mais peles de raposa do que de burro".

ARENA, subs. f. Na política, um poço de ratos imaginário em que o estadista luta com seu próprio histórico.

ARGUMENTAR, v. tr. e intr. Pesar as probabilidades na balança do desejo.

ARISTOCRACIA, subs. f. Governo feito pelos homens mais aptos (nesse sentido, a palavra está obsoleta, assim como esse tipo de governo): cidadãos que usam chapéus felpudos e camisas limpas – culpados de ter uma formação e suspeitos de possuir contas bancárias.

ARMADURA, subs. f. Tipo de roupa usado por um homem cujo alfaiate é o ferreiro.

ARQUITETO, subs. m. Aquele que traça a planta da sua casa e planeja o saque do seu dinheiro.

ARREPENDIMENTO, subs. m. Fiel atendente e seguidor da Punição. Geralmente, manifesta-se em um certo grau não inconsistente com a continuidade do pecado.

> Desejando você as dores do Inferno evitar,
> Parnell[2], acaso vai se arrepender e à Igreja se aliar?

---

2. Charles Stewart Parnell (1846-1891) foi um político e nacionalista irlandês, representante de seu país no Parlamento Britânico. (N. do T.)

> *Que desnecessário! O Demônio o manterá das brasas afastado,*
> *Adicionando-o às desgraças de cada condenado.*
>
> — Jomater Abemy

ARRUINAR, v. tr. Destruir. Especificamente, destruir a crença de uma criada na virtude das criadas.

ARSÊNICO, subs. m. Tipo de cosmético muito manipulado pelas mulheres e que, por sua vez, torna-as bastante manipuláveis.

> *"Comer arsênico? Sim, pode pôr na comida."*
> *Concordando, disse ele, a reboque:*
> *"É melhor que eu o coma de uma vez, querida,*
> *Do que fazer com que no meu chá coloque".*
>
> — Joel Huck

ARTE, subs. f. Palavra sem definição. Sua origem é relatada como segue pelo engenhoso padre Gassalasca Jape, S.J.

> *Certo dia, um engraçadinho – o que o pilantra aprontou? –*
> *Da interjeição "Arre!" uma letra trocou,*
> *E o nome de um deus afirmou ser! Surgiram então*
> *Fantásticos sacerdotes e postulantes (com um montão*
> *De espetáculos, mistérios, hinos, muita palhaçada*
> *E disputas terríveis que aleijaram a gente afiliada)*
> *Para de seu templo cuidar, sua chama conservar,*
> *Sua lei explanar e seus fios manipular.*
> *O povo que dos ritos participa, maravilhado,*
> *Acredita no incompreensível, no intrincado,*
> *E vê-se profundamente edificado por enfim saber*
> *Que duas linhas assim unidas (como só a Arte pode fazer)*
> *Têm um valor mais doce e, graças, mais adequuulus*
> *Do que as linhas da Natureza, jamais achegadas,*
> *E, para festas sacrificiais, trazem guloseimas, vinhos, dotes*
> *E vendem as roupas do corpo para sustentar os sacerdotes.*

ÁRVORE, subs. f. Vegetal alto destinado pela natureza a servir como aparato penal, embora, por um erro judiciário, a maioria das árvores produza apenas frutos insignificantes ou mesmo nenhum. Quando dá frutos naturalmente, a árvore é um agente benéfico da civilização e importante fator na moral pública. No austero Oeste e no sensível Sul, seus frutos (brancos e pretos, respectivamente), embora não consumidos, são agradáveis ao gosto do público e, embora não exportados, benéficos ao bem-estar geral. Que a relação legítima da árvore com a justiça não tenha sido uma descoberta do juiz Lynch[3] (que, na verdade, não lhe concedeu nenhuma primazia sobre os postes de luz e as vigas das pontes) fica claro pela seguinte passagem de Morryster, que o antecedeu em dois séculos:

> Enquanto estava em sua terra natal, fui levado para ver a árvore Gogo, de que já tinha ouvido falar muito; mas, ao dizer que nada de notável via nela, o chefe da tribo onde ela crescia respondeu-me como segue:
>
> — A árvore não está dando frutos agora, mas, quando está na estação, podem-se ver pendurados nela todos aqueles que afrontaram o Rei, sua Majestade.
>
> E ainda me disseram que a palavra "Gogo" significa, na língua deles, o equivalente a "maroto" na nossa.
>
> — Viagens no Leste

ASNO, subs. m. Cantor público com boa voz mas sem ouvido. Na cidade de Virgínia, no estado de Nevada, chamam-no de Burro; na região de Dakota, de Senador, e em todos os outros lugares, de Jumento. O animal é amplamente celebrado na literatura, na arte e na religião de todas as épocas e países; nenhum outro envolve e estimula tanto a imaginação humana quanto este nobre vertebrado. Na verdade, alguns duvidam (Ramasilus, lib. II., De Clem., e C. Stantatus, De Temperamente) se não se trata de um deus, e sabe-se que, como tal, era adorado pelos etruscos – e, se podemos chegar a acreditar em Macróbio[4], também pelos cupasianos. Dos únicos dois animais admitidos no Paraíso maometano juntamente com as almas dos homens, o asno que carregou Balaão[5] é um deles – sendo o cão

---

3. Charles Lynch (1736-1796) foi um político, militar e juiz americano. (N. do T.)
4. Ambrósio Teodósio Macróbio (370-430) foi um escritor, filósofo e filólogo romano. (N. do T.)
5. Personagem do Livro de Números, do Antigo Testamento da Bíblia. (N. do T.)

dos Sete Adormecidos⁶ o outro. Tal distinção não é insignificante. Com o que foi escrito acerca desse animal poderíamos compilar uma biblioteca de grande esplendor e magnitude, rivalizando com aquela do culto a Shakespeare e com a que se acumula em torno da *Bíblia*. Pode-se dizer, em geral, que toda literatura é mais ou menos asinina.

> "Salve, santo asno!", canta o angélico coral,
> "Sacerdote da Desrazão, da Discórdia o Maioral!
> Grande Cocriador, deixe a Sua glória brilhar:
> Deus fez tudo o mais. A Mula, a Mula é seu par!"
>
> — G. J.

ASSUSTADOR, adj. e subs. m. Escritor cuja imaginação se preocupa com fenômenos sobrenaturais, especialmente nos feitos de fantasmas. Um dos fantasmas mais ilustres do nosso tempo é o sr. William D. Howells⁷, que apresenta a um leitor bem credenciado uma companhia de fantasmas tão respeitável e educada quanto qualquer um desejaria conhecer. Ao terror que envolve o presidente de um conselho escolar distrital, o fantasma de Howells acrescenta algo do mistério que envolve um fazendeiro de outro município.

AUSENTE, adj. 2g. Peculiarmente exposto à língua dos maledicentes; vilipendiado; irremediavelmente errado; substituído na consideração e afeição de outrem.

> Para os homens, o homem é apenas sua mente. Quem liga
> Para o rosto que carrega ou a figura que abriga?
> Mas, para a mulher, seu corpo é o que ela é.
> Ah, fique, minha querida, não arrede pé,
> Ouça as palavras do sábio, tenha as em mente:
> Mulher morta é toda mulher ausente.
>
> — Jogo Tyree

---

6. Qitmir, cão que, de acordo com o *Alcorão*, guardava a caverna de sete homens adormecidos que ali buscavam refúgio contra a perseguição religiosa que vinham sofrendo. (N. do T.)
7. William Dean Howells (1837-1920) foi um autor realista e crítico literário estadunidense. (N. do T.)

AUSTRÁLIA, subs. f. País situado nos Mares do Sul, cujo desenvolvimento industrial e comercial foi indescritivelmente retardado por uma infeliz disputa entre geógrafos sobre ser um continente ou uma ilha.

AUTOESTIMA, subs. f. Avaliação errônea.

AVERNO, subs. m. Lago por onde os antigos entravam nas regiões infernais. O erudito Marcus Ansello Scrutator acredita que o fato de acedermos às regiões infernais através de um lago foi o que sugeriu o rito cristão do batismo por imersão. Isso, no entanto, foi demonstrado por Lactâncio[8] como um erro.

> *Facilis descensus Averni[9],*
> *Comenta o poeta; e tal sensação*
> *Faz-me acreditar que, ao descer a colina, ali*
> *Receberei mais socos do que centavos, então.*
>
> — Jehal Dai Lupe

AVESTRUZ, subs. f. Grande pássaro, ao qual (sem dúvida, por seus pecados) a natureza negou aquele dedo do pé em que tantos naturalistas piedosos viram uma evidência notável de projeto. A ausência de um bom par de asas não é defeito, pois, como foi engenhosamente apontado, o avestruz não voa.

---

8. Lucio Célio Firmiano Lactâncio (240-320) foi um autor cristão que se tornou conselheiro do primeiro imperador romano convertido ao cristianismo, Constantino I (272-337), tendo guiado sua política religiosa. (N. do T.)
9. "Fácil descida de Averni", em latim. (N. do T.)

BAAL, subs. m. Antiga divindade muito adorada no passado sob vários nomes. Como Baal, era popular entre os fenícios; como Belus ou Bel, teve a honra de ser servido pelo sacerdote Berosus, que escreveu o famoso relato do Dilúvio; como Babel, mandou erguer parte de uma torre para sua glória na planície de Sinar. De Babel vem a nossa palavra "balbuciar". Seja qual for o nome adorado, Baal é o deus do Sol. Como Belzebu, é o deus das moscas, que são geradas pelos raios do Sol nas águas estagnadas. O Baal dos médicos adquire a alcunha de Bolo, sendo adorado com o nome de Pança, e os sacerdotes do reino da Gula servem-lhe sacrifícios abundantes.

BACO, subs. m. Divindade conveniente inventada pelos antigos como desculpa para ficar bêbados.

> *Será então seu culto público pecar,*
> *Visto que pelas devoções a Baco prestadas*
> *Os lictores[10] ousam nos atropelar*
> *E decididamente nos enchem de pauladas?*
>
> — Jorácio

BAJULADOR, adj. m. 1) Tipo especial (mas não particular) de mentiroso. **2)** Funcionário útil, não raro encontrado ao editar um jornal. Em seu caráter de editor, está intimamente aliado ao chantagista

---
10. Servidores públicos romanos que atuavam como guarda-costas dos magistrados. (N. do T.)

pelos vínculos de certa identidade ocasional. Na verdade, o bajulador é apenas um chantagista sob outro aspecto, embora esse último seja frequentemente encontrado como uma espécie independente. Bajular é ainda mais detestável do que chantagear, assim como o negócio de um homem de confiança é mais detestável do que o de um ladrão de estrada – e tal paralelo se mantém todo o tempo, pois, embora poucos ladrões trapaceiem, todo homem de confiança haverá de cometer roubo se tiver coragem.

BALBÚRDIA, ? Não há definição para esta palavra – ninguém sabe definir uma balbúrdia.

BANDEIRA, subs. f. Trapo colorido carregado acima das tropas e içado em fortes e navios. Parece ter o mesmo propósito de certas placas vistas em certos terrenos baldios em Londres – "Permitido jogar lixo neste lugar".

BANHO, subs. m. Espécie de cerimônia mística em substituição ao culto religioso, cuja eficácia espiritual não foi determinada.

> *O homem que toma banho de vapor*
> *Perde toda a sua pele, sem dor,*
> *E, por ter fervido o corpo até ficar brilhante,*
> *Pensa ter uma higiene admirável, esfuziante,*
> *Mas esquece que seus pulmões tortura*
> *Com os imundos vapores da fervura.*
>
> — Richard Gwow

BARBA, subs. f. Pelos comumente cortados por aqueles que justamente execram o absurdo costume chinês de raspar a cabeça.

BARÔMETRO, subs. m. Engenhoso instrumento que indica que tipo de clima estamos enfrentando.

BARRACA, subs. f. Casa onde os soldados desfrutam de parte daquilo de que é sua função privar os demais.

BASILISCO, subs. m. Serpente fantástica. Espécie de cobra nascida do ovo de um galo. O basilisco tinha um olho perverso, e sua mirada era fatal. Muitos infiéis negam a existência desta criatura, mas Semprello Aurator viu-a e manuseou uma que havia sido cegada por um raio como punição por ter olhado fatalmente para uma importante senhora, amada por Júpiter. Posteriormente, Juno restaurou a visão do réptil e escondeu-o em uma caverna. Nada é tão bem atestado pelos antigos quanto a existência do basilisco, mas os galos pararam de botar ovos.

BATALHA, subs. f. Método para desatar com os dentes um nó político que não cederia à língua.

BATISMO, subs. m. Rito sagrado de tamanha eficácia que quem se encontra no céu sem ter passado por ele será infeliz para sempre. É realizado com água, de duas maneiras: por imersão – ou mergulho – e por aspersão – ou borrifo.

> *Mas, se o plano de imersão*
> *É melhor do que a simples difamação,*
> *Que tanto os mergulhados*
> *Quanto os difamados*
> *Decidam pela Versão Assentida,*
> *Combinando a febre adquirida.*
>
> — G. J.

BEBÊ, subs. 2g. Criatura disforme, sem idade, sexo ou condição específica, notável principalmente pela violência das simpatias e antipatias que desperta nos outros – sendo ela própria desprovida de sentimentos ou emoções. Houve bebês famosos, o pequeno Moisés, por exemplo, de cuja aventura nos juncos do rio os hierofantes egípcios de sete séculos antes, sem dúvida, tiraram a tola história de que o infante Osíris havia sido salvo em uma folha de lótus flutuante.

> *Antes que o bebê fosse inventado,*
> *Toda menina tinha seu desejo saciado.*
> *Agora, o homem vê-se atormentado*
> *Com bebês, todo o seu dinheiro é esbanjado.*
> *Por isso, não faz muito tenho nisso pensado*
> *E cheguei a uma terrível conclusão:*
> *Talvez tivesse sido melhor, então,*
> *Que o primeiro bebê tivesse sido assassinado.*
>
> — Ro Amil

BEIJO, subs. m. Palavra inventada pelos poetas como substituta para "felicidade". Supõe-se que signifique, de modo geral, algum tipo de rito ou cerimônia condizente com um bom entendimento, mas a forma como é executado continua desconhecida deste lexicógrafo.

BELADONA, subs. f. Em italiano, uma bela senhora; em português, um veneno mortal. Exemplo notável da identidade essencial das duas línguas.

BELEZA, subs. f. Poder pelo qual uma mulher encanta um amante e aterroriza um marido.

BENEDITINOS, adj. e subs. m. pl. Ordem de monges também conhecidos como frades negros.

> *Ela pensou tratar-se de um corvo, mas na verdade era*
> *Um monge beneditino coaxando os ritos.*
> *"Eis aqui um frade de uma ordem de cozinheiros", disse ela...*
> *"Neste mundo, frades negros, no outro, frades fritos."*
> — "O Diabo na Terra" (Londres, 1712)

BENEFICENTE, adj. 2g. Aquele que faz grandes compras por ingratidão sem, no entanto, afetar materialmente o preço, que continua ao alcance de todos.

BERIMBAU DE BOCA, subs. comp. m. Instrumento não musical, tocado ao segurá-lo firmemente com os dentes e tentar afastá-lo com o dedo.

BIGAMIA, subs. f. Mau gosto ao qual a sabedoria futura haverá de atribuir um castigo chamado trigamia.

BOBO DA CORTE. exp. m. 1) Pleiteante. **2)** Oficial anteriormente ligado à casa de um rei, cuja função era divertir a corte com ações e declarações ridículas, atestando o absurdo de suas ações por meio de seu traje singular. Já que o próprio rei se vestia com dignidade, o mundo levou alguns séculos para descobrir que sua própria conduta e seus decretos eram suficientemente ridículos para a diversão não só da sua corte, mas de toda a humanidade. O bobo da corte era comumente chamado de tolo, mas os poetas e romancistas sempre se deliciaram em representá-lo como uma pessoa singularmente sábia e espirituosa. Nos circos atuais, o fantasma melancólico do tolo da corte provoca um desânimo no público mais humilde, com as mesmas piadas com que em vida ele assombrava os salões de mármore, ofendia o senso de humor de seus compatriotas e cutucava o tanque de lágrimas reais.

> *A rainha-viúva de Portugal*
> *Tinha um bobo de muita determinação*
> *Que, no recinto confessional,*
> *Disfarçado entrou, e tomou sua confissão.*
>
> *"Padre", disse ela, "incline seu ouvido,*
> *Meus pecados são mais que escarlate:*
> *Amo meu bobo – um blasfemo descabido,*
> *Um criado vil, veja que disparate".*
>
> *"Filha minha", respondeu o bobo, disfarçado,*
> *"Tal pecado é terrível, de fato.*
> *O perdão da Igreja é negado*
> *A um amor ilegal, um desacato.*
>
> *Mas como seu coração há de teimar*
> *Pelo amor do bobo, então,*
> *O melhor a fazer é logo decretar*
> *Que se trata de homem de reputação".*
>
> *E, assim, ela em duque o tolo transformou,*
> *No afã de o tabu do Céu acalmar;*
> *Disse-o a um padre; este logo ao Papa contou,*
> *Que a amaldiçoou no altar!*

— Barel Dort

BOCA, subs. f. No homem, a porta de entrada para a alma; na mulher, a saída do coração.

BOLSO, subs. m. Berço da razão e túmulo da consciência. Como, na mulher, esse órgão não está presente, ela age sem razão, e sua consciência, negando-se ao sepultamento, permanece sempre viva, fazendo-a confessar os pecados dos outros.

BOM, adj. m. Sensível, cara senhora, ao valor deste escritor. Atento, caro senhor, às vantagens de deixá-lo em paz.

BOTÂNICA, subs. f. Ciência dos vegetais – tanto aqueles que não são bons para comer quanto aqueles que o são. Trata principalmente de suas flores, que geralmente são mal desenhadas, de cor pouco artística e malcheirosas.

BOTICÁRIO, subs. m. Cúmplice do médico, benfeitor do agente funerário e provedor dos vermes do túmulo.

> *Quando Júpiter a todos os homens abençoou,*
> *E Mercúrio, em uma jarra, as bênçãos ofertou,*
> *Furtivamente, esse tão grande amigo dos falsários*
> *Nela introduziu a doença, pela saúde dos boticários,*
> *E sua eterna gratidão impeliu-os então a proclamar:*
> *"Minha droga mais mortal seu nome há de levar!".*
>
> — G. J.

BRAMA, subs. m. Aquele que criou os hindus, que são preservados por Vishnu e destruídos por Shiva – uma divisão de trabalho muito mais organizada do que a encontrada entre as divindades de algumas outras nações. Os Abracadabrenses, por exemplo, são criados pelo Pecado, mantidos pelo Roubo e destruídos pela Loucura. Os sacerdotes de Brama, como os dos Abracadabrenses, são homens santos e eruditos que nunca agem de maneira travessa.

> *Ó, Brama, rara e antiga Divindade,*
> *Primeira Pessoa da Hindu Trindade,*
> *Lá está assentado, segura e calmamente,*
> *Com os pés dobrados tão recatadamente...*
> *É a Primeira Pessoa do Singular, certamente.*
>
> — Polydore Smith

BRANCO, adj. e subs. m. Preto.

BRUTO, subs. m. Ver MARIDO.

BRUXA, subs. f. Velha senhora de quem, por acaso, você não gosta. Às vezes chamada também de vaca ou jararaca. Velhas magas, feiticeiras etc., eram chamadas de bruxas pela crença de que suas cabeças eram cercadas por uma espécie de iluminação ou nevoeiro sinistro – já que bruxuleante era o nome popular dado àquela peculiar radiação às vezes observada nos cabelos. Houve uma época em que bruxa não era uma palavra demeritória: Drayton[11] menciona uma "bela bruxa, toda sorrisos", assim como Shakespeare diria "doce moça". Atualmente não seria apropriado chamar sua namorada de bruxa – esse elogio é reservado para que os netos dela o usem.

CAABA, subs. f. Grande pedra apresentada pelo arcanjo Gabriel ao patriarca Abraão e preservada em Meca. O patriarca talvez tivesse pedido pão ao arcanjo.

CABEÇA REDONDA, exp. Membro do Partido Parlamentarista na guerra civil inglesa – assim chamado pelo hábito de usar os cabelos curtos, enquanto seus opositores, os *Cavaliers*, usavam os cabelos compridos. Havia outros pontos de divergência entre eles, mas a moda dos cabelos era a causa fundamental da discórdia. Os *Cavaliers* eram monarquistas porque o rei, um sujeito indolente, achava mais conveniente deixar os cabelos crescer do que lavar o pescoço. Os Cabeças Redondas, por sua vez – que eram em sua maioria barbeiros e fabricantes de sabão –, consideravam aquilo um prejuízo ao comércio, e o pescoço real tornou-se, portanto, objeto de sua indignação particular. Os descendentes dos beligerantes agora usam todos os cabelos iguais, mas o fogo da animosidade aceso naquele antigo conflito arde até hoje sob as neves da civilidade britânica.

---

11. Michael Drayton (1563-1631) foi um poeta inglês. (N. do T.)

CABELEIRA DE BERENICE, subs. comp. f. Constelação (Coma Berenices) nomeada em homenagem àquelas que sacrificaram seus cabelos para salvar o marido.

> *Idosa senhora suas madeixas foi ofertar*
> *Para a vida de Seu amoroso marido salvar;*
> *E os homens de tal forma a dama honraram*
> *Que com sua alcunha certas estrelas nomearam.*
>
> *Mas à nossa bela e moderna senhora do lar,*
> *Que sacrificaria seu marido para as madeixas salvar,*
> *Não será dado nenhum reconhecimento.*
> *Não há estrelas que bastem no firmamento.*
>
> — G. J.

CABO, subs. m. Homem que ocupa o degrau mais baixo da escala militar.

> *A batalha foi travada muito ferozmente,*
> *É triste dizer que nosso cabo caiu heroicamente!*
> *A fama, de sua altura, para o combate olhou,*
> *E disse: "Não foi de tão alto que ele tombou".*
>
> — Giacomo Smith

CACETADA, subs. f. Ato de se equilibrar sobre um bastão sem fazer esforço.

CADEIA, subs. f. Lugar de punições e recompensas. O poeta nos garante que...

> *"Muros de pedra não fazem uma cadeia"... mas uma combinação dos muros de pedra com os parasitas políticos e os ditadores da moral não é exatamente um jardim das delícias.*

CAGANITA, subs. f. Protótipo da pontuação. Gervinus[12] observou que os sistemas de pontuação usados pelas várias nações literárias dependiam originalmente dos hábitos sociais e da dieta geral das moscas que infestavam tais países. Essas criaturas, que sempre se

---

12. Georg Gottfried Gervinus (1805-1871) foi um historiador e político alemão. (N. do T.)

distinguiram pela convivência amigável e sociável com os autores, embelezam, de maneira liberal ou mesquinha, os manuscritos em processo de crescimento sob a pena, de acordo com seus hábitos corporais, realçando o sentido da obra por uma espécie de interpretação independente, superior aos poderes do escritor. Os "velhos mestres" da literatura – ou seja, os primeiros escritores cuja obra é tão estimada por escribas e críticos posteriores na mesma língua – nunca pontuaram o texto, mas trabalharam com a mão livre, sem a interrupção do pensamento que advém do uso da pontuação. (Observamos a mesma coisa nas crianças de hoje, cujo uso, neste particular, é um belo e impressionante exemplo da lei que dita que a infância dos indivíduos reproduz os métodos e estágios de desenvolvimento que caracterizam a infância das raças.) Os investigadores modernos consideram – com seus instrumentos ópticos e testes químicos – que toda pontuação na obra destes escribas primitivos tenha sido inserida pelo engenhoso e útil colaborador dos escritores, a mosca doméstica comum, a *Musca maledicta*. Ao transcreverem esses antigos manuscritos, com o propósito de tornar a obra sua ou preservar o que eles naturalmente consideram como revelações divinas, os escritores posteriores copiam com reverência e precisão quaisquer marcas encontradas no papiro ou pergaminho, para o indescritível aumento da lucidez do pensamento e do valor do trabalho. Os escritores contemporâneos dos copistas naturalmente aproveitam as vantagens óbvias dessas marcas em seu próprio trabalho e, com a ajuda que as moscas da própria casa parecem estar dispostas a conceder, frequentemente rivalizam com – e por vezes superam – as composições mais antigas, pelo menos no que diz respeito à pontuação, o que não é pouco. Para compreender plenamente os importantes serviços que as moscas prestam à literatura, basta colocar uma página de algum romancista popular ao lado de um pires com creme e melaço em uma sala ensolarada e observar "como a inteligência se ilumina e o estilo se refina" com uma precisão proporcional à duração da exposição.

CALAMIDADE, subs. f. Lembrete mais do que comum e inequívoco de que os assuntos desta vida não estão sob nosso comando. As calamidades são de dois tipos: infortúnio para nós mesmos e boa sorte para os outros.

CALÇAS, subs. f. pl. Traje inferior do homem civilizado adulto. Tal vestimenta é tubular e não tem dobradiças nos pontos de flexão. Supostamente, foram inventadas por um humorista. Chamadas de "calças" pelos iluminados e de "*jeans*" pelos indignos.

CALOR, subs. m.

> *O calor, diz o professor Tyndall, é apenas uma forma*
> *De movimento, e sei como sua opinião ele vem provar,*
> *Também sei que a palavra proferida fora da norma*
> *Certamente um punho em movimento há de colocar,*
> *E onde o punho parar, estrelas livres e selvagens brilharão.*
> *Crede expertum*[13] *– meu caro, eu mesmo as vi, em primeira mão.*
>
> — Gorton Swope

CALÚNIA, subs. f. Linguagem censurada por si mesmo a respeito de um outro. Palavra de clássico refinamento, e dizem ter sido usada em uma fábula de Georgius Coadjutor, um dos escritores mais fastidiosos do século XV – na verdade, comumente considerado o fundador da Escola Fastidiótica.

CALUNIADOR, adj. e subs. m. Graduado pela *School of Scandal*[14].

CALUNIAR, v. tr. Falar o que acha de um homem quando ele não consegue achá-lo.

CAMELO, subs. m. Quadrúpede (*Splaypes humpidorsus*) de grande valor para o mundo dos espetáculos. Existem dois tipos de camelo – o camelo propriamente dito e o dromedário. Esse último é aquele sempre em exibição.

CANALHA, adj. 2g. Pessoa com o maior grau de indiferença que há. Etimologicamente, a palavra significa "incrédulo", e seu significado atual pode ser considerado como a mais nobre contribuição da teologia para o desenvolvimento da nossa linguagem.

---

13. "Creia no que foi comprovado", em latim. (N. do T.)
14. Comédia de costumes escrita pelo dramaturgo inglês Richard Brinsley Sheridan (1751-1816) e encenada pela primeira vez em 1777, em Londres. (N. do T.)

CÂNHAMO, subs. m. Planta de cuja casca fibrosa é feito um cachecol frequentemente usado para evitar o resfriado depois de falar em público ao ar livre.

CANHÃO, subs. m. Instrumento empregado na retificação das fronteiras nacionais.

CANIBAL, subs. 2g. Gastrônomo da velha escola que preserva os sabores simples e segue a dieta natural do período pré-porco.

CANÔNICOS, adj. m. pl. Miscelânea usada pelos bobos da corte do Céu.

CÃO, subs. m. Espécie de deidade suplementar ou subsidiária projetada para captar o excesso e o excedente da adoração mundial. Este Ser Divino, em algumas de suas encarnações menores e mais sedosas, ocupa, na afeição da Mulher, o lugar inexistente nos aspirantes humanos masculinos. O Cão é um sobrevivente – um anacronismo. Ele não trabalha nem fia, e nem mesmo Salomão, em toda a sua glória, permanecia deitado em um capacho todo o dia tomando sol e sendo alimentado, ao passo que seu dono trabalhava para obter os meios para comprar o balançar da cauda salomônica, mesclada a um olhar de reconhecimento tolerante.

CAPITAL, subs. f. 1) Sede do desgoverno. Aquela que fornece o fogo, a panela, o jantar, a mesa e a faca e o garfo ao anarquista – a parte da refeição que esse último fornece é a desgraça diante da carne. 2) Pena – Punição cuja justiça e conveniência geram graves dúvidas em muitas pessoas dignas – incluindo todos os assassinos.

CARMELITAS, adj. e subs. 2g. Frades mendicantes da ordem do Monte Carmelo.

> *Enquanto a Morte cavalgava, certo dia,*
> *Atravessou o Monte Carmelo, seguiu ela sua via,*
> *E encontrou um monge mendicante,*
> *Três a quatro quartos bêbado, logo adiante,*
> *Com um olhar malicioso e um sorriso apiedado,*
> *Esfarrapado, gordo e atrevido como o pecado,*
> *Ele estendeu as mãos, e gritou então:*
> *"Dê-me, dê-me algo em nome da Compaixão.*
> *Em nome da Santa Igreja. Ó, suplico sem mais poder,*

Dê-me algo para que seus santos filhos possam viver!"
A Morte respondeu imediatamente,
Sorrindo grave e largamente:
"Dou-lhe uma carona, santo padre, prontamente!".

E, com um estrondo nos ossos e um chiado
De um só pulo já havia desmontado
De seu famoso Cavalo Pálido, com sua espada;
Pelos pés e pelo pescoço
Agarrou o sujeito sem alvoroço,
Montando-o com o rosto virado para a estrada.

A Monarca riu alto, com um som feito trovão,
Como torrões na tampa sonora do caixão:
"Rá, rá... dizem que um mendigo cavalgando,
Até o diabo há de chegar!" ... E tum, tum,
Ressoou a lateral da espada, incomum,
Nas ancas do animal, para longe galopando.

Ela voou cada vez mais e mais rapidamente,
Até que rochas, rebanhos e cada árvore crescente
Junto à estrada ficassem turvas, em uma mistura latente.
E ao olhar selvagem, descontrolado
Do cavaleiro... – todo aquele mesclado
Parecia-se com um par de tortas de melado.
A morte riu novamente, como riria a tumba sem dor
Em um funeral malsucedido,
Em que o luto fora destruído,
Com o corpo se erguendo
E a cabeça pendendo,
Opondo-se a novos procedimentos a seu favor.

Muitos anos e muitos, muitos dias se passaram
Desde que esses eventos se desenrolaram.
O monge já se tornou um cadáver empoeirado,
E a Morte nunca recuperou seu cavalo amado.
Pois o frade seu rabo agarrou,
E então o pobre animal o levou
Até o mosteiro cinzento, onde ali o deixaram.

Em seguida, a besta foi alojada e alimentada
Com azeite, pão e muita, muita cevada,
Até ficar mais gordo da que o frade maior,
E, assim, no devido tempo, nomearam-no Prior.

— G. J.

CARNE, subs. f. Segunda Pessoa da Trindade secular.

CARNE DE VERMES, exp. Produto acabado do qual somos matéria-prima. O conteúdo do Taj Mahal, da Tumba de Napoleão e do Grantarium[15]. A carne de vermes geralmente dura mais do que a estrutura que a abriga, mas "também isso há de perecer". Provavelmente, o trabalho mais tolo que um ser humano pode realizar é a construção de um túmulo para si mesmo. O propósito solene de um túmulo não há de dignificar, mas apenas acentuar, por contraste, sua já conhecida futilidade.

Tolo ambicioso! Ávido para estar em exibição!
Como é inútil o trabalho a que presta dedicação,
A uma habitação cuja magnificência
Não será, por seu inquilino, passível de admiração.

Construa algo profundo, alto, tão massivo quanto lograr,
Mas o solo desenfreado haverá de seus planos derrotar
Ao desagregar todas as suas pedras,
No que, para você, apenas um instante há de representar.

Irreconhecível, o tempo, para os mortos, voa sem se deter,
Assim, quando sua tumba estiver em ruínas, trate de se erguer,
Ao despertar, estique os membros e solte um bocejo...
E há de pensar que seus olhos mal acabaram de ver.

E se, de toda obra humana, apenas seu túmulo que aqui jaz
Permanecesse, até mesmo depois do Tempo não existir mais?
Seria para você vantajoso nele habitar para sempre,
Como uma simples mancha em uma pedra, meu rapaz?

— Joel Huck

---

15. Referência ao Memorial Nacional do General Grant (*General Grant National Memorial*, em inglês), mausoléu onde se encontram os restos mortais do 18º Presidente dos Estados Unidos, Ulysses S. Grant (1822-1885), e de sua esposa, Julia Grant (1826-1902). (N. do T.)

CARNÍVORO, adj. m. Viciado na crueldade de devorar o tímido vegetariano, seus herdeiros e beneficiários.

CARRASCO, subs. m. Oficial da lei encarregado de deveres da mais alta dignidade e da maior gravidade e desprezado hereditariamente por uma população de ascendência criminosa. Em alguns estados americanos, as suas funções são agora desempenhadas por um eletricista, por exemplo, em Nova Jérsei, onde foram recentemente ordenadas execuções usando-se de eletricidade – o primeiro caso conhecido por este dicionarista de alguém que questionasse a oportunidade de enforcar homens de Jérsei.

CARTESIANO, adj. m. Relativo a Descartes, um famoso filósofo, autor do célebre ditado *Cogito ergo sum* – através do qual teve o prazer de imaginar ter demonstrado a realidade da existência humana. O ditado pode ser melhorado, entretanto, assim: *Cogito cogito ergo cogito sum* – "Penso que penso, logo penso que existo"; a abordagem mais próxima da certeza que qualquer filósofo já fez.

CASA, subs. f. Edifício oco erguido para a habitação dos homens, ratos, camundongos, besouros, baratas, moscas, mosquitos, pulgas, bacilos e micróbios. **Casa de Correção:** local de recompensa por serviços políticos e pessoais e para detenção de infratores e apropriações. **Casa de Deus:** edifício com campanário e hipoteca. **Cão da casa:** fera pestilenta mantida em instalações domésticas para insultar as pessoas que passam e assustar o visitante resistente. **Empregada da casa:** pessoa mais jovem do sexo oposto, contratada para ser desagradável e engenhosamente impura na posição em que Deus desejou colocá-la.

CASAMENTO, subs. m. Cerimônia em que duas pessoas se comprometem a tornar-se uma, uma passa a se tornar nada, e nada passa a se tornar suportável.

CASCAVEL, subs. f. Nossa irmã prostrada, *Homo ventrambulans*.

CAUDA, subs. f. Parte da coluna vertebral de um animal que transcendeu suas limitações naturais para estabelecer uma existência independente em um mundo próprio. A não ser em seu estado fetal, o homem não tem cauda, privação que lhe atesta uma preferência hereditária e inquietante pelos fracos, no homem, e pelas saias, na mulher, e por uma tendência acentuada a ornamentar a parte de seus trajes em que a cauda deveria estar – e, indubitavelmente, já esteve. Essa tendência é mais observável na fêmea da espécie, em quem o sentido ancestral é forte e persistente. Os homens com cauda descritos pelo lorde Monboddo[16] são agora geralmente considerados como produto de uma imaginação extraordinariamente suscetível a influências geradas na idade de ouro do nosso passado antropoide.

CAVALEIRO, adj. e subs. m.

> *No passado, um gentil guerreiro de nascimento,*
> *Em seguida, pessoa de cívico talento,*
> *E, agora, sujeito que à alegria dá provimento.*
> *Guerreiro, pessoa e companheiro – nada de mais:*
> *Tornemos nossos cães cavaleiros, desceremos ainda mais.*
> *Bravos Cavaleiros Canis então serão,*
> *Nobres Cavaleiros do Dourado Pulgão,*
> *Cavaleiros da Ordem de São Bom Garoto,*
> *Cavaleiros de São Jorge, Sir Menino Maroto.*
> *Deus apresse o dia em se estenda a cada cão*
> *A moda da cavalaria, e todos eles loucos ficarão.*

CEMITÉRIO, subs. m. Local suburbano isolado onde os enlutados compartilham mentiras, os poetas têm sobre o que escrever e os escultores de pedras fazem suas apostas. As inscrições a seguir servirão para ilustrar o sucesso alcançado nesses Jogos Olímpicos:

> *Suas virtudes eram tão evidentes que seus inimigos, incapazes de ignorá-las, negavam-nas, e seus amigos, para cujas vidas desregradas eram uma repreensão, representavam-nas como vícios. São aqui comemoradas por sua família, que delas compartilhou.*
>
> *Na terra preparamos um lugar*
> *Para a nossa pequena Clara colocar.*

— Thomas M. e Mary Frazer
P.S.: Gabriel é quem vai criá-la.

---

16. James Burnett (1714-1799), também conhecido como Lorde Monboddo, foi um juiz escocês, estudioso da evolução linguística e filósofo. (N. do T.)

CENOBITA, adj. e subs. 2g. Homem que piedosamente enclausura-se para meditar sobre o pecado da maldade; e, para mantê-la fresca em sua mente, junta-se a uma irmandade de exemplos terríveis.

> *Ó, cenobita, por favor, considere,*
> *Monástico gregário,*
> *Você do anacoreta difere,*
> *Aquele solitário:*
> *Você, com orações volitivas, faz o diabo chiar;*
> *E o anacoreta, com alguns goles, o faz enjoar.*
>
> — Quincy Giles

CENTAURO, subs. m. Alguém de uma raça de pessoas que viveu antes da divisão do trabalho ter sido levada a tamanho grau de diferenciação, seguindo a máxima econômica primitiva: "Cada homem tem seu próprio cavalo". O melhor de todos foi Quíron[17], que à sabedoria e às virtudes do cavalo acrescentou a agilidade do homem. A história bíblica da cabeça de João Batista em um cavalo de batalha mostra que os mitos pagãos têm uma história sagrada um tanto quanto sofisticada.

CÉRBERO, subs. m. Cão de guarda do Hades, cujo dever era guardar sua entrada – contra quem ou o que não fica claro, já que todo mundo, mais cedo ou mais tarde, tinha que para lá ir, e ninguém queria lhe roubar a entrada. Sabe-se que Cérbero tinha três cabeças, e alguns poetas atribuíram-lhe até cem. O professor Graybill, cuja erudição escriturária e profundo conhecimento de grego dão grande peso à sua opinião, calculou a média de todas as estimativas e chegou ao número 27 – uma conclusão que seria inteiramente definitiva se o professor Graybill soubesse (a) alguma coisa sobre cães; e (b) alguma coisa sobre aritmética.

CÉREBRO, subs. m. Aparato que usamos para pensar o que pensamos. Aquilo que distingue o homem que se contenta em ser alguma coisa do homem que deseja fazer alguma coisa. Um homem de grande riqueza, ou alguém que foi promovido a uma posição elevada,

---

17. Quíron, na mitologia grega, era um centauro que – ao contrário dos seres de sua espécie, contumazes beberrões e propensos à violência – ficou célebre por sua inteligência, civilidade e habilidades curativas. (N. do T.)

geralmente tem uma cabeça tão cheia de cérebro que seus vizinhos não conseguem manter o próprio chapéu na sua. Na nossa civilização, e sob a nossa forma republicana de governo, o cérebro é tão honrado que é recompensado com a isenção de cuidados nos cargos.

CETRO, subs. m. Cajado do rei, sinal e símbolo de sua autoridade. Originalmente, era uma clava, que o soberano usava para admoestar seu bobo da corte e vetar medidas ministeriais, quebrando os ossos de seus proponentes.

CÉU, subs. m. Lugar onde os ímpios param de incomodá-lo com conversas sobre seus assuntos pessoais, e os bons ouvem-no com atenção à medida que você expõe os seus.

CHATO, adj. e subs. m. Pessoa que fala quando você deseja que ela ouça.

CHOUPANA, subs. f. Fruto de uma flor chamada Palácio.

> *Fulano tinha uma choupana como lar,*
> *Ciclano em um palácio habitava;*
> *Fulano disse: "Vou aqui rastejar,*
> *Ou ele pensará que malícia eu tramava".*
> *Um sentimento sem par*
> *Como uma casa sem aldrava.*
>
> *E nas suas pernas, bem no meio,*
> *Fulano, sem jeito, caiu,*
> *E o sr. Ciclano, acertou em cheio,*
> *Que a cabeça então erigiu.*
> *Se estava tramando um golpeio,*
> *Maior tolice nunca se viu.*
> *Uma recém-descoberta autossuficiência,*
> *que não passava de uma [zombaria].*
>
> — G. J.

CHUMBO, adj. e subs. m. Metal pesado azul-acinzentado muito utilizado para trazer estabilidade aos amantes da luz – especialmente àqueles que, imprudentes, amam apenas as esposas de outros homens. O chumbo também é de grande utilidade como contrapeso a um argumento tal que acaba por virar o equilíbrio de um debate para o lado errado. Um fato interessante na química da controvérsia internacional é que, no ponto de contato entre dois patriotismos, o chumbo se precipita em enormes quantidades.

> *Ave, santo Chumbo! Das disputas humanas, no pódio*
> *Da arbitragem universal, com força sem par*
> *Para qualquer nuvem penetrar*
> *Enevoando o campo do controverso ódio,*
> *E, com uma rápida, direta e inevitável precisão,*
> *Encontra o ponto não declarado, mas vital.*
> *E quando seu julgamento, afinal,*
> *É permitido pelo cirurgião, resolve logo a questão.*
> *Ó, útil metal! Se não fosse por você existir,*
> *Agarraríamos o ouvido alheio, abriríamos o bico;*
> *Mas quando te ouvimos como uma abelha zumbir*
> *Diríamos, como o patrono Muhlenberg[18], "aqui não fico".*
> *E quando os rápidos, como balas de chumbo,*
> *tratam de se escafeder,*
> *O velho Satã derrete todos os mortos para novas fazer.*

CIMITARRA, subs. f. Espada curva de extrema afiação, em cuja conduta certos orientais alcançam surpreendente proficiência, como o incidente aqui relatado servirá para mostrar. O relato foi traduzido do japonês por Shusi Itama, famoso escritor do século XIII.

> *Quando o grande Gichi-Kuktai era mikado[19], condenou à decapitação Jijiji Ri, um alto oficial da corte. Logo após a hora marcada para a realização do rito, qual não foi a surpresa de sua Majestade ao ver aproximar-se calmamente do trono o homem que, naquele momento, deveria estar morto havia dez minutos!*
>
> *— Mil e setecentos dragões impossíveis! — gritou o monarca enfurecido. — Acaso não o condenei a postar-se na praça do mercado*

---

18. A família Muhlenberg, de imigrantes alemães, criou uma dinastia política, religiosa e militar na antiga Comunidade da Pensilvânia, embrião do que viria a ser os Estados Unidos atuais, tendo se mudado para o estado de Ohio no início do século XIX. (N. do T.)
19. Termo em japonês para "imperador". (N. do T.)

e ter sua cabeça decepada pelo carrasco às 3 horas? E não são agora 3 horas e 10 minutos?

— Filho de mil divindades ilustres, — respondeu o ministro condenado — tudo o que o senhor diz é tão verdadeiro que a verdade é uma mentira em comparação. Mas os desejos ensolarados e vitalizadores de sua Majestade celestial foram penosamente desobedecidos. Com alegria, corri e postei meu corpo indigno na praça do mercado. O carrasco apareceu com sua cimitarra nua, girou-a ostensivamente no ar e, então, batendo com ela levemente em meu pescoço, afastou-se, atacado pela população, de quem sempre fui um favorito. Vim orar por justiça sobre sua própria cabeça desonrosa e traiçoeira.

— A que regimento de algozes pertence o borra-botas traiçoeiro? — perguntou o mikado.

— Para o galante nove mil, oitocentos e trinta e sete... Eu sei de quem se trata. Seu nome é Sakko-Samshi.

— Faça com que o tragam diante de mim — disse o mikado a um atendente, e meia hora depois o culpado estava em sua presença.

— Seu filho bastardo de uma corcunda de três pernas sem polegares! — rugiu o soberano. — Por que você apenas bateu levemente no pescoço que deveria ter sido seu prazer cortar?

— Senhor dos Grous e das Cerejeiras, — respondeu o carrasco, impassível — ordene-lhe que assoe o nariz com os dedos.

Ao ordenarem-lhe que o fizesse, Jijiji Ri segurou seu nariz e trombeteou como um elefante, todos esperando ver sua cabeça decepada ser lançada violentamente para longe de seu corpo. Nada aconteceu: a apresentação prosperou pacificamente até o fim, sem incidentes.

Agora, todos os olhos voltaram-se para o carrasco, que ficara branco como a neve no cume do Fujiama. Suas pernas tremiam, e sua respiração ofegava de terror.

— Vários tipos de leões de bronze com caudas pontiagudas! — exclamou ele. — Sou um espadachim arruinado e desgraçado! Acertei o vilão debilmente porque, ao brandir a cimitarra, acidentalmente passei-a através do meu próprio pescoço! Ó, Pai da Lua, renuncio ao meu cargo.

Dizendo isso, ele agarrou o coque dos cabelos, levantou a própria cabeça e, avançando até o trono, colocou-a humildemente aos pés do mikado.

CÍNICO, adj. e subs. m. Canalha cuja visão defeituosa vê as coisas como elas são, e não como deveriam ser. Daí o costume entre os citas[20] de arrancar os olhos de um cínico para melhorar a sua visão.

CINTA-LIGA, subs. f. Elástico destinado a impedir que uma mulher tire suas meias e desole o país.

CIRCO, subs. m. Lugar onde cavalos, pôneis e elefantes podem ver homens, mulheres e crianças agindo como tolos.

CITAÇÃO, subs. f. Ato de repetir erroneamente as palavras de outra pessoa.

> Com a intenção de tornar mais verdadeira sua citação,
> A página infalível de Brewer ele procurou, então,
> Em seguida, fez um voto solene, grandiloquente
> De que seria – ah, Deus meu! – condenado eternamente.
>
> — Stumpo Gaker

CIUMENTO, adj. e subs. m. Indevidamente preocupado com a preservação daquilo que só pode ser perdido se não valer a pena ser mantido.

CLARINETE, subs. m. Instrumento de tortura operado por uma pessoa com algodão nos ouvidos. Há dois instrumentos piores do que um clarinete – dois clarinetes.

CLARIVIDENTE, adj. 2g. Pessoa, geralmente uma mulher, que tem o poder de ver o que é invisível para seu cliente, ou seja, que se trata de um idiota.

CLEPTOMANÍACO, adj. e subs. m. Ladrão rico.

CLÉRIGO, subs. m. Homem que assume a gestão dos nossos assuntos espirituais como um método para melhorar seus assuntos terrenos.

CLICHÊ, subs. m. Elemento fundamental e glória especial da literatura popular. Pensamento que ronca em palavras que soltam fumaça. Sabedoria de um milhão de tolos dita por um idiota. Sentimento fóssil em uma rocha artificial. Moral sem fábula. Tudo o que resta de mortal de uma verdade que já morreu. Meia xícara de leite e

---

20. Antigo povo iraniano. (N. do T.)

mortalidade. Rabo assado de um pavão depenado. Água-viva murchando às margens do mar dos pensamentos. Cacarejo que foi além do botar do ovo. Epigrama ressecado.

CLIMA, subs. m. Tempo que faz no momento. Tópico permanente de conversa entre pessoas a quem tal coisa não interessa, mas que herdaram a tendência de tagarelar a respeito de seus ancestrais arbóreos nus – a quem o assunto de fato interessava, profundamente. A criação de agências meteorológicas oficiais e sua manutenção por meio de mentiras provam que mesmo os governos são influenciados pela persuasão dos rudes antepassados da selva.

> *Certa vez, mergulhei no futuro, até onde o olho humano podia olhar,*
> *E vi o meteorologista-chefe,*
> *tão morto quanto qualquer um pode estar...*
> *Como um mentiroso desde o nascimento, morto,*
> *condenado, no Hades trancado,*
> *Com um histórico de irracionalidade na terra raramente encontrado.*
> *Enquanto eu olhava, ele criava mais um jovem incandescente,*
> *Das brasas que ele preferira, às vantagens da verdade premente.*
> *Ele olhou ao redor e acima dele; e, então, pôs-se a escrevinhar,*
> *Em uma placa de fino amianto, o que aqui eu me atrevo a replicar...*
> *Pois foi o que li à luz eterna de brilho rosado:*
> *"Ventos variáveis, com chuvas locais; mais frio; neve; nublado".*
>
> — Halcyon Jones

CLIO, subs. f. Uma das nove Musas. A função de Clio era liderar a história – o que ela fez com grande dignidade, com muitos dos cidadãos proeminentes de Atenas ocupando seus assentos no palanque, com reuniões dirigidas pelos srs. Xenofonte[21], Heródoto[22] e outros oradores populares.

COLO, subs. m. Um dos órgãos mais importantes do corpo feminino – admirável provisão da natureza para o repouso da infância, especialmente útil, no entanto, nas festividades rurais – para servir de apoio para pratos de frango frio e cabeças de homens adultos.

---

21. Xenofonte (431 a.C.-?) foi um militar, historiador e filósofo ateniense. (N. do T.)
22. Heródoto (s.d.) foi um historiador e geógrafo grego. (N. do T.)

O macho de nossa espécie possui um colo rudimentar, desenvolvido apenas parcialmente e que em nada contribui para o bem-estar substancial do animal.

COMER, v. tr. e int. Desempenhar sucessivamente (e com sucesso) as funções de mastigação, umectação e deglutição.

> — *Estava eu na sala, apreciando meu jantar — disse Brillat-Savarin[23], começando uma anedota. — O quê? — interrompeu Rochebriant[24] — estava jantando em uma sala de estar? — Peço-lhe que note, meu senhor — explicou o grande gastrônomo — que não disse que estava jantando, mas que estava apreciando. Já havia jantado uma hora antes.*

COMÉRCIO, subs. m. Tipo de transação em que A saqueia de B os bens de C e, como compensação, B rouba a carteira de D com dinheiro pertencente a E.

COMESTÍVEL, adj. 2g. Bom para comer e benéfico à digestão, tal qual um verme para o sapo, um sapo para a cobra, uma cobra para o porco, um porco para o homem e um homem para o verme.

COMICHÃO, subs. f. Patriotismo de um escocês.

COMPANHEIRA, subs. f. Esposa, ou metade amarga da laranja.

> *"Ora, Pat, por que você de companheira a sua esposa chamaria?",*
> *Pergunta o padre, "Desde que a conheceu,*
> *Ela nunca se mostrou sua companhia*
> *Em absolutamente nada do que era seu".*
>
> *Responde Patrick: "Isso é verdade, sua Reverência",*
> *Sem mostrar nenhum sinal de tristeza;*
> *"Mas, caro amigo, esse fato é de pouca pertinência,*
> *Pois sua companhia ajuda na despesa!".*
>
> — Marley Wottel

---

23. Jean Anthelme Brillat-Savarin (1755-1826) foi um advogado, político e cozinheiro francês. (N. do T.)
24. Nicolas-Claude Martin Autier de La Villemontée (1742-1820), marquês de la Rochebriant, foi um nobre francês. (N. do T.)

COMPORTAMENTO, subs. m. Conduta determinada não por princípio, mas por criação. A palavra parece ter sido usada de maneira um tanto vaga na tradução do dr. Jamrach Holobom das seguintes linhas do *Dies Irae*[25]:

> *Recordare, Jesu pie,*
> *Quod sum causa tuae viae,*
> *Ne me perdas illa die.*[26]
>
> *Por favor, lembre-se, Salvador sagrado,*
> *De cujo punho partiu, impensado,*
> *O golpe fatal. Perdão pelo realizado.*

COMPROMETIDO, adj. m. Equipado com uma argola no tornozelo para a bola de ferro.

COMPROMETIMENTO, subs. m. Ajuste de interesses conflitantes que dá a cada adversário a satisfação de pensar que obteve o que não deveria ter, não se encontrando privado de nada – a não ser o que lhe era justamente devido.

COMPULSÃO, subs. f. Eloquência do poder.

CONCILIAÇÃO, subs. f. Amizade.

CONDECORAÇÃO, subs. f. Homenagem que prestamos a conquistas que se assemelham – mas não se igualam – às nossas.

CONDENAR, v. tr. Verbo muito usado antigamente pelos paflagônios[27], cujo significado se perdeu. De acordo com o erudito dr. Dolabelly Gak, acredita-se que tenha sido um termo de satisfação, que implicava o mais alto grau possível de tranquilidade mental. Já o professor Groke acredita que expressava uma emoção de agitado deleite, pois frequentemente ocorria em combinação com a palavra "ente" ou "tente", o que resultou em "contente" em nosso idioma. Apenas com enormes reservas eu seria capaz de apresentar qualquer opinião conflitante com a de qualquer uma dessas formidáveis autoridades.

---

25. "Deus da ira", em latim. (N. do T.)
26. Parte do Réquiem (missa fúnebre) de Wolfgang Amadeus Mozart (1756-1791), cuja tradução do latim segue: "Lembra-te, ó Jesus piedoso, / Que fui a causa de tua peregrinação, / Não me perca naquele dia". (N. do T.)
27. Povos que ocupavam a costa sul do Mar Negro, onde hoje se encontra a Turquia asiática. (N. do T.)

CONDOER-SE, v. tr. pron. Mostrar que o luto é um mal menor do que a simpatia.

CONFIANÇA, subs. f. Na política americana, uma grande corporação composta em grande parte de trabalhadores parcimoniosos, viúvas de poucos recursos, órfãos aos cuidados dos tutores e dos tribunais, com diversos malfeitores e inimigos públicos semelhantes.

CONFIDENTE, adj. e subs. 2g. Aquele a quem A confiou os segredos de B, confiados por ele a C.

CONFORTO, subs. m. Estado de espírito produzido pela contemplação da inquietação do próximo.

CONGRATULAÇÃO, subs. f. Civilidade da inveja.

CONGRESSO, subs. m. Corpo de homens que se reúne para revogar leis.

CONHAQUE, subs. m. Licor composto de uma parte de trovões e relâmpagos, uma parte de remorso, duas partes de sangrento assassinato, uma parte de morte no Inferno e quatro partes de Satanás esclarecido. Dosagem: a cabeça cheia o tempo todo. O conhaque é considerado pelo dr. Johnson como a bebida dos heróis. Só um herói se aventurará a bebê-lo.

CONHECIDO, adj. e subs. m. Pessoa que conhecemos bem o suficiente para lhe pedir dinheiro emprestado, mas não o suficiente para lhe emprestar dinheiro. Um amigo chamado de "distante", quando o sujeito é pobre ou anônimo, e de "íntimo", quando é rico ou famoso.

CONNAISSEUR, adj. e subs. m. Especialista que sabe tudo sobre uma coisa e nada sobre uma outra.

> *Um velho bebedor de vinhos foi esmagado em uma colisão ferroviária, e um pouco de vinho foi derramado em seus lábios para reanimá-lo. — Paulillac, 1873 — murmurou ele, e morreu.*

CONQUISTA, subs. f. Morte do esforço e nascimento do desgosto.

CONSELHO, subs. m. Moeda de menor valor atualmente.

> *"O homem tanta angústia parecia ter",*
> *Disse Tom, "que nada por ele pude fazer*
> *Além de bons conselhos dar". Jim respondeu:*

> *"Se menos pudesse por ele fazer, filho meu,*
> *Conheço-o bem o suficiente para saber*
> *Que é justamente isso que iria fazer".*
>
> — Jebel Jocordy

CONSERVADOR, adj. e subs. m. Estadista apaixonado pelos males existentes, diferentemente do liberal, que deseja substituí-los por outros.

CONSOLO, subs. m. Consciência de que um homem melhor é mais infeliz do que você.

CÔNSUL, subs. m. Na política, pessoa que não conseguiu garantir um cargo com o povo e recebeu um cargo do governo, sob a condição de deixar o país.

CONSULTAR, v. tr. Buscar a desaprovação de outra pessoa sobre um curso já decidido.

CONTRAVENÇÃO, subs. f. Infração da lei que porta menos dignidade do que um crime, sem constituir nenhuma pretensão de admissão nas melhores sociedades criminosas.

> *Ele tenta ascender, por meio da contravenção,*
> *À aristocracia do crime, nela ganhar posição.*
> *Ah, ai dele, de um modo frio e grandioso,*
> *Os "Capitães da indústria" recusaram-lhe tal gozo,*
> *Os "Reis das finanças" negaram-lhe recognição*
> *E os "Magnatas das ferrovias" zombaram de sua situação.*
> *Roubou ele então um banco para se fazer respeitar,*
> *Ainda assim o rejeitaram, pois na prisão foi ele parar.*
>
> — S. V. Hanipur

CONTROVÉRSIA, subs. f. Batalha em que saliva ou tinta substituem a perniciosa bala de canhão e a impulsiva baioneta.

> *Em controvérsia com a língua de fácil falar...*
> *Aquela guerra entre velhos e jovens sem sangue derramar...*
> *Procure seu adversário para com ele combater,*
> *E é sua própria raiva que ele vai enfim abater,*
> *E, tal qual uma serpente presa ao chão brutal,*

Suas próprias presas infligem-lhe a ferida fatal.
Como se deu esse milagre, vem você me perguntar,
Entregue-se às suas próprias opiniões, de par em par,
E incite-o a refutá-las; em sua ira inclemente,
Ele as varrerá de seu caminho, impiedosamente.
Proponha, então, gentilmente, tudo o que quer provar,
E, a cada proposição anunciada, trate de adicionar:
"Como tão bem observou" ou "Como sua sabedoria
Majestosamente atestou, contestar eu jamais poderia"
Ou "A propósito, esta visão, muito melhor expressada,
Perpassa seu argumento". Então, não faça mais nada.
E, diante de sua confiança, ele fará o que quer sua mente,
Provando ser a própria razão muito justa e inteligente.

— Conmore Apel Brune

CONVENTO, subs. m. Lugar de retiro para mulheres que desejam se distrair meditando no vício da ociosidade.

CONVERSA, subs. f. Feira para a exposição de mercadorias mentais menores, com cada expositor demasiadamente concentrado na disposição de seus próprios produtos para observar aqueles de seu vizinho.

CONVERSAR, v. tr. e int. Cometer uma indiscrição sem nenhuma tentação, por conta de um impulso sem propósito.

CORAÇÃO, subs. m. Músculo bombeador automático de sangue. Figurativamente, diz-se que este útil órgão é a sede das emoções e dos sentimentos – uma fantasia muito bonita que, no entanto, representa simplesmente a sobrevivência de uma crença outrora universal. Sabe-se agora que os sentimentos e emoções residem no estômago, evoluindo a partir dos alimentos pela ação química do fluido gástrico. O processo exato através do qual um bife se torna um sentimento – delicado ou não, de acordo com a idade do animal do qual foi cortado; as sucessivas etapas de elaboração por meio das quais um sanduíche de caviar se transmuta em uma singular ilusão e reaparece como um epigrama pungente; os maravilhosos e úteis métodos para converter um ovo cozido em contrição religiosa ou um bolinho de creme em um sensível suspiro – todas essas coisas foram pacientemente verificadas pelo sr. Pasteur[28] e por ele expostas com lucidez convincente. (Ver também minha monografia, "A identidade essencial das afeições espirituais e de certos gases intestinais liberados na digestão", páginas 4 a 687.) Em um trabalho científico intitulado, creio eu, "*Delectatio Demonorum*[29]" (John Camden Hotton, Londres, 1873), essa visão dos sentimentos recebe uma ilustração impressionante; e, para mais informações, consulte o famoso tratado do professor Dam chamado "O amor como produto da maceração alimentar".

CORDA, subs. f. Aparelho obsoleto para lembrar aos assassinos de que eles também são mortais. É colocada no pescoço e permanece no lugar por toda a vida. Foi amplamente substituída por um dispositivo elétrico mais complexo, usado em outra parte da pessoa; e mesmo ele está rapidamente dando lugar a um outro aparelho, conhecido como pregação.

COROAÇÃO, subs. f. Cerimônia na qual se confere a um soberano os sinais exteriores e visíveis do seu direito divino de ser explodido pelas alturas com uma bomba de dinamite.

CORPORAÇÃO, subs. f. Engenhoso dispositivo para obter lucro individualmente, sem nenhuma responsabilidade individual.

CORSÁRIO, subs. m. Político dos mares.

COVARDE, adj. e subs. 2g. Aquele que, em caso de perigo iminente, pensa com as pernas.

CREDOR, adj. e subs. m. Pertencente a uma tribo de selvagens que habitam além do Estreito Financeiro e temidos por suas incursões desoladoras.

CREMONA, subs. f. Violino caro feito no estado americano de Connecticut.

CRIANÇA, subs. f. Descendente dos *Procyanthropos*, ou *Americanus dominans*. Ser pequeno, sombrio e carregado de fatalidades políticas.

---

28. Louis Pasteur (1822-19895) foi um cientista francês, inventor do processo de conservação de alimentos que leva seu nome, pasteurização. (N. do T.)
29. "O prazer dos demônios", em latim. (N. do T.)

CRIMINOSO, adj. e subs. m. Pessoa com mais iniciativa do que discrição e que, ao abraçar uma oportunidade, formou um apego infeliz.

CRISTÃO, adj. e subs. m. Alguém que acredita que o Novo Testamento seja um livro divinamente inspirado, admiravelmente adequado às necessidades espirituais do próximo. Alguém que segue os ensinamentos de Cristo na medida em que não sejam inconsistentes com uma vida de pecado.

> *Sonhei que no topo de uma colina estava,*
> *E avistei uma multidão piedosa que caminhava*
> *Lá embaixo, em trajes de sábado devidamente vestidos,*
> *Com piedosos semblantes, tristes e empedernidos,*
> *Enquanto os sinos da igreja solene barulho faziam...*
> *Um alarme para aqueles que no pecado viviam.*
> *Vi-me então olhando para baixo, meditativo, calado,*
> *E com o rosto tranquilo, aquele espetáculo sagrado.*
> *Uma figura alta, esbelta, em um manto pálido,*
> *Cujos olhos difundiam um brilho cálido.*
> *"Que Deus o proteja, estranho", exclamei então,*
> *"Sem dúvida vem de longe, como mostra seu gibão;*
> *Ainda assim tenho comigo, sendo homem de bem,*
> *A esperança de que seja cristão também."*
> *Ele ergueu os olhos e, com severo olhar*
> *Fez-me com mil rubores queimar.*
> *Respondeu então – e o desdém em seus modos era visto:*
> *"O quê? Se sou cristão? Ora, claro que não! Eu sou Cristo".*
> — G. J.

CRÍTICO, adj. e subs. m. Pessoa que se vangloria de ser difícil de agradar por ninguém tentar agradá-la.

> *Há um lugar de prazeres ungidos,*
> *Além da correnteza do Jordão,*
> *Onde os santos lançam, de branco vestidos,*
> *A lama do crítico, com intenção.*
>
> *E enquanto ele caminha pelo firmamento,*
> *Sua pele um tom negro tomou,*
> *E ele se entristece com o reconhecimento*
> *Dos mísseis que ele lançou.*
> — Orrin Goof

CRUEL, adj. 2g. Dotado de grande coragem para suportar os males que afligem um outro.

> *Quando Zenão[30] foi informado de que um de seus inimigos não vivia mais, ficou profundamente comovido. — O quê? — disse um de seus discípulos — Está chorando pela morte de um inimigo? — Ah, é verdade, — respondeu o grande estoico — mas você tinha de me ver sorrindo com a morte de um amigo.*

CRUZ, subs. f. Antigo símbolo religioso que erroneamente se supõe dever seu significado ao evento mais solene da história do Cristianismo, sendo que, na verdade, o antecede em milhares de anos. Muitos acreditam que seja idêntica à *crux ansata*[31] do antigo culto fálico, mas foi rastreada até muito antes do que sabemos a seu respeito, chegando aos ritos dos povos primitivos. Hoje, temos a Cruz Branca como símbolo de castidade e a Cruz Vermelha como distintivo de neutralidade benevolente na guerra. Tendo em mente a primeira, o reverendo padre Gassalasca Jape golpeia a lira ao entoar os seguintes versos:

> *"Sejam bons, sejam bons!" a sororidade*
> *Clama em um coro sagrado.*
> *E sacode seus encantos com crueldade,*
> *Para nos dissuadir do pecado.*
>
> *Por que, ora, por que o olho jamais*
> *Vê a dama, de cativante maneira,*
> *Com graça juvenil e faces magistrais*
> *Ostentar, da Cruz Branca, a bandeira?*
>
> *Para que, então, tanto discurso e falação*
> *Para melhorar nosso comportamento?*
> *Um plano mais simples para nos levar à salvação*
> *(Mas, antes, vale a pena tal salvamento?)*

---

30. Zenão de Eleia (s.d.) foi um filósofo grego pré-socrático. (N. do T.)
31. Também chamada de *ankh*, trata-se de um antigo símbolo hieroglífico usado na arte e na escrita egípcias para representar a palavra "vida". (N. do T.)

> *Vale mesmo, meus queridos, se nem tentamos fugir*
> *Dos maus pensamentos que vêm nos assediar?*
> *Ignoramos a Lei como se ela nos fizesse rir,*
> *E queremos pecar – basta não nos deixar.*

CUI BONO? exp. lt. Que bem isso me faria?[32]

CULPABILIDADE, subs. f. Fardo destacável facilmente transferido para os ombros de Deus, do Destino, da Fortuna, da Sorte ou do próximo. Nos tempos da astrologia, era costume descarregá-lo sobre uma estrela.

> *Infelizmente, as coisas não são o que deveríamos ver*
> *Se Eva tivesse deixado aquela maçã lá a pender;*
> *E muitos sujeitos que deveriam encontrar alento,*
> *Unindo-se aos monarcas do pensamento,*
> *Ou jogando algum joguinho sem qualquer perversão*
> *Com colegas de batalha em campos de reputação,*
> *São derrubados por sua estrela azarada,*
> *Gritando: "Ora essa, aí está você, sua danada!".*
>
> — "O Mendigo Robusto"

CÚMPLICE, adj. e subs. 2g. Associado a outrem em um crime, tendo conhecimento de sua culpa e cumplicidade, como um advogado que defende um criminoso, sabendo-o culpado. Essa visão da posição do advogado no assunto não obteve, até o momento, a anuência da própria classe, pois ninguém lhes ofereceu honorários por tal anuência.

CUPIDO, subs. m. Aquele que chamam de deus do amor. Esta criação bastarda de uma fantasia bárbara foi sem dúvida infligida à mitologia pelos pecados de suas divindades. De todas as concepções desagradáveis e inadequadas, essa é a mais irracional e ofensiva. A noção de simbolizar o amor carnal com um bebê assexuado e de comparar as dores da paixão aos ferimentos de uma flecha – de introduzir grosseiramente esse homúnculo rechonchudo na arte para materializar o espírito sutil e a sugestão da obra – é eminentemente digna da época que, ao lhe dar origem, colocou-a às portas da prosperidade.

---

32. Literalmente "a quem beneficia?", em latim. (N. do T.)

CURIOSIDADE, subs. f. Qualidade questionável da mente feminina. A vontade de saber se uma mulher é amaldiçoada ou não pela curiosidade representa uma das paixões mais ativas e insaciáveis da alma masculina.

DADO, subs. m. Singular de "dados". Raramente ouvimos tal palavra, já que existe uma piadinha proibitiva: "Tem dado em casa?". Vez ou outra, porém, ouvimos alguém dizer: "Tem dado de quatro?", o que não é tão comum, já que os dados geralmente têm seis faces. Essa mesma palavra é encontrada em um dístico imortal daquele inteligentíssimo poeta e economista doméstico, o senador Depew[33]:

> *Um cubo de queijo do tamanho de um dado*
> *Serve de isca para pegar um rato esfomeado.*

DANÇAR, v. tr. e intr. Saltar ao som de uma música alegre, de preferência com os braços em volta da esposa ou da filha do vizinho. Existem muitos tipos de dança, mas todas aquelas que exigem a participação dos dois sexos têm duas características em comum: são (a) visivelmente inocentes e (b) fervorosamente amadas pelos maliciosos.

DATÁRIO, subs. m. Alto funcionário eclesiástico da Igreja Católica Romana, cuja importante função é marcar as bulas do papa com

---

33. Chauncey Mitchell Depew (1834-1928) foi um empresário e advogado estadunidense que atuou como senador entre 1862 e 1865. (N. do T.)

as palavras *Datum Romae*³⁴. Desfruta de uma renda principesca e da amizade de Deus.

DEBOCHADO, adj., m. Alguém que buscou o prazer com tanto zelo que teve a infelicidade de alcançá-lo.

DECÁLOGO, subs. m. Série de mandamentos, em número de dez – o suficiente para permitir escolher de forma inteligente quais observar, mas não o suficiente para se envergonhar da escolha. Eis a seguir a edição revisada do Decálogo, calculada para este meridiano:

> *Nenhum deus além de mim hás de adorar:*
> *Seria caro demais ter outros para glorificar.*
>
> *Nenhuma imagem ou ídolo hás de erigir*
> *Para Robert Ingersoll³⁵ destruir.*
>
> *Não tomes o nome de Deus em vão,*
> *Escolhe um horário apropriado para tal ação.*
>
> *Aos sábados, não hás de trabalhar,*
> *Deves, no entanto, bola jogar.*
>
> *Trata sempre de honrar seus pais,*
> *E o seguro de vida não aumentará mais.*
>
> *Não hás de matar, tampouco ser cúmplice de carniceiros;*
> *Assim, tampouco hás de pagar a conta dos açougueiros.*
>
> *A mulher do próximo não hás de beijar,*
> *A menos que o próximo venha a tua acariciar.*
>
> *Não hás de roubar. Tampouco de trabalhar*
> *Com ardor. Basta defraudar e trapacear.*
>
> *Não hás de falso testemunho levantar,*
> *Que baixeza! Mas rumores podes escutar.*
>
> *Não hás de cobiçar nada que não tenhas conseguido,*
> *Por bem ou por mal, a qualquer custo obtido.*

— G. J.

---

34. "Data romana", em latim. Expressão usada nos documentos nessa língua, precedente à data. (N. do T.)
35. Robert G. Ingersoll (1833-1899) foi um político estadunidense, famoso por sua árdua defesa do agnosticismo. (N. do T.)

AMBROSE BIERCE

DECIDIR, v. tr. Sucumbir à preponderância de um conjunto de influências sobre outro.

> *Uma folha de uma árvore foi arrancada.*
> *Disse ela: "Queria no chão ter morada".*
>
> *O vento oeste, aumentando, a fez desviar.*
> *"Para o leste", disse ela, "agora hei de rumar."*
>
> *O vento leste levantou, com força maior.*
> *Disse ela: "Este curso é muito melhor".*
>
> *Com igual poder ambos os ventos se batem.*
> *E ela disse: "Vou esperar até que reatem".*
>
> *Os dois acabam morrendo; a folha, nada discreta,*
> *Exclamou então: "Pois decidi cair em linha reta".*
>
> *"Melhores as primeiras ideias?" Essa não é a moral;*
> *Apenas escolha o que quer, sem discussão causal.*
>
> *Por mais que a escolha venha a falhar,*
> *Não será você a quem haverão de culpar.*
>
> — G. J.

DEGENERADO, adj. m. Menos visivelmente admirável do que seus antepassados. Os contemporâneos de Homero foram exemplos notáveis de degeneração: era necessário dez deles para levantar uma pedra, ou um motim igual ao que, sozinho, qualquer um dos heróis da guerra de Troia poderia ter facilmente provocado. Homero nunca se cansa de zombar dos "homens que vivem nestes dias degenerados", e talvez seja por isso que eles permitiram que ele se tornasse um mendigo – aliás, um exemplo marcante de retribuição do bem com o mal, já que, se o tivessem proibido de fazê-lo, ele certamente teria morrido de fome.

DEGRADAÇÃO, subs. f. Uma das etapas do progresso moral e social, de um posto privado à promoção política.

DELA, pr. f. Dele.

DÉJEUNER, subs. m. Café da manhã de um americano que esteve em Paris. Pronunciado de diversas formas.

DICIONÁRIO DO DIABO

DELEGAÇÃO, subs. f. Na política americana, mercadoria vendida em conjuntos.

DELIBERAÇÃO, subs. f. Ato de examinar o pão para determinar de que lado lhe passaram manteiga.

DEMITIR-SE, v. tr. pron. Renunciar a uma honraria em troca de alguma vantagem. Renunciar a uma vantagem em troca de uma vantagem maior.

> Havia rumores de que Leonard Wood[36] assinaria
> Uma verdadeira demissão
> A seu título, patente e toda categoria
> De militar posição...
> De cada honorária colocação.
>
> Por seu exemplo, despedido – inclinado
> À nobre emulação,
> Humildemente, o país viu-se resignado
> À sua demissão...
> À sua cristã abdicação.
>
> — Politian Greame

DENTISTA, subs. 2g. Prestidigitador que, colocando metal nas bocas, tira moedas dos bolsos.

DEPENDENTE, adj. e subs. 2g. Confiante na generosidade de outra pessoa para obter o apoio que não está em condições de exigir dos próprios medos.

DEPLORÁVEL, adj. 2g. Estado de um inimigo ou oponente após um encontro imaginário consigo mesmo.

DERRADEIRO, adj. e subs. m. Implemento do sapateiro – assim nomeado pela Providência em um momento de mau humor, como mera oportunidade para o sujeito zombeteiro.

---

36. Leonard Wood (1860-1927) foi um oficial do Exército dos Estados Unidos, governador militar de Cuba e governador-geral das Filipinas durante o período em que esses países viveram sob o colonialismo americano. (N. do T.)

> *Ó, zombeteiro, adoraria que meu chiste fosse contado*
> *Onde desconhecem o sapateiro,*
> *Assim, ouviriam meu papo furado,*
> *E esqueceriam do seu derradeiro.*
>
> — Gargo Repsky

DESCULPAR-SE, v. tr. pron. Estabelecer as bases para uma ofensa futura.

DESILUDIR, v. tr. Apresentar ao próximo um erro diferente e melhor do que aquele que ele considerava vantajoso adotar.

DESOBEDECER, v. tr. Celebrar com a apropriada cerimônia a maturidade de uma ordem.

> *É claro como o dia seu direito de reger,*
> *E meu manifesto dever é desobedecer;*
> *Se tal observância alguma vez eu romper,*
> *Que se desfaçam tanto eu quanto meu dever.*
>
> — Israfel Brown

DESOBEDIÊNCIA, subs. f. Lado positivo do sofrimento da servidão.

DESONRAR, v. tr. Mentir a respeito de uma outra pessoa. Dizer a verdade a respeito de uma outra pessoa.

DESPREZO, subs. m. Sentimento de um homem prudente por um inimigo que é formidável demais para ser combatido com segurança.

DESTINO, subs. m. Permissão a um tirano para o crime e desculpa para o fracasso a um tolo.

DEVER, v. tr. Ter (e manter) uma dívida. Anteriormente, tal palavra não era sinônimo de dívidas, mas de posse; significava "possuir", e, na mente dos devedores, ainda existe muita confusão entre ativos e passivos.

DEVOÇÃO, subs. f. Reverência ao Ser Supremo, baseada em Sua suposta semelhança com o homem.

> *Ensinam ao porco, através de epístolas e sermões,*
> *Que o deus dos suínos tem focinho e bigodões.*
>
> — Judibras

DIA, subs. m. Período de 24 horas, geralmente mal gasto. Este período é dividido em duas partes: o dia propriamente dito e a noite – ou dia impróprio; o primeiro é dedicado aos pecados dos negócios, e o último, consagrado aos outros tipos. Ambos os tipos de atividade social sobrepõem-se.

DIAFRAGMA, subs. m. Partição muscular que separa os distúrbios do tórax dos distúrbios dos intestinos.

DIAGNÓSTICO, subs. m. Previsão que os médicos fazem acerca de uma doença, através do pulso – e da carteira – do paciente.

DIÁRIO, subs. m. Registro cotidiano da parte da vida que qualquer pessoa consegue relatar a si mesma sem corar.

> *Hearst[37] manteve um diário em que mantinha escrito*
> *Tudo o que de sábio e inteligente haviam dito.*
> *Quando Hearst morreu, o Anjo dos Registros apagou*
> *Todas as anotações que não partiam dele, e gritou:*
> *"Hei de julgá-lo pelo seu diário". Hearst veio retorquir:*
> *"Muito obrigado, sou o Primeiro Santo que vai descobrir"...*
> *E imediatamente retirou, orgulhoso e exultante,*
> *O famoso diário de um bolso da mortalha brilhante.*
> *O Anjo virou as páginas com muita lentidão,*
> *Cada linha estúpida que conhecia de antemão,*
> *Cintilando e enegrecendo à medida que era tocada*
> *Toda rasa sensação, cada inteligência roubada;*
> *Depois, fechou o livro e devolveu-o, com muita seriedade.*
> *"Meu amigo, você se desviou do caminho da integridade:*
> *E, deste lado do túmulo, nunca estaria contente...*
> *De grandes ideias o Céu não é ambiente,*
> *E para tais alegrias o Inferno não tem jeito",*
> *Disse ele, chutando para a terra o sujeito.*
>
> — "O Filósofo Louco"

---

37. William Randolph Hearst (1863-1951) foi um empresário estadunidense do ramo editorial que criou uma inédita rede nacional de jornais. (N. do T.)

DICIONÁRIO, subs. m. Artifício literário malévolo para restringir o crescimento de uma língua e torná-la dura e inflexível. Este dicionário, no entanto, é uma obra muito útil.

DIFAMAR, v. tr. Atribuir maliciosamente a outrem ações viciosas que não tivemos o ímpeto e a oportunidade de cometer.

DIGESTÃO, subs. f. Conversão de alimentos em virtudes. Quando o processo é imperfeito, em vez disso, desenvolvem-se vícios – e aquele perverso escritor, o dr. Jeremiah Blenn, infere que, nessas circunstâncias, são as mulheres que mais sofrem de dispepsia.

DILAPIDADO, adj. m. Pertencente a um certo estilo de arquitetura, também conhecido como Normal Americano. A maioria dos edifícios públicos dos Estados Unidos apresenta esse estilo, embora alguns dos nossos primeiros arquitetos preferissem o estilo Irônico. Adições recentes à Casa Branca, em Washington, são do estilo Teodórico, a ordem eclesiástica dos dórios – são extremamente refinadas, a um custo de 100 dólares por tijolo.

DILÚVIO, subs. m. Famosa primeira experiência no batismo, que lavou os pecados (e os pecadores) do mundo.

DINHEIRO, subs. m. Bênção que não nos traz nenhuma vantagem, exceto quando nos separamos dela. Evidência de cultura e passaporte para uma sociedade educada. Propriedade suportável.

DINOTÉRIO, subs. m. Paquiderme extinto que prosperou quando o pterodátilo estava na moda. Esse último era natural da Irlanda, e seu nome era pronunciado Terry Dactyl ou Peter O'Dactyl – a depender da forma como o sujeito que estivesse pronunciando o tivesse conhecido: ouvindo alguém mencioná-lo ou vendo sua alcunha impressa.

DIPLOMACIA, subs. f. Patriótica arte de mentir pelo seu país.

DIREITO, adj. e subs. m. Autoridade legítima para ser, fazer ou ter – como o direito de ser rei, o direito de fazer mal ao próximo, o direito de ter sarampo e assim por diante. Antigamente, acreditava-se universalmente que o primeiro desses direitos derivava diretamente da vontade de Deus, e isso ainda é por vezes afirmado *in partibus* *infidelium*[38] fora dos domínios esclarecidos da Democracia, tais como as conhecidas falas de sir Abednego Bink, a seguir:

> *Com que direito um monarca real seu governo regula?*
> *De quem é a sanção de seu estado e poder?*
> *Ele certamente era tão teimoso quanto uma mula.*
> *Quem, não querendo Deus, seria capaz de manter,*
> *Mesmo que por uma hora, seu direito ao trono real*
> *Ou, seguro, expor seu orgulho na cadeira presidencial?*
>
> *Tudo o que existe é parte do Direito de Deus,*
> *Tudo é desejo do Senhor. Ó, como somos abençoados!*
> *Quão maravilhoso seria se os desígnios Seus*
> *Pudessem ser pelo tolo confundidos, pelo pilantra rechaçados!*
> *Se assim fosse, devo então dizer (tenha Ele clemência!)*
> *Que Deus é culpado por sua negligência.*

DISCRIMINAR, v. tr. Observar os detalhes pelos quais uma pessoa ou coisa é – se possível – mais questionável do que outra.

DISCUSSÃO, subs. f. Método de ratificação dos erros dos outros.

DISPARATE, subs. m. Todas as objeções levantadas contra este excelente dicionário.

DISSIMULAR, v. tr. Ocultar as máculas do caráter.

> *Vamos dissimular.*
>
> — Adão

DISTÂNCIA, subs. f. Única coisa que os ricos desejam que os pobres tenham.

DITADO, subs. m. Dito popular banal, ou provérbio (figurativo e coloquial). Assim chamado porque os tolos nele acreditam como em um ditado da escola. Eis a seguir alguns exemplos de ditados antigos feitos para tolos novos.

> *Um centavo economizado é um centavo desperdiçado.*
> *Um homem é conhecido por suas companhias.*

---

38. "Nos lugares onde vivem os infiéis", em latim. (N. do T.)

> *Um mau trabalhador briga com qualquer um que assim chamá-lo.*
> *Um pássaro na mão vale o que lhe trouxer.*
>
> *Antes tarde do que antes de alguém tê-lo convidado.*
> *Bom exemplo é aquele que não é preciso seguir.*
> *Meio pão é melhor do que um inteiro,*
> *desde que se tenha mais metades.*
>
> *Pense duas vezes antes de falar*
> *com um amigo que passa necessidade.*
> *O que vale a pena ser feito vale a*
> *pena que se peça a uma outra pessoa fazê-lo.*
>
> *O que não é dito logo é rejeitado.*
> *Ri melhor quem ri menos.*
> *Fale mal de alguém, e ele certamente aparecerá.*
> *Escolha o menor entre dois males.*
>
> *Faça greve sempre que seu empregador*
> *fechar um grande contrato.*
> *Onde há vontade, não há vontade.*

DITADOR, subs. m. Chefe de uma nação que prefere a peste do despotismo à praga da anarquia.

DÍVIDA, subs. f. Engenhoso substituto para os grilhões e a chibata do feitor de escravos.

> *Assim como a truta, em um aquário presa,*
> *Para encontrar uma saída nada com vagareza,*
> *Pressiona o focinho contra o vidro que a revolve,*
> *Sem jamais ver a prisão que a envolve,*
> *É também o pobre devedor, que nada vê à sua volta.*
> *Sente ele, contudo, o estreito limite que o escolta,*
> *Lamenta sua dívida e dela tenta escapar,*
> *Para enfim descobrir: melhor seria tudo pagar.*
>
> — Barlow S. Vode

DONZELA, subs. f. Jovem do sexo frágil viciada em condutas imprudentes e pontos de vista que enlouquecem a ponto de levar ao crime.

O gênero possui ampla distribuição geográfica, sendo encontrado onde quer que o procurem, e deplorado sempre que encontrado. A donzela não é de todo desagradável aos olhos, nem (sem seu piano e suas opiniões) insuportável aos ouvidos, embora – no que diz respeito à beleza – seja distintamente inferior ao arco-íris e, no que diz respeito à audição, superada pelo canário – que, aliás, também é mais portátil.

> *Uma donzela apaixonada sentou e cantou seu bemol...*
> *Esta canção doce e pitoresca foi ela entoar:*
> *"Como é bom para uma jovem uma partida de futebol*
> *Com um belo músculo a admirar!*
> *O Capitão, ele, sem par,*
> *Um time há de liderar!*
> *No campo, ele haverá de resplandecer,*
> *Por direito divino, um monarca há de ser,*
> *E ao seu lado, sempre haverei de ficar!".*
>
> — Opoline Jones

DOR, subs. f. Estado de espírito desconfortável que pode ter como origem física algo que vem sendo feito ao corpo – ou pode ser algo puramente mental, causado pela boa sorte de uma outra pessoa.

DORSO, subs. m. Parte do corpo do seu amigo que você tem o privilégio de contemplar na adversidade.

DRAGÃO, subs. m. Soldado que combina arrojo e firmeza em medidas tão equivalentes que acaba avançando a pé e recuando a cavalo.

DRAGONA, subs. f. Distintivo ornamentado que serve para distinguir um oficial militar do inimigo – ou seja, do oficial de patente inferior a quem sua morte há de promover.

DRAMATURGO, subs. m. Aquele que adapta peças do francês.

DRUIDAS, subs. m. pl. Sacerdotes e ministros de uma antiga religião celta que não desdenhava do emprego da humilde sedução do sacrifício humano. Atualmente, pouco se sabe sobre os druidas e sua fé. Plínio[39] diz que a religião deles, originária da Grã-Bretanha, se espa-

---

39. Caio Plínio Segundo (?-79), também conhecido como Plínio, o Velho, foi um naturalista romano. (N. do T.)

lhou para o leste, até a Pérsia. César diz que aqueles que desejavam estudar seus mistérios foram para a Grã-Bretanha. O próprio César para lá foi, mas não parece ter obtido nenhuma promoção elevada na Igreja Druídica, embora seu talento para o sacrifício humano fosse considerável. Os druidas realizavam seus ritos religiosos em bosques e nada sabiam sobre as hipotecas de igrejas e seu sistema de aluguel de bancos para a temporada. Eram, em suma, pagãos e – como já foram devidamente catalogados com complacência por um ilustre prelado da Igreja da Inglaterra – dissidentes.

DUELO, subs. m. Cerimônia formal preliminar à reconciliação de dois inimigos. É necessária grande habilidade para sua observância satisfatória – caso seja executado de maneira inábil, por vezes ocorrem consequências as mais inesperadas e deploráveis. Há muito tempo, um homem chegou a perder a vida em um duelo.

> *Esse duelo é um vício de todo cavalheiro cortês*
> *Que tenho em consideração, e gostaria que meu fado*
> *Fosse viver minha vida em algum lugar privilegiado...*
> *Algum país onde seja considerado bom, talvez,*
> *Retalhar como um peixe seu rival, ou mesmo fatiar*
> *Um marido como uma batata, ou, com uma bala,*
> *Acabar com um devedor em larga escala,*
> *Deixando-o pronto para deitar-se e se fazer enterrar.*
> *Existem alguns malfeitores que desejo abater,*
> *Quero neles atirar e, de certa forma, recuperar*
> *Tais ladrões ordinários, rumo a uma vida mais decente.*
> *Uma multidão poderosa... parece-me poder todos ver.*
> *Parece-me que vieram para me desafiar,*
> *Com música e estandartes, marchando alegremente!*

— Xamba Q. Dar

DUPLAMENTE, adv. Uma única vez, com frequência demasiada.

ECONOMIA, subs. f. Comprar o barril de uísque de que você não precisa pelo preço da vaca que você não pode pagar.

EDITOR, adj. e subs. m. Pessoa que combina as funções judiciais de Minos, Radamanto e Éaco[40], sendo, no entanto, tranquilizado com uma esmola. Censor severamente virtuoso, mas tão caridoso que tolera as virtudes e vícios dos outros e lança ao seu redor relâmpagos estrondosos e fortes trovões de advertência até que pareçam um monte de fogos de artifício, expressando petulantemente o que pensa enquanto persegue o rabo de um cachorro – e então, imediatamente, murmura uma canção suave e melodiosa, doce como o arrulhar de um burro que entoa sua oração à estrela vespertina. Mestre dos mistérios e senhor da lei, no elevado pináculo do trono do pensamento, com o rosto impregnado dos obscuros esplendores da Transfiguração, as pernas entrelaçadas e a boca escancarada, o editor derrama seu testamento no papel, cortando-o em comprimentos adequados. E, a intervalos, por trás do véu do templo, ouve-se a voz do capataz exigindo seus 7 centímetros de inteligência e seis linhas de meditação religiosa, ou simplesmente ordenando-lhe que desligue a sabedoria e crie algum páthos.

> *Ó, o Senhor da Lei no Trono do Pensamento,*
> *Um impostor a ouro banhado.*
> *De farrapos e remendos é feito seu paramento,*
> *De bronze sua coroa é,*
> *Mas ele não passa de um mané,*
> *E seu poder é apenas forjado.*
> *Brincando, e sobre nada tagarelando, causa dolo,*
> *Monarca do Pensamento velho e tolo.*

---

40. Seres da mitologia grega que atuavam como juízes. (N. do T.)

> *Mero seguidor da pública opinião,*
> *Troante, desajeitado, forro ladrão.*
> *Afetado,*
> *Duvidoso,*
> *Indelicado,*
> *Mentiroso*
> *E respeitado contemporão!*
>
> — J. H. Bumbleshook

EDUCAÇÃO, subs. f. Aquilo que revela aos sábios sua falta de inteligência, ao escondê-la dos tolos.

EFEITO, subs. m. O segundo de dois fenômenos que sempre ocorrem juntos e na mesma ordem. Diz-se que o primeiro, chamado Causa, gera o outro – o que é tão sensato quanto seria a declaração de alguém que, jamais tendo visto um cachorro antes, ao vê-lo em meio à perseguição a um coelho, afirma que o coelho é a causa do cachorro.

EGOCÊNTRICO, adj. e subs. m. Desprovido de consideração pelo egoísmo dos outros.

EGOÍSTA, adj. 2g. Pessoa de mau gosto, mais interessada nela mesma do que em mim.

> *Megaceph, para servir ao Estado deram-lhe crivo,*
> *Em meio aos salões do debate legislativo.*
> *Certo dia, com todas as suas credenciais, chegou*
> *À porta do Capitólio, e seu nome anunciou.*
> *O porteiro olhou, o rosto impudente*
> *De ironia, para o egoísta eminente*
> *E disse: "Vá embora, pois aqui resolvemos apenas*
> *Complicadas questões e estranhos problemas*
> *E não permitiremos, quando o orador exigir então*
> *Que cada um de seus membros faça sua opção,*
> *Alguém que concorda com tudo a esmo*
> *Votando eternamente em si mesmo".*

EJEÇÃO, subs. f. Remédio aprovado para a doença da tagarelice. Também é muito utilizado em casos de extrema pobreza.

ELEITOR, subs. m. Alguém que goza do privilégio sagrado de votar no homem escolhido por um outro.

ELETRICIDADE, subs. f. Poder que provoca todos os fenômenos naturais cuja causa é desconhecida. Trata-se da mesma coisa que o raio, e sua famosa tentativa de atingir o dr. Franklin[41] é um dos incidentes mais pitorescos da carreira daquele grande e bom homem. A memória do dr. Franklin é justamente tida com grande reverência, particularmente na França, onde uma efígie de cera dele foi recentemente exposta, trazendo o seguinte relato comovente de sua vida e de seus serviços prestados à ciência:

> *"Monsieur Franqulin, inventor da eletricidade. Este ilustre sábio, depois de ter feito várias viagens ao redor do mundo, morreu nas ilhas Sandwich e foi devorado por selvagens, e nenhum de seus fragmentos foi recuperado".*

A eletricidade parece destinada a desempenhar um papel muito importante nas artes e nos negócios. A questão da sua aplicação econômica para determinados fins ainda não foi resolvida, mas a experiência já provou que ela há de impulsionar um bonde com muito mais eficiência do que o gás e fornecer mais luz do que um cavalo.

ELEGANTE, adj. 2g. Refinado, à moda de um cavalheiro.

> *Observe atentamente, meu filho, a distinção que vou revelar:*
> *Um cavalheiro é gentil, e um senhor, elegante.*
> *Não preste atenção às definições que seu "dicionário" apresentar,*
> *Pois os dicionaristas são meros senhores, geralmente.*
>
> — G. J.

ELEGIA, subs. f. Composição em verso com que, sem recorrer a nenhum método humorístico, o escritor intenta produzir na mente do leitor o mais desencorajador tipo de desânimo. O exemplo inglês mais famoso começa mais ou menos assim:

> *O vira-lata prediz o sinal do dia da separação;*
> *O rebanho desordeiro pela campina marcha lentamente;*

---

41. Referência a Benjamin Franklin (1706-1790), político, embaixador e inventor estadunidense. (N. do T.)

> *O homem sábio volta para casa com tribulação;*
> *E eu apenas permaneço com disparates em mente.*

ELOQUÊNCIA, subs. f. Arte de persuadir oralmente os tolos de que o branco é a cor que parece ser. Inclui o dom de fazer qualquer cor parecer branca.

ELÍSIO, subs. m. Encantador país imaginário que os antigos tolamente acreditavam ser habitado pelos espíritos dos bons. Essa fábula ridícula e maliciosa foi varrida da face da terra pelos primeiros cristãos – que suas almas sejam felizes no Céu!

EMANCIPAÇÃO, subs. f. Mudança de um servo da tirania de um outro para o despotismo de si mesmo.

> *Era ele um escravo: ia e voltava sob autoridade;*
> *E seu colar de ferro até os ossos ia-lhe fendendo.*
> *Então, o nome de seu dono apagou a Liberdade,*
> *Apertando-lhe os rebites e seu próprio escrevendo.*
>
> — G. J.

EMBALSAMAR, v. tr. Enganar a vegetação ao prender os gases de que ela se alimenta. Ao embalsamar os seus mortos e, assim, perturbar o equilíbrio natural entre as vidas animal e vegetal, os egípcios tornaram estéril e incapaz de sustentar mais do que uma escassa população o seu outrora fértil e populoso país. O moderno caixão metálico é um passo na mesma direção, e muitos mortos que deveriam agora estar ornamentando o gramado de seu vizinho em forma de árvore, ou enriquecendo sua mesa como um ramo de rabanetes, estão condenados a uma longa inutilidade. Haveremos de agarrá-los em pouco tempo – se formos poupados –, mas, enquanto isso, a violeta e a rosa estão loucas para dar uma mordidinha em seu *gluteus maximus*.

EMBREAGEM DE SEGURANÇA, subs. comp. f. Dispositivo mecânico que atua automaticamente para evitar a queda de um elevador ou uma gaiola em caso de acidente com o aparelho de içagem.

> *Certa vez eu vi um homem aniquilado*
> *Em um poço de elevador,*
> *Cada membro seu estava espalhado*
> *Por todo o lugar, um grande terror.*

E

E eu insisto na interpelação
Daquele naufrágio incomum e doloroso:
"É tão surpreendente a sua posição,
Que estremecer por seu pescoço ouso!".

E então aquele corpo, sorrindo tristemente,
Impressionante, levantou-se e falou:
"Ora, eu não tremeria de forma tão veemente,
Pois já faz uma quinzena que meu corpo finou".

Então, para maior compreensão
De sua atitude, ele passa a implorar
Que eu concentre minha atenção
Nos seus membros vários, sem par...

Que note como tão rebeldes são,
Onde cada um deles encontra-se deitado;
Como um trotador se mostra quase em ação,
Indelicado, um álibi àquele ao seu lado.

Cada detalhe é aqui mencionado
Para mostrar seu estado sombrio,
Pois eu não havia tencionado
De tal relato dar um só pio.

Ninguém de que eu tenha ouvido falar
Poderia ser mais temido
Do que o cavalheiro cujo corpo foi se espalhar
Naquele poço, sob o elevador caído.

Ora, esta história é alegórica...
Figurativa, completamente.
Pois a queda é metafórica,
E o sujeito não caiu realmente.

Tenho comigo não ser moral
A um escritor trapacear,
E acho desprezível o louvor, afinal,
Obtido por meio do enganar.

Pois é isso que a Política planeja
Por meio do elevador, tenha em mente,

Ela trata de empurrar a pessoa benfazeja
Que tenha um talento surpreendente.

O Coronel Bryan tinha tal talento
(Pois é ele o homem derrubado)
E Ela o atingiu com certo alento
Até ter o pescoço engolfado.

E então a corda sobre ele arrebentou
E ele à terra desceu, dolorosamente,
Onde ninguém mais o amou
Por sua falta de valor aparente.

Mesmo vivo, seria bastante admirável
Que alguém dele tivesse qualquer lembrança.
A Moral deste poema lamentável:
Lubrifique sempre a embreagem de segurança.

— Porfer Poog

EMBRIAGAR-SE, v. tr. pron. Embebedar-se, encher a cara, alcoolizar-se, emborrachar-se, inebriar-se ou encharcar-se. Individualmente, o ato de embriagar-se é visto com desprezo, mas as nações na vanguarda da civilização e do poder vivem de cara cheia. Quando confrontados com os cristãos que bebem muito, os abstêmios maometanos caem como grama diante da foice. Na Índia, 100 mil britânicos que comem carne e bebem conhaque mantêm 250 milhões de abstêmios vegetarianos da mesma raça ariana sob seu jugo. Com que graça o americano, amante do uísque, empurrou o moderado espanhol para longe de suas posses! Desde o momento em que os guerreiros nórdicos devastaram todas as costas da Europa Ocidental e ficaram bêbados em todos os portos conquistados, tem sido assim: em todo lugar, observa-se que as nações que bebem demais lutam bastante bem, e não com muita justiça. Portanto, as respeitáveis senhoras idosas que aboliram a bebida do Exército americano podem, com razão, se orgulhar de ter aumentado materialmente o poder militar da nação.

EMOÇÃO, subs. f. Doença prostrante causada por certa determinação do coração sobre a cabeça. Às vezes, é acompanhada por uma abundante secreção de cloreto de sódio hidratado dos olhos.

EMPALAR, v. tr. No uso popular, perfurar com qualquer arma que permaneça fixa na ferida. Isso, no entanto, é impreciso: empalar é, propriamente, condenar à morte enfiando-se uma estaca vertical e afiada no corpo, ficando a vítima na posição sentada. Este era um modo comum de punição entre muitas nações da antiguidade e ainda é muito popular na China e em outras partes da Ásia. Até o início do século XV, foi amplamente empregado na "igreja" de hereges e propensos a cismas. Wolecraft chama tal ato de "banquinho do arrependimento", e, entre as pessoas comuns, era comicamente conhecido como "montar um cavalo de uma perna só". Ludwig Salzmann informa-nos que, no Tibete, o empalamento é considerado a punição mais adequada para crimes contra a religião e, embora na China seja por vezes conferido a crimes seculares, é mais frequentemente atribuído a casos de sacrilégio. Para a pessoa que passa por uma experiência real de empalamento, deve ser uma questão de menor importância o tipo de dissidência civil ou religiosa com a qual ela foi informada de seus desconfortos, mas, sem dúvida, o condenado sentiria certa satisfação se pudesse contemplar-se como um cata-vento na torre da Igreja Verdadeira.

EMPANTURRAR-SE, v. tr. pron. Jantar.

> *Salve, Gastrônomo, Apóstolo do Exagerar,*
> *Hábil em se empanturrar sem se preocupar!*
> *Sua grande invenção, o banquete não fatal,*
> *Mostra como o Homem é superior ao Animal.*

— John Boop

EMPURRAR, v. tr. Uma das duas coisas que conduzem fundamentalmente ao sucesso, especialmente na política. A outra é puxar.

ENTENDIMENTO, subs. m. Secreção cerebral que permite distinguir uma casa de um cavalo por conta da existência de um telhado acima da casa. Sua natureza e suas leis foram exaustivamente expostas por Locke[42], que montou uma casa, e por Kant[43], que viveu em um cavalo.

---

42. John Locke (1632-1704) foi um filósofo inglês, conhecido como o pai do liberalismo. (N. do T.)
43. Emanuel Kant (1724-1804) foi um filósofo alemão e um dos principais pensadores do Iluminismo. (N. do T.)

> *Tão aguçado era o seu entendimento*
> *Que tudo o que via, sentia, ouvia, sem tormento,*
> *Ele era capaz de interpretar com exatidão,*
> *Estando no momento dentro ou fora da prisão.*
> *A mando da Inspiração, ele então escrevia,*
> *Inquéritos acerca daqueles que conhecia.*
> *E assim, quando foi em um asilo se hospedar,*
> *Por fim executou o serviço de tudo compilar.*
> *Tão grande escritor, todos juraram,*
> *Que nunca texto melhor encontraram.*
>
> — Jorrock Wormley

ENTRETENIMENTO, subs. m. Qualquer tipo de diversão cujas incursões não cheguem à morte por injeção.

ENTUSIASMO, subs. m. Enfermidade juvenil, curável por pequenas doses de arrependimento juntamente com aplicações exteriores de experiência. Byron, que se recuperou o suficiente para chamar a situação de "musa entusiasmo", teve uma recaída, que o levou para Mesólongi[44].

ENVELOPE, subs. m. Caixão de um documento, bainha de uma nota, casca de uma remessa, roupão de uma carta de amor.

EPICURISTA, adj. e subs. 2g. Oponente de Epicuro, filósofo abstêmio que, sustentando que o prazer deveria ser o principal objetivo do homem, não perdeu nenhum tempo na gratificação dos sentidos.

EPIGRAMA, subs. m. Ditado curto e contundente, em prosa ou verso, frequentemente caracterizado por sua acidez ou aspereza e, às vezes, por sua sabedoria. Seguem alguns dos epigramas mais notáveis do erudito e engenhoso dr. Jamrach Holobom:

> *Conhecemos melhor as nossas necessidades do que as dos outros.*
> *Servir a si mesmo é uma questão de economia na posologia.*
>
> *Em cada coração humano há um tigre, um porco, um burro e um rouxinol. A diversidade de caráter deve-se às suas atividades desiguais.*

---

44. George Gordon Byron (1788-1824), poeta inglês conhecido como Lorde Byron, morreu na cidade grega de Mesólongi, onde lutou na guerra de independência da Grécia do Império Otomano. (N. do T.)

> Existem três gêneros: o dos homens, o das mulheres e o das meninas.
>
> A beleza nas mulheres e a distinção nos homens são semelhantes em um aspecto: parecem ambas, aos que não pensam, uma espécie de credibilidade.
>
> As mulheres apaixonadas têm menos vergonha do que os homens. Eles têm menos do que se envergonhar.
>
> Enquanto seu amigo o segura carinhosamente com as duas mãos, você estará seguro, pois poderá vigiar ambas.

EPITÁFIO, subs. m. Inscrição em um túmulo mostrando que as virtudes adquiridas pela morte têm efeito retroativo. Eis a seguir um exemplo comovente:

> Aqui jazem de Parson Platt os restos mortais,
> Foi ele sábio, piedoso, humilde e tudo mais,
> Mostrou-nos como devemos da vida desfrutar;
> Basta isso dizer... E que Deus trate de nos perdoar!

EREMITA, subs. 2g. Pessoa cujos vícios e loucuras não são sociáveis.

ERUDIÇÃO, subs. f. Poeira sacudida de um livro para um crânio vazio.

> Tão amplo era o alcance de sua erudição,
> Ele conhecia a origem e o plano da Criação
> E foi apenas por acidente que sofreu efetivamente...
> Pensou, pobre coitado, que ser ladrão era decente.
>
> — Romach Pute

ESCARABEU, subs. m. O mesmo que escaravelho.

> Pelas próprias mãos foi ele tombar
> E sob o grande carvalho ficou.
> Por terra estrangeira a viajar,
> Ele tentou fazê-la assimilar
> Sarabanda, aquele estranho dançar,
> Mas de Escarabeu ele a chamou.
> Ele assim a chamou todo o entardecer,
> E ela, a luz de seu harém, donzela sem par,
> Sorriu e nada disse. Ó, seu corpo, tão belo a admirar,

> *Lá ficou congelado, sob o brilho da lua, a fenecer...*
> *Por um Escarabeu foi ele expirar!*
> *E a lembrança muito tarde chegou, demasiado.*
> *Ó, terrível Fado!*
> *Enterraram-no onde ele jazia,*
> *E ele dorme esperando o Dia,*
> *Finado,*
> *Seu trocadilho fez com que seu olhar empalidecesse,*
> *Sombrio, sobre o túmulo, para que depois ao fim procedesse.*
> *Por um Escarabeu foi ele expirar!*
>
> — Fernando Tapple

ESCARAVELHO, subs. m. Inseto sagrado dos antigos egípcios, aliado do nosso familiar "besouro". Supunha-se que simbolizasse a imortalidade, o que advém do fato de só Deus saber o porquê de sua santidade peculiar existir. Seu hábito de incubar os ovos em uma bola de excremento também pode tê-lo recomendado a favor do sacerdócio e pode algum dia assegurar-lhe uma reverência igual entre nós. É verdade que o besouro americano é um besouro inferior, mas o padre americano também é um padre inferior.

ESCARIFICAÇÃO, subs. f. Forma de penitência praticada pelos pios medievais. Às vezes, tal rito era realizado com faca, às vezes com ferro quente, mas sempre, diz Arsenius Asceticus, de forma aceitável, se o penitente não se poupasse da dor nem de inofensiva desfiguração. A escarificação, assim como outras penitências grosseiras, foi agora substituída pela benfeitoria. Diz-se que a fundação de uma biblioteca ou a doação a uma universidade produz ao penitente uma dor mais aguda e duradoura do que a conferida pela faca ou pelo ferro e, portanto, representa um meio mais seguro de graça. Existem, no entanto, duas graves objeções ao seu uso como método penitencial: o bem que faz e a mácula da Justiça.

ESCONDER-SE, v. tr. pron. "Mover-se de maneira misteriosa", geralmente com a propriedade alheia.

> *Acena a primavera! Todas as coisas ao chamado respondem;*
> *As árvores estão partindo, e os caixas se escondem.*
>
> — Phela Orm

ESCRIBA, subs. 2g. Escritor profissional cujas opiniões são antagônicas às suas.

ESCRITURAS, subs. f. pl. Livros sagrados da nossa religião sagrada, distintos dos escritos falsos e profanos nos quais todas as outras religiões se baseiam.

ESCRÓFULA, subs. f. Também conhecida como "mal do rei". Doença que antes era curada pelo toque do soberano, mas que agora precisa ser tratada pelos médicos. Assim, "o devotíssimo Eduardo" da Inglaterra costumava impor sua mão real sobre os súditos enfermos e curá-los...

> Um bando de infelizes
> À espera de sua cura: suas doenças derrotam
> O grande ensaio da arte; mas, ao seu toque,
> Tal santidade o Céu deu à sua mão,
> Elas atualmente se alteram,
>
> como diz o "Médico" em Macbeth. Esta propriedade útil da mão real poderia, ao que parece, ser transmitida juntamente com outras propriedades da coroa; pois de acordo com "Malcolm",
>
> Assim foi dito
> Para a realeza sucessora ele deixa
> A bênção da cura.
>
> Mas o dom em algum lugar saiu da linha de sucessão: os últimos soberanos da Inglaterra não foram curandeiros táteis, e a doença antes homenageada com o nome de "mal do rei" agora tem o nome mais humilde de "escrófula", de scrofa, um javali. A data e o autor do epigrama a seguir são conhecidos apenas pelo autor deste dicionário, mas ele são antigos o suficiente para mostrar que a piada acerca do transtorno nacional da Escócia não é coisa de ontem.
>
> O mal do rei em mim tomou assento,
> Mas o soberano escocês tirou-me o tormento.
> A mão na minha pousou, dizendo palavras tais:
> "Vá embora!". Aqui não ficará mais.

> Mas vocês, que em tamanho apuro estão,
> Já me fazem arfar, já tenho também a comichão!

> A superstição de que as doenças possam ser curadas por meio do toque real está morta, mas, como muitas outras convicções que já se foram, deixou seu rastro nos costumes, mantendo viva a sua memória. A prática de formar fila e apertar a mão do presidente não teve outra origem, e, quando aquele grande dignatário dirige a sua saudação curativa às

> Pessoas visitadas por coisas estranhas,
> Todas inchadas, ulceradas, de dar pena aos olhos,
> O mero desespero da cirurgia,

> ele e seus pacientes estão simplesmente entregando uma tocha apagada – tocha essa que já esteve acesa – no fogo do altar de uma fé há muito mantida por todas as classes de homens. Trata-se de uma "sobrevivência" bela e edificante – que traz o sacro passado santo para perto de nossos "negócios e corações".

ESOTÉRICO, adj. m. Muito particularmente obscuro e consumadamente oculto. As filosofias antigas eram de dois tipos: exotéricas, aquelas que eram compreendidas parcialmente por seus próprios filósofos; e esotéricas, que ninguém conseguia entender. Foram essas últimas que afetaram mais profundamente o pensamento moderno e encontraram maior aceitação no nosso tempo.

ESPELHO, subs. m. Superfície de vidro em que é exibido um espetáculo fugaz da desilusão do homem.

> O rei da Manchúria tinha um espelho mágico, que não refletia a imagem de quem o mirava, mas apenas a do regente. Um certo cortesão que há muito desfrutava dos favores do rei – e, por isso, enriqueceu muito mais do que qualquer outro súdito do reino – disse ao monarca: — Dê-me, por favor, seu maravilhoso espelho, para que, quando eu estiver longe de sua augusta presença, ainda possa prestar homenagens diante da sua sombra visível, prostrando-me noite e dia na glória do seu bendito semblante, ao qual nada se compara em termos de divino esplendor, ó Sol do Zênite do Universo!

Satisfeito com o discurso, o rei ordenou que o espelho fosse levado ao palácio do cortesão; no entanto, tempos depois, dirigindo-se para lá sem ser notado, encontrou-o em um aposento onde nada havia além de restos de madeira. E o tal espelho já se encontrava escurecido pela poeira e coberto de teias de aranha. Isso irritou tanto o rei que ele desferiu um soco forte no espelho, quebrando o vidro e ficando gravemente ferido. Enfurecido ainda mais com esse infortúnio, ordenou que o ingrato cortesão fosse jogado na prisão e que o espelho fosse consertado e levado de volta ao seu próprio palácio – o que fizeram prontamente. No entanto, quando o rei olhou novamente no espelho, não viu sua imagem como antes, mas apenas a figura de um asno coroado, com uma bandagem ensanguentada em um de seus cascos traseiros – algo que os artesãos e todos os outros que haviam mirado o espelho antes dele também notaram, temendo, no entanto, admiti-lo. Tendo aprendido um pouco de sabedoria e de compaixão, o rei devolveu a liberdade ao seu cortesão, colocou o espelho na parte de trás do trono e reinou por muitos anos com justiça e humildade; e, certo dia, ao cair no sono da morte enquanto estava no trono, toda a corte viu no espelho a figura luminosa de um anjo, que lá permanece até hoje.

ESPERANÇA, subs. f. Desejo e expectativa reunidos em um só.

Deliciosa Esperança! Quando nada resta a um coitado...
Com a fortuna destituída, de amigos despojado;
Quando até seu cachorro o abandona, e mesmo sua cabrita,
Com tranquilo descontentamento, mastiga seu casaco de chita
Enquanto ainda o tem sobre as costas, surge você, afinal,
A estrela flamejante com sua fronte angelical,
Descendo dos céus, radiante, lendário,
Oferecendo-lhe belo cargo de escriturário.

— Fogarty Weffing

ESPIONAR, v. int. Ouvir em segredo um catálogo de crimes e vícios, de outra pessoa ou de si mesmo.

> *Certa senhora, com uma das orelhas encostada*
> *A um buraco de fechadura ouvia, à entrada.*
> *Duas fofoqueiras livremente conversavam,*
> *E era ela o tal assunto de que falavam.*
> *"Acredito", disse uma delas, "assim como meu marido,*
> *Que seja grande sirigaita, que para tudo tem ouvido!"*
> *E, tão logo mais nada ouviu,*
> *Indignada, ela a orelha abduziu.*
> *"Aqui não fico", disse ela, cheia de contrariedade,*
> *"Ouvindo mentiras sobre minha especialidade!"*
>
> — Gopete Sherany

ESQUECIMENTO, subs. m. 1) Dom de Deus concedido aos médicos em compensação por sua pobreza de consciência. **2)** Estado ou condição em que os malvados param de lutar e os melancólicos passam a repousar. Eterno depósito de lixo da fama. Armazenamento refrigerado para as grandes esperanças. Local onde autores ambiciosos encontram as suas obras sem orgulho e seus superiores sem inveja. Dormitório sem despertador.

ESTILHAÇO, subs. m. Argumento que o futuro prepara em resposta às exigências do Socialismo Americano.

ESTRADA, subs. f. Faixa de terra ao longo da qual podemos passar de um lugar cansativo demais a um outro aonde é inútil ir.

> *Todas as estradas, mesmo que divergentes, a Roma devem levar.*
> *De onde, graças ao bom Deus, ao menos uma nos traz de volta ao lar.*
>
> — Borey, o Careca

ESTRANGEIRO, adj. e subs. m. Americano soberano em estado probatório.

ETERNO, adj. m. Que dura para sempre. É com bastante timidez que me atrevo a oferecer essa definição breve e elementar, pois não desconheço a existência de uma volumosa obra escrita por um certo ex-bispo de Worcester, intitulada "Uma definição parcial da palavra 'Eterno'", usada na *Versão Autorizada das Sagradas Escrituras*. Seu livro já foi considerado de grande autoridade na Igreja Anglicana e ainda é, pelo que sei, estudado tanto com prazer para a mente quanto para o benefício da alma.

ETNOLOGIA, subs. f. Ciência que trata das diversas tribos do Homem, tais como ladrões, gatunos, vigaristas, burros, lunáticos, idiotas e etnólogos.

EUCARISTIA, subs. f. Festa sagrada da seita religiosa dos Teófagos. Certa vez, entre os membros dessa seita, surgiu uma disputa infeliz acerca do que comeriam. Por conta dessa controvérsia, cerca de 500 mil já foram mortos, e a questão ainda não foi resolvida.

EVANGELISTA, adj. e subs. 2g. Portador de boas novas, especialmente para nos assegurar (no sentido religioso) a nossa própria salvação e a condenação do próximo.

EVIDENTE, adj. 2g. Evidente para si mesmo e para mais ninguém.

EXCEÇÃO, subs. f. Algo que toma a liberdade de se diferenciar de outras coisas de sua classe, como um homem honesto, uma mulher verdadeira etc. "Toda regra tem uma exceção" é uma expressão constante nos lábios dos ignorantes, que a repetem uns para os outros sem nunca pensar em seu absurdo. Derivada do latim *Exceptio probat regulam*, ela significa, na verdade, que a exceção testa a regra, põe-na à prova – e não a confirma. O malfeitor que extraiu o significado desse excelente ditado e substituiu-o por outro de sua autoria exerceu um poder maligno que parece ser imortal.

EXCELENTE, adj. f.

> *"Sou excelente", disse o Leão. "Reino nesta*
> *E em toda planície, sou o monarca da floresta!"*
>
> *Respondeu o Elefante: "Sou excelente também,*
> *Ao meu grande peso não se compara ninguém!".*
>
> *"Eu é que sou excelente", disse a girafa, "afinal,*
> *Pescoço tão longo não há em outro animal!"*
>
> *"Excelente sou eu", disse o canguru, "Vejam só,*
> *Minha musculatura femoral é forte de dar dó!"*
>
> *"Sou excelente", disse em seguida o gambá,*
> *"Cauda mais ágil, careca e fria que a minha não há!"*

AMBROSE BIERCE

> *Ouviu-se então uma ostra frita dizer:*
> *"Sou excelente, pois sou boa de comer!".*
>
> *Cada um acredita que a excelência consiste*
> *Naquilo em que ele próprio encabeça a lista,*
>
> *E Vierick[45] acredita ser digno de nota*
> *Justamente por ser o maior idiota.*
>
> — Arion Spurl Doke

EXCENTRICIDADE, subs. f. Método de distinção tão barato que os tolos o utilizam para acentuar sua incapacidade.

EXCESSO, subs. m. Na moral, uma indulgência que impõe, por meio de penas apropriadas, a lei da moderação.

> *Salve, ó grande Excesso – no vinho, especialmente,*
> *Dobro meus joelhos em sua adoração,*
> *Que me prega tanta moderação...*
> *Meu crânio, seu púlpito, e seu santuário, meu ventre.*
> *Preceito sobre preceito, e linha sobre linha,*
> *Nunca seria tão docemente levado a concordar*
> *Com a razão, como com seu toque, livre, sem par,*
> *Sobre minha testa e ao longo da minha espinha.*
> *Ao seu comando, evitando a taça do prazer,*
> *Com a uva quente não desafio minha inteligência;*
> *Quando me sento no seu banco de penitência,*
> *Torno-me forte convertido, pois não consigo me erguer.*
> *Ingrato é aquele que insiste em vacilar*
> *Em fazer novos sacrifícios no seu altar!*

EXCOMUNHÃO, subs. f.

> *Essa tal "excomunhão" é palavra proferida*
> *No discurso eclesiástico, frequentemente ouvida,*
> *Significa a condenação, com sino, livro e fogo,*
> *Do pecador cuja ofensiva opinião está em jogo...*

---

45. George Sylvester Viereck (1884-1962) foi um poeta teuto-americano que colaborou com o governo nazista. (N. do T.)

Um rito que permite a Satanás escravizá-lo
Para sempre, proibindo Cristo de salvá-lo.

— Gat Huckle

EXECUTIVO, subs. m. Funcionário do governo cuja função é fazer cumprir os desejos do Poder Legislativo até que o Ministério da Justiça tenha o prazer de declará-los inválidos e sem efeito. Eis a seguir um extrato de um antigo livro, intitulado *O Selenita*[46] *Estupefato*, publicado em 1803 pela Pfeiffer & Co., na cidade de Boston:

SELENITA: Então, quando o seu Congresso aprova uma lei, ela vai sem demora ao Supremo Tribunal para que se saiba imediatamente se é constitucional?

TERRÁQUEO: Ah, não, ela não requer a aprovação do Supremo Tribunal até que, talvez, depois de ter sido aplicada durante muitos anos, alguém se oponha à sua ação contra si mesmo – quero dizer, o seu cliente. E, se o presidente aprová-la, começará a executá-la imediatamente.

SELENITA: Ah, o Poder Executivo faz parte do Legislativo. Seus policiais também precisam aprovar as leis locais que aplicam?

TERRÁQUEO: Ainda não... Pelo menos, não enquanto policiais. De um modo geral, porém, todas as leis exigem a aprovação daqueles a quem pretendem restringir.

SELENITA: Estou entendendo. A sentença de morte não é válida até ser assinada pelo assassino.

TERRÁQUEO: Meu amigo, você expressou tudo isso com vigor demais, não somos tão consistentes.

SELENITA: Mas esse sistema de manter um dispendioso mecanismo judicial para aprovar a validade das leis apenas depois de elas terem sido executadas por muito tempo, e apenas se forem apresentadas ao tribunal por algum indivíduo particular... tudo isso não causa muita confusão?

TERRÁQUEO: Sim.

---

46. Fictício habitante da lua. (N. do T.)

> SELENITA: Por que então as suas leis, antes de serem executadas, não são validadas, não pela assinatura do seu presidente, mas pela do presidente do Supremo Tribunal?
>
> TERRÁQUEO: Não há precedentes para tal.
>
> SELENITA: O que são precedentes?
>
> TERRÁQUEO: Quinhentos advogados os definiram em três volumes cada um. Sendo assim, como alguém pode chegar a saber?

EXILADO, adj. e subs. m. Aquele que serve ao seu país residindo no exterior, sem ser um embaixador.

> Questionado se havia lido O Exílio de Erin, o comandante de um certo navio respondeu: — Não, meu senhor, mas gostaria de ancorar nele. — Anos mais tarde, ao ser ele enforcado como pirata depois de uma carreira de atrocidades sem paralelo, o seguinte memorando foi encontrado no diário de bordo que ele guardava quando de sua resposta:
>
> "3 de agosto de 1842. Fiz uma piada na ex-Ilha de Erin. Foi recebida friamente. Entrei em guerra com o mundo inteiro!".

EXISTÊNCIA, subs. f.

> Um sonho transitório, fantástico, tomado de afligir,
> Em que nada há, tudo apenas parecendo existir:
> E dele somos acordados por uma amigável cotovelada
> De nossa colega de leito, a Morte, que nos faz gritar:
> "Que enrascada!".

EXORTAR, v. tr. Em se tratando de religião, colocar a consciência de uma outra pessoa no espeto e assá-la até ficar no ponto do desconforto.

EXPERIÊNCIA, subs. f. Sabedoria que nos permite reconhecer a loucura como um velho e indesejável conhecido que já havíamos abraçado.

> Àquele que, viajando através da noite e do nevoeiro,
> Se encontra atolado até o pescoço em insalubre aguaceiro,
> Tal experiência, como o despontar do amanhecer,
> Revela-lhe o caminho que não haveria de percorrer.
>
> — Joel Frad Bink

EXTERIOR, subs. m. Parte do ambiente sobre a qual nenhum governo conseguiu cobrar impostos. Especialmente útil para inspirar poetas.

> Subi ao topo de uma montanha certo dia,
> Para ver o pôr do sol em toda a glória,
> E pensei, ao olhar para seu raio que desaparecia,
> Em uma perfeita e esplêndida história.
>
> Era sobre um velho e o burrico que ele montou
> A ponto de a força da besta ter se esgotado;
> Então, por quilômetros, o homem o burro carregou
> Até estar Neddy bem descansado.
>
> Solene, a Lua nascia sobre o cume
> Das colinas, a leste de minha posição,
> E exibia seu disco ao oeste coberto de negrume,
> Como uma nova e visível criação.
>
> E eu pensei em uma piada – e ri até chorar –
> Sobre uma jovem ociosa que sempre ficava
> À porta de uma igreja, para a noiva olhar,
> Embora fosse ela quem se casava.
>
> Para os poetas, toda a Natureza está prenha
> De grandes ideias, pensamentos, emoção.
> Tenho pena de cada idiota que desdenha
> Das falas da terra, do oceano, da imensidão.
>
> — Stromboli Smith

EXTINÇÃO, subs. f. Matéria-prima com que a teologia criou o tempo futuro.

FADA, subs. f. Criatura, com formas e características variadas, que antigamente habitava prados e florestas. Tinha hábitos noturnos e era um tanto quanto dependente de danças e do roubo de crianças. Agora, os naturalistas acreditam que as fadas estão extintas, embora um clérigo da Igreja da Inglaterra tenha visto três delas perto de Colchester em 1855, enquanto passava por um parque depois de ter jantado com o senhor da propriedade. Tal visão surpreendeu-o imensamente, e ele foi por ela tão afetado que seu relato mostrou-se incoerente. No ano de 1807, um tropel de fadas visitou um bosque perto de Aix e raptou a filha de um camponês, que foi vista entrando na floresta com uma trouxa de roupas. O filho de um burguês rico desapareceu quase na mesma época, mas depois voltou. Ele tinha presenciado o sequestro e estava perseguindo as fadas. Justinian Gaux, um escritor do século XIV, afirma que o poder de transformação das fadas é tão grande que ele viu uma delas se transformar em dois exércitos opostos e travar uma batalha com grande matança, e, no dia seguinte, depois de elas terem retomado a sua forma original e desaparecido, havia no lugar 700 corpos, que os aldeões tiveram de enterrar. Ele não diz se algum dos feridos chegou a se recuperar. Na época de Henrique III da Inglaterra, foi aprovada uma lei que prescrevia a pena de morte para quem "matasse, ferisse ou mutilasse" uma fada, o que foi universalmente respeitado.

FAMOSO, adj. m. Visivelmente infeliz.

> *Vejam só, aos ferros enfim foi acorrentado*
> *Aquele que tinha a fama em sua mirada.*
> *Contente? Ora, seu grilhão é todo dourado,*
> *E a forma como lhe torcem é bastante admirada.*
>
> — Hassan Brubuddy

FANTASMA, subs. m. Sinal externo e visível de um medo interno.

Um fantasma ele viu.
Ocupava – aquela coisa sombria!
O caminho que ele seguia.
Antes que tivesse tempo de parar e voar,
Um terremoto brincou com o tal olhar
Que um fantasma viu.
E ficou, como fica todo sujeito precipitado;
Com a visão terrível permaneceu, parado.
Das estrelas que diante dele dançavam em vão
Afastou-se ele, em descontrole, e então
Um poste ele viu.

— Jared Macphester

Explicando o comportamento incomum dos fantasmas, Heine[47] menciona a engenhosa teoria de um outro sujeito, segundo a qual eles têm tanto medo de nós quanto nós deles. Não exatamente, se julgarmos pelas tabelas de velocidade comparativa que sou capaz de compilar a partir de memórias de minha própria experiência.

Há, porém, um obstáculo insuperável para a crença em fantasmas. Um fantasma nunca aparece desnudo: sempre é visto usando uma mortalha ou "nas roupas em que vivia". Acreditar nele, então, é acreditar que não só os mortos têm o poder de se tornar visíveis depois de não restar deles mais nada, mas que o mesmo poder é inerente aos tecidos. Supondo que os produtos do tear tivessem essa capacidade, que objetivo teriam ao exercê-la? E por que a aparição de um terno às vezes não anda por aí sem um fantasma dentro? Estes são enigmas significativos, que andam juntos e têm um controle dominador sobre a própria raiz dessa fé florescente.

FAROL, subs. m. Edifício alto à beira-mar onde o governo mantém uma lâmpada e o amigo de um político.

FÉ, subs. f. Crença sem evidência no que é contado por quem fala sem conhecimento, de coisas sem paralelo.

---

47. Christian Johann Heinrich Heine (1797-1856) foi um poeta romântico alemão. (N. do T.)

FEALDADE, subs. f. Presente dos deuses dado a certas mulheres, que implica em virtude sem humildade.

FEITIÇARIA, subs. f. Protótipo e precursor antigo da influência política. No entanto, era considerada menos respeitável e, às vezes, punida com tortura e morte. Augustine Nicholas relata que um camponês pobre que havia sido acusado de feitiçaria foi submetido a tortura para que o obrigassem a confessar. Depois de suportar algumas punições leves, o simplório sofredor admitiu sua culpa, mas, ingenuamente, perguntou aos seus algozes se não era possível ser um feiticeiro sem sabê-lo.

FEITICEIRA, subs. f. 1) Qualquer velha feia e repulsiva, em uma aliança perversa com o diabo. **2)** Jovem bonita e atraente, quilômetros à frente do diabo em termos de maldade.

FELICIDADE, subs. f. Agradável sensação que surge ao contemplarmos a miséria alheia.

FÊMEA, subs. f. Espécime do sexo oposto, ou injusto.

> *O Criador, no momento da Criação,*
> *Com coisas vivas abasteceu o chão.*
> *Elefantes, morcegos, com diferentes dons,*
> *Todos machos, e todos muito bons.*
> *Mas, quando o Diabo aquilo viu,*
> *"Pela Sua eterna lei", logo exprimiu,*
> *"De crescimento, maturidade e extinção,*
> *Tudo há de desaparecer sem lentidão*
> *Deixando a terra sem nenhum ser,*
> *A menos que estabeleça o nascer...".*
> *E, enfiando a cabeça sob a asa, então,*
> *Desatou a rir – não tinha mangu o cão.*
> *O que havia feito era pura maldade,*
> *Sugerir tal coisa à Suprema Divindade.*
> *O Mestre sobre tal conselho ponderou*
> *E, por fim, os dados do destino jogou.*
> *Com tais dados nossos assuntos são ordenados,*
> *E o Senhor observava enquanto era lançados;*
> *Então, em terrível lamento Sua cabeça inclinou,*

E o decreto do destino enfim confirmou.
De todas as partes da terra, novamente,
Consentiu voando a poeira consciente,
Enquanto rios em seus cursos rolavam
E seu molde maleável tornavam.
Coletou-se o suficiente (mas não mais,
A mesquinha natureza não esbanja jamais)
Até virar uma argila flexível, Ele amassou,
E o Diabo, sem ser visto, um pouco fora jogou.
E Deus passou a moldar cada parte do total,
Os órgãos grosseiros, e os mais finos no final;
Ninguém jamais evoluiu imediatamente,
Crescendo com um simples toque aparente,
Avançando pouco a pouco, até que, por fim,
Ele parou todas as coisas vivas. Todas, sim!
Fez as Fêmeas completas em todas as porções
A não ser (Sua argila cedeu) nos corações.
"Não importa", gritou Satanás, "em instantes
Trarei-lhes os corações faltantes!"
Saiu em disparada, e voltou sem vagar,
Trazia, em um saco, o de que iam precisar.
Naquela noite, discussões sobre a terra ressoaram.
Dez milhões de machos por fim desposaram;
Naquela noite, cantos de paz no Inferno ecoavam...
Dez milhões de demônios a menos ali moravam!

— G. J.

FÊNIX, subs. f. Protótipo clássico do moderno "frango frito".

FERROVIA, subs. f. O principal de inúmeros dispositivos mecânicos que nos permitem sair de onde estamos rumo a um lugar onde não estaremos em melhor situação. Com essa finalidade, a ferrovia é muito apreciada pelo otimista, pois lhe permite fazer tal deslocamento com grande rapidez.

FESTA, subs. f. Festival. Celebração religiosa, geralmente caracterizada pela gula e pela embriaguez, muitas vezes em homenagem a algum santo que se distingue pela abstinência. Na Igreja Católica

Romana, as festas são "móveis" e "imóveis", mas os celebrantes ficam completamente imóveis até que estejam cheios. Inicialmente, esses espetáculos assumiram a forma de celebrações para os mortos, sendo festejados pelos gregos, sob o nome de Nemeseia, e pelos astecas e peruanos, assim como nos tempos modernos se tornaram populares entre os chineses – embora se acredite que os mortos antigos, assim como os modernos, comiam muito pouco. Entre as muitas festas dos romanos estava o Novemdiale, que acontecia, segundo Tito Lívio[48], sempre que pedras caíam do céu.

FIADO, subs. m. Forma de pagamento no restaurante fora da temporada de salários.

FIADOR, subs. m. Tolo que, possuindo bens próprios, se compromete a responsabilizar-se por aquilo que foi confiado a outro por um terceiro.

> *Felipe de Orleans[49], desejando nomear um de seus favoritos, um nobre dissoluto, a um alto cargo, perguntou-lhe que segurança poderia ele dar-lhe. — Não preciso de fiador, — respondeu ele — pois posso lhe dar minha palavra de honra. — Ora, e que valor tem isso? — perguntou o regente, entretido. — Ora, meu senhor, vale seu peso em ouro.*

FICÇÃO, subs. f. Narrativa, comumente falsa. A verdade das ficções que se seguem, no entanto, não foi contestada com sucesso.

> *Certa noite, o sr. Rudolph Block[50], de Nova York, acabou sentando-se para jantar ao lado do sr. Percival Pollard[51], o ilustre crítico.*
>
> *— Sr. Pollard, — disse ele — meu livro, A Biografia de uma Vaca Morta, foi publicado anonimamente, mas o senhor dificilmente pode ignorar sua autoria. No entanto, ao revisá-lo, fala dele como o trabalho do Idiota do Século. Acha essa crítica justa?*
>
> *— Sinto muito, meu senhor, — respondeu o crítico, amigavelmente — mas não me ocorreu que o senhor realmente não desejasse que o público soubesse quem o escreveu.*

---

48. Tito Lívio (59 a.C.-17) foi um historiador de Roma. (N. do T.)
49. Felipe de Orleans (1640-1701) foi o filho mais novo do rei Luís XIII da França e irmão do sucessor deste, Luís XIV. (N. do T.)
50. Rudolph Edgar Block (1870-1940) foi um jornalista, colunista e escritor estadunidense. (N. do T.)
51. Joseph Percival Pollard (1869-1911) foi um crítico literário, romancista e contista estadunidense. (N. do T.)

O sr. W. C. Morrow[52], que morava em San Jose, Califórnia, era viciado em escrever histórias de fantasmas que faziam o leitor se sentir como se uma torrente de lagartos, recém-saídos do gelo, estivesse subindo pelas suas costas e se escondendo em seus cabelos. Naquela época, acreditava-se que San Jose fosse assombrada pelo espírito visível de um famoso bandido chamado Vasquez, que ali havia sido enforcado. A cidade não era muito bem iluminada, e estou sendo gentil ao dizer que todos em San Jose relutavam em sair depois do entardecer. Em uma noite particularmente escura, dois cavalheiros estavam no local mais ermo dentro dos limites da cidade, conversando em voz alta para manter sua coragem, quando encontraram o Sr. J. J. Owen[53], um conhecido jornalista.

— Ora, Owen — disse um deles — o que o traz aqui em uma noite como esta? Você me disse que este é um dos lugares favoritos de Vasquez! E você acredita em espíritos. Não tem medo de estar na rua a essa hora?

— Meu caro amigo, — respondeu o jornalista, com uma cadência outonal sombria em seu discurso, como o gemido de um vento carregado de folhas — tenho medo é de ficar em casa. Estou com uma das histórias de Will Morrow no bolso e não me atrevo a ir aonde haja luz suficiente para lê-la.

O contra-almirante Schley[54] e o deputado Charles F. Joy[55] estavam perto do Monumento da Paz, em Washington, discutindo a questão: "O sucesso é um fracasso?". O sr. Joy parou de repente no meio de uma frase eloquente, exclamando: — Ora, ora, já ouvi essa banda antes. Chama-se Santlemann's, acho eu.

— Não estou ouvindo banda nenhuma — disse Schley.

---

52. William Chambers Morrow (1854-1923) foi um escritor estadunidense, conhecido principalmente por seus contos de terror e suspense. (N. do T.)
53. J.J. Owen (1827-1895) foi o fundador e editor do jornal *Mercury*, da cidade de San Jose, Califórnia. (N. do T.)
54. Winfield Scott Schley (1839-1911) foi um contra-almirante da Marinha dos Estados Unidos, tendo lutado na Batalha de Santiago de Cuba durante a Guerra Hispano-Americana. (N. do T.)
55. Charles Frederick Joy (1849-1921) foi membro da Câmara dos Representantes dos Estados Unidos. (N. do T.)

— Pensando bem, eu também não, — disse Joy — mas vejo o General Miles[56] descendo a avenida, e esse espetáculo sempre me afeta da mesma forma que uma banda de música. É preciso examinar minuciosamente as próprias impressões, ou confundiremos sua origem.

Enquanto o almirante digeria aquela rápida refeição de filosofia, o general Miles passou em revista, um espetáculo de impressionante dignidade. Quando o fim da aparente procissão passou e os dois observadores se recuperaram da cegueira transitória causada por sua refulgência:

— Ele parece estar se divertindo — disse o almirante.

— Não há nada — concordou Joy, pensativo — que ele goste tanto quanto disso.

O ilustre estadista Champ Clark[57] morava a cerca de um quilômetro e meio do povoado de Jebigue, no estado do Missouri. Certo dia, ele chegou à cidade montado em sua mula favorita e, atrelando o animal no lado ensolarado de uma rua, diante de um bar, entrou – sendo abstêmio – apenas para avisar ao dono do bar que o vinho é uma enganação. Fazia um dia terrivelmente quente. Não demorou muito para que um de seus vizinhos entrasse, e, ao ver Clark, ele disse:

— Champ, não é certo deixar aquela mula lá fora, ao sol. É claro que ela vai assar! Estava fumegando quando passei por ela.

— Ah, ela está bem — disse Clark, sem se preocupar — é uma fumante inveterada.

O vizinho tomou uma limonada, mas continuava a balançar a cabeça e repetir que não estava certo.

Ele era um conspirador. Houvera um incêndio na noite anterior: um estábulo ao virar da esquina ardera, e vários cavalos conquistaram sua imortalidade, entre eles um potro jovem, que assura até adquirir um tom castanho escuro. Alguns dos meninos soltaram a mula do sr. Clark e substituíram-na pela parte mortal do potro. Logo, um outro homem entrou no salão.

---

56. Nelson A. Miles (1839-1925) foi um general-comandante do Exército dos Estados Unidos. (N. do T.)
57. James Beauchamp Clark (1850-1921) foi presidente da Câmara dos Representantes dos Estados Unidos. (N. do T.)

— Pelo amor de Deus! — disse ele ao dono do bar, sem papas na língua. — Tire essa mula daí! Ela está fedendo.

— Esse animal tem o melhor nariz do Missouri — meteu-se Clark — e, se ele não se importa, você também não deveria.

No decorrer dos acontecimentos humanos, o sr. Clark saiu do bar e, aparentemente, viu que ali jaziam os restos incinerados e encolhidos de seu cavalo de batalha. Os meninos não acharam graça no sr. Clark, que olhou para o corpo e, com a expressão evasiva que tão bem explica sua preferência política, foi embora. Mas, ao voltar para casa tarde naquela noite, ele viu sua mula parada, quieta e solene, à beira da estrada, sob o luar enevoado. Mencionando o nome de Helen Blazes[58] com uma ênfase incomum, o sr. Clark pegou o caminho de volta com toda a força que pôde e passou a noite na cidade.

O general H.H. Wotherspoon, presidente da Escola de Guerra do Exército, tem como animal de estimação um mandril, uma espécie de babuíno, animal de inteligência incomum mas de beleza imperfeita. Certa noite, ao retornar aos seus aposentos, o general ficou surpreso e angustiado ao encontrar Adão (pois é assim que a criatura se chamava, já que o general era darwiniano) ainda de pé à sua espera, e vestindo o melhor casaco do uniforme de seu mestre, com as dragonas e tudo o mais.

— Seu velho ancestral maldito! — trovejou o grande estrategista. — O que pensa que está fazendo ainda de pé depois da hora de dormir? E com o meu casaco, ainda por cima!

Adão levantou-se com um olhar de reprovação, pôs-se de quatro à maneira de sua espécie e, atravessando a sala até uma mesa, voltou com um cartão de visita: o general Barry havia passado por ali e, a julgar por uma garrafa de champanhe vazia e várias guimbas de charutos, fora recebido com toda a hospitalidade enquanto o aguardava. O general pediu desculpas ao seu fiel progenitor e retirou-se. No dia seguinte, ele encontrou o general Barry, que disse:

— Spoon, meu velho, quando o deixei ontem à noite, esqueci de lhe perguntar sobre aqueles excelentes charutos. Onde você os conseguiu?

---

58. Corruptela de *Hell'n'Blazes*, Inferno e Fogo, em inglês. (N. do T.)

> *O general Wotherspoon não se dignou a responder, simplesmente indo embora.*
>
> *— Perdoe-me, por favor — disse Barry, seguindo-o — estava brincando, é claro. Ora, eu percebi que não era você depois de uns 15 minutos que havia entrado na sala.*

FIDELIDADE, subs. f. Virtude peculiar a quem está prestes a ser traído.

FÍGADO, subs. m. Grande órgão vermelho cuidadosamente fornecido pela natureza para ser bilioso. Antigamente, acreditava-se que os sentimentos e emoções que todo anatomista literário sabe hoje assombrarem o coração infestavam o fígado; e até mesmo Gascoygne, falando do lado emocional da natureza humana, chama-o de "nossa componente hepática". Já foi considerada a sede da vida. O fígado é o melhor presente do céu para o ganso; sem ela, essa ave não seria capaz de nos fornecer o patê de Estrasburgo.

FILANTROPO, adj. e subs. m. Velho cavalheiro rico (e geralmente careca) treinado para sorrir enquanto tem a consciência mexendo em seu bolso.

FILISTEU, adj. e subs. m. Indivíduo cuja mente é uma criação de seu próprio ambiente, seguindo os pensamentos, as sensações e os sentimentos da moda. Trata-se de um sujeito às vezes instruído, frequentemente próspero, geralmente limpo e sempre solene.

FILOSOFIA, subs. f. Caminho com muitas estradas que levam de lugar nenhum ao nada.

FIM, subs. m. Posição mais distante do Interlocutor, independentemente do ponto de origem.

> *O homem rapidamente morria*
> *Enquanto o pandeiro tocava;*
> *O selo da morte em seu rosto jazia...*
> *Pálido e limpo ele estava.*
>
> *"Este é o fim", o adoentado falava*
> *E, falhando, fraca sua voz soou.*
> *No momento seguinte, morto estava,*
> *E seu pandeiro ossos se tornou.*
>
> *— Tinley Roquot*

FINANÇAS, subs. f. pl. Arte ou ciência de gerenciar receitas e recursos para o melhor proveito do gestor. A pronúncia desta palavra com o "i" longo e o acento na primeira sílaba é uma das descobertas e bens mais preciosos da América.

FISIONOMIA, subs. f. Arte de determinar o caráter do outro pelas semelhanças e diferenças entre seu rosto e o nosso – que equivale ao padrão de excelência.

> *"Não existe arte", diz Shakespeare, homem ignorante,*
> *"Capaz de ler no rosto a construção da mente."*
> *Os fisionomistas examinam seu semblante*
> *E dizem: "Aqui não traçamos nada de inteligente!*
> *Ele sabia que seu rosto revelava sua mente, seu coração,*
> *E então, em sua própria defesa, negou nossa profissão".*
>
> — Lavatar Shunk

FONÓGRAFO, subs. m. Irritante brinquedo que devolve à vida os ruídos mortos.

FORCA, subs. f. Palco para encenação de peças milagrosas, onde o protagonista é trasladado para o Céu. Neste país, a forca é notável principalmente pelo número de pessoas que dela escapam.

> *Seja no alto da forca, sem mais querer,*
> *Ou onde o sangue corre mais encarnado,*
> *O lugar mais nobre para o homem morrer...*
> *É onde ele morreu mais finado.*
>
> (Antiga peça de teatro)

FORÇA, subs. f.

> *"Força é simplesmente poder", o professor falou...*
> *"É justa a definição."*
> *O menino não disse nada, mas pensou*
> *E, quando da dor na cabeça se lembrou:*
> *"Força não é poder, mas obrigação!".*

FORMA PAUPERIS, exp. lt. No caráter de uma pessoa pobre – método pelo qual um litigante sem dinheiro para advogados pode consideravelmente perder seu caso.

> *Quando Adão, há muito tempo, na terrível corte de Cupido,*
> *(Pois Cupido governou antes de Adão ser inventado),*
> *Processava Eva, diz um relatório jurídico esquecido,*
> *Levantou-se e alegou estar incapacitado.*
>
> *"Pelo que vejo, seu processo tem forma pauperis", pôs-se Eva a bradar;*
> *"Aqui, nenhum pleito pode assim ser gerido."*
> *E, assim, todas as petições do pobre Adão tiveram que rejeitar:*
> *E embora ele foi, como havia chegado – sem ser atendido.*
>
> — G. J.

FOTOGRAFIA, subs. f. Quadro pintado pelo Sol, sem nenhuma instrução artística. Pouco melhor do que as obras da tribo Apache, mas não tão bom quanto as dos Cheyennes.

FRACASSAR, v. tr. e intr. Mudar repentinamente de opinião e passar para o partido oposto. O fracasso mais notável registrado foi o de Saulo de Tarso[59], que foi severamente criticado como vira-casaca por alguns dos jornais do nosso partido.

FRANGALHOS, subs. m. pl. Fragmento, parte decomposta, resquício. Tal palavra é usada de várias maneiras, mas, nos versos seguintes, acerca de uma notável reformadora que se opôs ao uso de bicicletas pelas mulheres porque isso "as levava ao diabo", ela é vista em sua melhor forma:

> *As rodas giram sem barulho fazer...*
> *As donzelas fazem grande agitação;*
> *Em um humor pecaminoso, insanas de alegria,*
> *Verdadeiras solteironas girando pela via*
> *Do diabo, em sua obrigação!*
> *Elas riem, cantam e ... blim-blim!*

---

59. Saulo de Tarso (5-67), comumente conhecido como Paulo de Tarso ou São Paulo, foi um dos mais influentes escritores, teólogos e pregadores do cristianismo, cujas obras compõem parte significativa do Novo Testamento. (N. do T.)

Sinos tocam toda a manhã, sem fim;
Suas lanternas brilhantes a noite iluminam,
Avisando os pedestres do selim.
De mãos erguidas, a srta. Charlotte põe-se de pé,
Meu bom Deus, não posso mais,
Do reumatismo havia ela esquecido,
Sua gordura, ardendo, não a deixa em paz.
E ela bloqueia o caminho que leva à ira,
Desafiando o poder de Satanás.
As rodas giram sem barulho fazer,
Acendem-se as luzes, em meio aos atalhos.
O que é isso no chão, consegue ver?
É a pobre Charlotte Smith, em frangalhos!

— John William Yope

FRAQUEZAS, subs. f. pl. Certos poderes primordiais da Mulher Tirana, com os quais ela mantém domínio sobre o homem de sua espécie, vinculando-o ao serviço de sua vontade e paralisando suas energias insurgentes.

FRENOLOGIA, subs. f. Ciência de surrupiar carteiras através do couro cabeludo. Consiste em localizar e explorar o órgão em que alguém é mais idiota.

FRIGIDEIRA, subs. f. Parte do aparato penal empregado naquela instituição punitiva, a cozinha feminina. A frigideira foi inventada por Calvino e por ele usada para cozinhar bebês de 1 ano de idade que morreram sem ser batizados; e, observando ele certo dia o horrível tormento de um vagabundo que, por descuido, puxou um bebê frito do lixo e devorou-o, ocorreu ao grande divino roubar a morte de seus terrores, introduzindo a frigideira em todos os lares de Genebra. Daí ela se espalhou por todos os cantos do mundo e tem sido de inestimável ajuda na propagação de sua fé sombria. As linhas a seguir (que dizem ser da pena de Sua Graça, o Bispo Potter[60]) parecem implicar que a utilidade deste utensílio não se

---

60. Henry Codman Potter (1834-1908) foi um bispo da Igreja Episcopal dos Estados Unidos. (N. do T.)

limita a este mundo mas, à medida que as consequências do seu emprego nesta vida se estendem à vida futura, também ele próprio pode ser encontrado do outro lado, recompensando os seus devotos:

> *O Velho Diabo foi aos céus convocado.*
> *Disse-lhe Pedro: "Suas intenções*
> *São boas, mas precisa ser mais determinado*
> *Em relação às novas invenções.*
>
> *"Ora, grelhar é um plano antigo*
> *De tormento, mas ouvi dizer*
> *Que a tal frigideira, meu amigo,*
> *O espírito maligno há de vencer.*
>
> *"Vá buscar uma – encha-a de gordura...*
> *Frite bem os pecadores nessa panela."*
> *"Conheço um truque que dois desses conjura",*
> *Disse o Diabo, "Cozinharei sua comida nela".*

FRONTEIRA, subs. f. Na geografia política, linha imaginária entre duas nações, que separa os direitos imaginários de uma dos direitos imaginários da outra.

FUNERAL, subs. m. Espetáculo em que atestamos nosso respeito pelos mortos – enriquecendo o agente funerário – e fortalecemos nossa dor com uma despesa que aprofunda nossos gemidos e duplica nossas lágrimas.

> *Morre o selvagem – e vão um cavalo sacrificar,*
> *Para em felizes campos de caça o cadáver enterrar.*
> *Expiram nossos amigos – e fazemos voar nosso dinheiro,*
> *Esperando que suas almas o persigam pelo Céu Inteiro.*

— Jex Wopley

FURACÃO, subs. m. Demonstração atmosférica que já foi muito comum mas, agora, tem sido comumente desbancada pelos tornados e ciclones. O furacão ainda é de uso popular nas Índias Ocidentais e continua o favorito de certos capitães do mar mais antiquados. Também é utilizado na construção do convés superior de barcos a vapor, mas, de modo geral, a utilidade do furacão já foi maior.

FUTURO, subs. m. Aquele período de tempo em que nossos negócios prosperam, nossos amigos são verdadeiros e nossa felicidade está garantida.

GANSO, subs. m. Pássaro que fornece penas para escrever. Estas, por algum processo oculto da natureza, são penetradas e impregnadas com vários graus da energia intelectual e do caráter emocional da ave, de modo que, quando molhadas na tinta e rabiscadas mecanicamente no papel por uma pessoa chamada "autor", fornece um resultado muito justo e preciso da transcrição do pensamento e dos sentimentos da ave. A diferença entre os gansos, tal como descoberta por este método engenhoso, é considerável: descobre-se que muitos têm poderes apenas triviais e insignificantes, ao passo que alguns são vistos como gansos realmente muito excepcionais.

GARFO, subs. m. Instrumento usado principalmente para colocar animais mortos na boca. Antigamente, a faca era empregada para esse propósito, e muitas pessoas dignas ainda consideram que ela tem muitas vantagens sobre essa outra ferramenta, sem, no entanto, rejeitá-la completamente, usando-a apenas como auxiliar no carregamento da faca. A imunidade dessas pessoas contra uma morte rápida e terrível é uma das provas mais impressionantes da misericórdia de Deus para com aqueles que O odeiam.

GÁRGULA, subs. f. Jato de chuva que se projeta dos beirais de edifícios medievais, comumente transformados em uma caricatura grotesca de algum inimigo pessoal do arquiteto ou do proprietário do edifício. Foi esse o caso, em especial, das igrejas e estruturas eclesiásticas em geral, nas quais as gárgulas apresentavam uma galeria perfeita de hereges e polemistas locais. Às vezes, quando um novo reitor e representantes eram empossados, as antigas gárgulas eram removidas e substituídas por outras, com uma relação mais próxima com as animosidades privadas dos novos titulares.

GATO, subs. m. Autômato macio e indestrutível, fornecido pela Natureza para ser chutado quando as coisas dão errado no círculo doméstico.

> *Este é um cão,*
> *Este é um gato.*
> *Isto é um pão,*
> *Isto é um rato.*
> *Corra, cão, mie, gato.*
> *Sove o pão, roa, rato.*
>
> — Elevenson

GENEROSO, adj. m. Originalmente esta palavra significava nobre por nascimento e era corretamente aplicada a uma grande multidão de pessoas. Agora significa nobre por natureza e está descansando um pouco.

GENEALOGIA, subs. f. Relato da descendência de um ancestral que não se preocupou particularmente em rastrear a sua própria.

GENTILEZA, subs. f. Breve prefácio de dez volumes de extorsão.

GEÓGRAFO, subs. m. Sujeito que pode dizer de imediato a diferença entre o exterior e o interior do mundo.

> *Habeam, geógrafo de fama acrescido,*
> *Na antiga cidade de Abu-Keher nascido,*
> *Ao passar pelo Rio Zam, de sua terra partindo,*
> *À aldeia vizinha de Xelam, acabou se distraindo,*
> *E perdeu-se, pela infinidade de estradas desnorteado,*
> *Muito tempo viveu por sapos migratórios rodeado,*
> *E morreu miseravelmente, de tal exposição,*
> *E viajantes, gratos por seu guia, eram só lamentação.*
>
> — Henry Haukhorn

GEOLOGIA, subs. f. Ciência da crosta terrestre – à qual, sem dúvida, se acrescentará a do seu interior, sempre que um homem sair de um poço falando pelos cotovelos. As formações geológicas do globo já observadas estão catalogadas assim: a Primária, ou inferior, consiste em rochas, ossos ou mulas atoladas, canos de gás, ferramentas de mineiros, estátuas antigas sem o nariz, dobrões espanhóis e ancestrais; a Secundária é composta em grande parte de vermes avermelhados e toupeiras; a Terciária compreende trilhos de trem, calçadas patenteadas, grama, cobras, botas mofadas, garrafas de cerveja, latas de tomate, cidadãos embriagados, lixo, anarquistas, galgos e tolos.

GHOUL, subs. m. Demônio viciado no repreensível hábito de devorar os mortos. A existência de ghouls tem sido contestada por aquela classe de polêmicos que estão mais preocupados em privar o mundo de crenças reconfortantes do que em lhe dar algo de bom em seu lugar. Em 1640, o padre Secchi[61] viu um deles em um cemitério perto de Florença e assustou-o com o sinal da cruz. Descreve-o como dotado de muitas cabeças e uma quantidade incomum de membros, e viu-o em mais de um lugar ao mesmo tempo. O bom homem estava saindo do jantar naquele momento e explica que, se não estivesse "pesado de tanto comer", teria agarrado o demônio a todo custo. Atholston relata que um ghoul foi capturado por alguns robustos camponeses no cemitério de uma igreja em Sudbury e mergulhado em um lago para cavalos. (Ele parece pensar que um criminoso tão distinto deveria ter sido mergulhado em um tanque de água de rosas.) A água imediatamente transformou-se em sangue "e assim continua até hoje". Desde então, esvaziaram a lagoa. Ainda no início do século XIV, um ghoul foi encurralado na cripta da Catedral de Amiens, e toda a população cercou o local. Vinte homens armados, com um padre à frente portando um crucifixo, entraram e capturaram o ghoul, que, pensando em escapar com tal artimanha, tomara a aparência de um cidadão local mas, ainda assim, foi enforcado, arrastado pelas ruas e esquartejado, em meio a terríveis orgias populares. O cidadão cuja forma o demônio assumiu ficou tão afetado pelo sinistro acontecimento que nunca mais apareceu em Amiens, e seu destino permanece um mistério.

---

61. Angelo Secchi (1818-1878) foi um sacerdote católico e astrônomo italiano. (N. do T.)

GÍRIA, subs. f. Grunhido do porco humano (*Pignoramus intolerabilis*) com memória audível. Fala de quem pronuncia com a língua o que pensa com o ouvido, e sente o orgulho de um criador ao realizar a façanha de um papagaio. Forma (sob a Providência) de se estabelecer como ser inteligente sem fazer nenhum sentido.

GLUTÃO, adj. e subs. m. Pessoa que escapa dos males da moderação ao entregar-se à dispepsia.

GNOMO, subs. m. Na mitologia do norte da Europa, pequeno diabinho que habita o interior da terra e possui a custódia especial dos tesouros minerais. Bjorsen, que morreu em 1765, diz que os gnomos eram bastante comuns nas partes do sul da Suécia na sua infância e, frequentemente, via-os correndo pelas colinas no crepúsculo. Ludwig Binkerhoof viu três deles em 1792, na Floresta Negra, e Sneddeker afirma que, em 1803, eles expulsaram um grupo de mineiros de uma mina da Silésia. Baseando nossos cálculos nos dados fornecidos por tais declarações, descobrimos que os gnomos provavelmente já haviam sido extintos em 1764.

GNÓSTICOS, subs. m. pl. Seita de filósofos que tentaram arquitetar uma fusão entre os primeiros cristãos e os platônicos. Os primeiros não participaram da panelinha, e a associação fracassou, para o grande desgosto dos organizadores de tal fusão.

GNU, subs. m. Animal da África do Sul que, ao ser domesticado, lembra um cavalo, um búfalo e um veado. Selvagem, mostra-se como algo parecido com um raio, um terremoto e um ciclone.

> *Um caçador de Kew viu, bem distante,*
> *Um gnu em pacífica meditação*
> *E disse: "Tratarei de persegui-lo, e minha mão*
> *Em seu sangue mergulhar, bem avante".*
> *Mas a tal fera seguiu o caçador e o jogou*
> *Sobre o topo de uma palmeira que ali encontrou;*
> *E o caçador, ao voar: "Que bom que me arremessou*
> *Antes que eu perdesse a paciência", então falou,*
> *"E matasse esse gnu, que bem o merecia", acrescentou.*
>
> — Jarn Leffer

GÓRGONA, subs. f.

> *A Górgona era uma donzela com um poder ousado,*
> *Em pedra ela transformava os gregos do passado*
> *Que para a sua terrível fronte se atreviam a olhar.*
> *E, agora que tais velhos começamos a escavar,*
> *Podemos jurar não serem ruins suas esculturas,*
> *Prova de que os velhos escultores cometiam loucuras.*

GOTA, subs. f. Denominação dos médicos para o reumatismo dos pacientes ricos.

GRAÇAS, subs. f. pl. Três belas deusas, Aglaia, Tália e Eufrosina, criadas de Vênus, que a servem sem nenhuma paga. Elas não tinham despesas com alimentação e roupas, pois não comiam nada digno de nota e vestiam-se de acordo com o clima, usando qualquer brisa que soprasse.

GRAMÁTICA, subs. f. Sistema de armadilhas cuidadosamente preparadas para os pés do "homem que se fez sozinho", ao longo do caminho por onde ele avança rumo à distinção.

GRATIFICAÇÃO, subs. f. Liberalidade de quem tem muito em permitir àquele que não tem nada obter tudo o que puder.

> *Diz-se que uma única andorinha devora 10 milhões de insetos todos os anos. Considero o fornecimento desses insetos um exemplo marcante da generosidade do Criador em prover a vida de Suas criaturas.*
>
> — Henry Ward Beecher[62]

GRAVITAÇÃO, subs. f. Tendência de todos os corpos de se aproximarem uns dos outros com uma força proporcional à quantidade de matéria que contêm – a quantidade de matéria que eles contêm é determinada pela força da sua tendência de se aproximarem uns dos outros. Essa é uma ilustração adorável e edificante de como a ciência, tendo feito de A a prova de B, faz de B a prova de A.

GUERRA, subs. f. Subproduto das artes da paz. A condição política mais ameaçadora é um período de harmonia internacional. O estudante de história a quem não ensinaram que deve esperar o

---

62. Henry Ward Beecher (1813-1887) foi um clérigo estadunidense. (N. do T.)

inesperado pode, com razão, gabar-se de ser inacessível à luz. "Em tempos de paz, preparem-se para a guerra" tem um sentido mais profundo do que normalmente se percebe, significando não apenas que todas as coisas terrenas têm um fim – que a mudança é a única lei imutável e eterna –, mas que o solo da paz está densamente semeado com as sementes da guerra e singularmente adequado à sua germinação e crescimento. Foi quando Kubla Khan[63] decretou a sua "imponente cúpula do prazer" – ou seja, quando havia paz e fartos banquetes em Xanadu – que ele

> *ao longe ouviu*
> *Uma voz ancestral que a guerra previu.*
>
> *Grande poeta, Coleridge também foi um dos homens mais sábios, e não nos leu essa parábola à toa. Tenhamos um pouco menos de "mãos do outro lado do mar" e um pouco mais daquela desconfiança elementar que é a segurança das nações. A guerra adora aparecer como um ladrão durante a noite – confissões de amizade eterna proporcionam tal noite.*

GUILHOTINA, subs. f. Máquina que faz um francês encolher os ombros com razão.

> *Em seu grande trabalho sobre "Linhas Divergentes da Evolução Racial", o erudito professor Brayfugle argumenta, a partir da prevalência desse gesto – o encolher de ombros – entre os franceses, que todos eles descendem das tartarugas e continuam a assim agir simplesmente por conta do hábito de retrair a cabeça para dentro da concha. É com relutância que discordo de uma autoridade tão eminente, mas, na minha opinião (conforme mais elaboradamente estabelecido e aplicado em meu trabalho intitulado "Emoções Hereditárias" – livro II, capítulo XI), o encolher de ombros é uma base pobre sobre a qual construir teoria tão importante, pois, antes da Revolução, o gesto era desconhecido. Não tenho dúvida de que se refere diretamente ao terror inspirado pela guilhotina durante o período de atividade daquele instrumento.*

---

63. *Kubla Khan, or A Vision in a Dream* ("Kubla Khan, ou Uma Visão em um Sonho") é um poema escrito pelo poeta, crítico literário, filósofo e teólogo inglês Samuel Taylor Coleridge (1772-1834), mencionado logo depois. (N. do T.)

HABEAS CORPUS, exp. lt. Mandado pelo qual um homem pode ser retirado da cadeia ao ser preso pelo crime errado.

HABILIDADE, subs. f. O equipamento natural para realizar uma pequena parte das ambições mais mesquinhas que distinguem os homens habilidosos daqueles que estão mortos. Em última instância, costuma-se descobrir que toda habilidade consiste, principalmente, em um alto grau de solenidade. No entanto, talvez esta impressionante qualidade seja, por fim, avaliada corretamente: não é fácil ser solene.

HÁBITO, subs. m. Algema para os homens livres.

HADES, subs. m. Mundo inferior, residência dos espíritos que partiram, lugar onde os mortos vivem.

> *Entre os antigos, a concepção do Hades não era sinônimo do nosso Inferno, pois muitos dos homens mais respeitáveis da Antiguidade residiam lá muito confortavelmente. Na verdade, os próprios Campos Elísios faziam parte do Hades, embora desde então tenham sido removidos para Paris. Quando a versão jacobina do Novo Testamento estava em processo de evolução, os homens piedosos e eruditos envolvidos no trabalho insistiram, por maioria de votos, em traduzir a palavra grega "Haides" como "Inferno", mas um membro mais justo da minoria apoderou-se secretamente do registro e apagou a palavra onde quer que a pudessem encontrar. Na reunião seguinte, o bispo de Salisbury, examinando o trabalho, levantou-se subitamente e disse, com considerável entusiasmo: — Meus senhores, alguém tem arruinado o "Inferno" aqui! — Anos depois, a morte do bom prelado foi amenizada pela reflexão de que ele havia sido o meio (sob a Providência) pelo qual fora feito um acréscimo importante, útil e imortal à fraseologia da língua inglesa.*

HALO, subs. m. Adequadamente, um anel luminoso circundando um corpo astronômico mas não raramente confundido com "auréola" ou "nimbo", um fenômeno semelhante usado como cocar por divindades e santos. O halo é uma ilusão puramente óptica, produzida pela umidade do ar, na forma de um arco-íris; mas a auréola é conferida como sinal de santidade superior, da mesma forma que a mitra do bispo ou a tiara papal. Na pintura da Natividade, de Szedgkin, um piedoso artista de Pest, não apenas a Virgem e o Menino usam o nimbo, mas um burro que mordisca feno da manjedoura sagrada é decorado de forma semelhante, e, para sua eterna honra, devemos dizê-lo: ele parece ostentar sua dignidade incomum com uma graça verdadeiramente santa.

HARMONISTAS, subs. m. pl. Seita de protestantes, já extinta, que veio da Europa no início do século passado, tendo se destacado pela amargura de suas controvérsias e dissensões internas.

HEBREU, adj. e subs. m. Judeu do sexo masculino, distinto da judia, uma criação totalmente superior.

HIBERNAR, v. int. Passar o inverno em reclusão doméstica. Tem havido muitas noções singulares em meio ao populacho acerca da hibernação de vários animais. Muitos acreditam que o urso hiberna durante todo o inverno e subsiste chupando mecanicamente os dedos das patas. Admite-se que ele saia de sua reclusão na primavera tão magro que deva tentar por duas vezes projetar qualquer sombra. Há três ou quatro séculos, na Inglaterra, era fato comprovado que as andorinhas passavam os meses do inverno na lama do fundo de seus riachos, agarradas umas às outras em amontoados globulares. Aparentemente, foram obrigadas a abandonar tal costume por conta da sujeira dos riachos. Sotus Ecobius descobriu, na Ásia Central, uma nação inteira de pessoas que hibernam. Alguns investigadores supõem que o jejum da Quaresma tenha sido originalmente uma forma modificada de hibernação, à qual a Igreja deu um significado religioso, mas essa opinião foi vigorosamente combatida por aquela eminente autoridade, o bispo Kip[64], que não desejava que nenhumas honras fossem negadas à memória do Fundador da sua família.

HÍBRIDO, adj. e subs. m. Problema coletivo.

HIDRA, subs. f. Espécie de animal que os antigos catalogavam sob muitas cabeças.

HIENA, subs. f. Animal reverenciado por algumas nações orientais devido ao seu hábito de frequentar os cemitérios à noite. Mas o estudante de medicina também faz isso.

HIPOCONDRIA, subs. f. Depressão do próprio espírito.

> *Um ou outro saco de lixo em um terreno baldio,*
> *Onde há muito eram atirados os restos do gentio,*
> *Entre a sujeira e os sacos, um sinal ostentava:*
> *"Hipocondria". E tal palavra "fezes" significava.*
>
> — Bogul S. Purvy

HIPÓCRITA, adj. e subs. 2g. Aquele que, professando virtudes que não respeita, garante a vantagem de parecer ser aquilo que despreza.

HIPOGRIFO, subs. m. Animal (agora extinto) que era metade cavalo e metade grifo. O grifo, por sua vez, era uma criatura composta de metade leão e metade águia. Portanto, o hipogrifo era, na verdade, um quarto de águia, equivalente a 2 dólares e 50 centavos em ouro. O estudo da zoologia é cheio de surpresas.

HISTÓRIA, subs. f. Relato, majoritariamente falso, de eventos majoritariamente sem importância que são provocados por governantes – majoritariamente, uns patifes – e por soldados – majoritariamente, tolos.

> *Da História Romana, o grande Niebuhr*[65] *tem mostrado*
> *Que nove décimos mentem. Juro, gostaria que fosse atestado,*
> *Antes de aceitarmos o grande Niebuhr como guia,*
> *Tudo em que ele errou e também quanto mentia.*

---

64. William Ingraham Kip (1811-1893) foi um bispo episcopal estadunidense. (N. do T.)
65. Barthold Georg Niebuhr (1776-1831) foi um estadista e historiador dinamarquês. (N. do T.)

AMBROSE BIERCE

— Salder Bupp

HISTORIADOR, adj. e subs. m. Fofoqueiro de grosso calibre.

HOMEM, subs. m. Animal tão perdido na arrebatadora contemplação daquilo que pensa ser que ignora o que indubitavelmente deveria ser. Sua principal ocupação é o extermínio de outros animais e de sua própria espécie – que, no entanto, se multiplica com uma rapidez tão insistente que infesta toda a terra habitável e o Canadá.

> *Quando o mundo era jovem e o Homem, uma inovação,*
> *E tudo era encantador,*
> *A Natureza nunca criou distinção*
> *Entre um rei, um sacerdote, um lavrador.*
> *No presente, nada disso há, meu senhor,*
> *Exceto aqui, nesta República alheada,*
> *Onde temos aquele velho sistema,*
> *Aqui todos são reis, por mais desguardada*
> *Sua escápula, por mais extrema*
> *Seja sua fome. E, de fato, todos têm sua voz*
> *Para aceitar à vontade seu próprio algoz.*
>
> *Um cidadão que não votava,*
> *E por isso detestado,*
> *Certo dia, quando com um casaco andava,*
> *(Nas costas e no peito emplumado)*
> *Por patriotas foi parado.*
> *"É seu dever", gritou a multidão,*
> *"Seu voto deve ser dado*
> *Ao homem que escolher". Ele se curvou, então,*
> *E explicou seu perverso passado:*
> *"Isso é o que eu teria feito, com muito prazer,*
> *Caros patriotas, mas ele nunca chegou a concorrer".*

— Apperton Duke

HOMEOPATA, adj. e subs. 2g. Humorista da profissão médica.

HOMEOPATIA, subs. f. Vertente da medicina a meio caminho entre a alopatia e a ciência cristã. Até hoje, as duas primeiras são claramente inferiores, já que a ciência cristã é capaz de curar doenças imaginárias, ao passo que as outras, não.

HOMICÍDIO, subs. m. Assassinato de um ser humano por outro. Existem quatro tipos de homicídio: criminoso, desculpável, justificável e louvável, mas não faz grande diferença para a pessoa assassinada se ela morreu por um tipo ou outro – tal classificação representa grande vantagem para os advogados.

HOMILÉTICA, subs. f. Ciência de adaptar sermões às necessidades, capacidades e condições espirituais da congregação.

> Tão habilidoso era o pároco em homilética
> Que cada um de seus expurgos, cada emética
> Para curar o espírito tinha como composição
> A mais justa e fundada discriminação
> Em um preciso, científico e rigoroso examinar
> Da língua, do pulso, do coração e do respirar.
> Então, de posse do diagnóstico da singular condição,
> A cada um esse médico fazia sua bíblica prescrição,
> Administrando suas pílulas tão eficazes
> E causando vômitos de disposições tão sagazes
> Que almas afligidas por dez diferentes tipos de Adão
> Recuperavam-se antes mesmo de qualquer alteração.
> Mas a língua da Calúnia, toda revestida, pronunciava
> Sua mente biliosa e escandalosamente murmurava
> Que, no caso de pacientes com riquezas a granel,
> Tais pílulas eram açúcar, e os vômitos eram mel.
>
> — Biografia do bispo Potter[66]

HONORÁVEL, adj. 2g. Afligido por um defeito reconhecível. Nos órgãos legislativos, é costume referir-se a todos os membros como honoráveis: "O honorável cavalheiro é um vira-lata desprezível".

---

66. Ver nota 60.

HORA EXTRA, exp. Perigoso distúrbio que afeta altos funcionários públicos que gostariam de ir pescar.

HOSPITALIDADE, subs. f. Virtude que nos induz a alimentar e alojar certas pessoas que não necessitam nem de alimentação nem de alojamento.

HOSTILIDADE, subs. f. Sensação peculiarmente nítida e especialmente aplicada à superpopulação da Terra. A hostilidade é classificada em ativa e passiva, equivalentes, respectivamente, ao sentimento de uma mulher por suas amigas e ao que ela nutre por todos os membros restantes de seu sexo.

HUMANIDADE, subs. f. A raça humana, coletivamente, exclusiva dos poetas antropoides.

HUMILHAÇÃO, subs. f. Atitude mental decente e habitual na presença de riqueza ou poder. Peculiarmente apropriada a um funcionário ao se dirigir a um empregador.

HUMORISTA, adj. e subs. 2g. Praga que teria suavizado a austeridade do coração do faraó e o persuadido a desocupar rapidamente Israel, com seus melhores votos.

> *Eis o pobre humorista, cujo espírito torturado,*
> *Vê piadas na multidão, embora seja pela tristeza rodeado...*
> *Cujo simples apetite não aprendeu a cessar*
> *A mente – à noite renovada, de dia incapaz de parar,*
> *E pensa ele, em um mesmo chiqueiro admitido,*
> *O gracioso porco, com sua companhia, ficaria envaidecido.*
>
> — Alexander Poke

HÚRIS, subs. f. Bela mulher que habita o Paraíso maometano, a fim de tornar alegres todas as coisas para o bom muçulmano, cuja crença na sua existência marca um nobre descontentamento com sua esposa terrena, a quem ele nega ter qualquer alma. As húris não são estimadas por essa boa senhora.

I. Nona letra do alfabeto. Em inglês, I significa "eu", a primeira palavra da língua, o primeiro pensamento da mente, o primeiro objeto de afeto. Na gramática inglesa, representa o pronome de primeira pessoa do singular. Diz-se que seu plural é We, "Nós", mas, como pode haver mais de um eu, isso resta, sem dúvida, mais claro para os gramáticos do que para o autor deste incomparável dicionário. A concepção de dois eus é difícil, mas tudo bem. O uso franco, porém elegante, do eu distingue os bons dos maus escritores – esses últimos carregam-no como um ladrão que tenta encobrir seu saque.

IANQUE, adj. e subs. 2g. Na Europa, um americano. Nos estados do norte dos Estados Unidos, um habitante da Nova Inglaterra. Nos estados do sul, tal palavra é desconhecida. Ver MALDITO IANQUE.

ICOR, subs. m. Fluido que serve de sangue aos deuses e deusas.

> *A bela Vênus, por Diomedes perfurada,*
> *Conteve o chefe furioso e disse, imperturbada:*
> *"Veja a quem você sangrou, imprudente mortal...*
> *Sua alma restará branca, manchada de icor, afinal!".*
>
> — Mary Doke

ICONOCLASTA, adj. e subs. 2g. Destruidor de ídolos, cujos adoradores ficam imperfeitamente satisfeitos com seu desempenho, protestando veementemente que ele desconstrói mas não reedifica, que ele derruba mas não empilha. Porque os coitadinhos gostariam de outros ídolos no lugar daqueles que ele destrói. Mas o iconoclasta afirma: — Vocês ficarão sem absolutamente nenhum ídolo, pois não precisam deles; e, se o restaurador se aventurar por estas bandas, vou lançar a sua cabeça ao chão e sentar nela até que urre de dor.

IDADE, subs. f. Período da vida em que agravamos os vícios que ainda acalentamos, insultando aqueles que não temos mais coragem de cometer.

IDIOTA, adj. e. subs. 2g. Membro de uma tribo grande e poderosa cuja influência nos assuntos humanos sempre foi dominante e controladora. A atividade do Idiota não está confinada a nenhum campo especial de pensamento ou ação, mas "permeia e regula o todo". Ele tem a última palavra em tudo, sua decisão é definitiva. Ele define as modas e o gosto, dita as limitações do discurso e circunscreve a conduta com um prazo.

IGNORANTE, adj. 2g. Pessoa que não está familiarizada com certos tipos de conhecimento que você conhece e que possui alguns outros acerca dos quais você nada sabe.

> *Dumble era um ignorante, sem nada saber,*
> *Mumble era famoso por aprender.*
> *Certo dia, Mumble a Dumble desatou a falar:*
> *"A ignorância com humildade deveria se comportar.*
> *Você não tem uma centelha de conhecimento*
> *Que tenha sido obtido em um estabelecimento".*
> *Dumble respondeu, então: "Realmente,*
> *Você se vê satisfeito sem razão aparente.*
> *Na faculdade, é certo, conhecimento me negaram.*
> *Mas a você, nem ao menos isso lhe ofertaram".*

— Borelli

ILLUMINATI, subs. m. pl. Seita de hereges espanhóis da última parte do século XVI, assim chamados porque tinham pouca iluminação – *cunctationes illuminati*[67].

ILUSÃO, subs. f. Pai de uma família respeitável, composta de Entusiasmo, Afeto, Abnegação, Fé, Esperança, Caridade e muitos outros bons filhos e filhas.

> *Salve, Ilusão! Se não fosse por você*
> *De ponta cabeça o mundo iríamos ver;*

---

67. "Iluminados hesitantes", em latim. (N. do T.)

> *Pois o Vício, com limpas fantasias e muito respeitável,*
> *Fugiria dos rudes avanços da Virtude honorável.*
>
> — Mumfrey Mappel

ILUSTRE, adj. 2g. Apropriadamente posicionado para as flechas da malícia, da inveja e da difamação.

ÍMÃ, subs. m. Algo sob a ação do magnetismo. Ver também MAGNETISMO.

IMAGINAÇÃO, subs. m. Armazém de fatos, com o poeta e o mentiroso como coproprietários.

IMBECILIDADE, subs. f. Espécie de inspiração divina, ou fogo sagrado, que afeta os censores deste dicionário.

IMIGRANTE, adj. e subs. 2g. Pessoa não esclarecida que pensa que um país é melhor do que um outro.

IMODESTO, adj. m. Sujeito que tem um forte senso de mérito próprio, aliado a uma fraca concepção do valor alheio.

> *Era uma vez um homem em Isfahan*
> *Há muito tempo, lá no passado,*
> *E tinha ele uma cabeça, diziam os frenologistas,*
> *Que para um espetáculo o tinha preparado.*
>
> *A protuberância de sua modéstia era tão grande*
> *(Diziam que a natureza um louco havia criado)*
> *Que seu pico ficava muito acima da floresta*
> *De seus cabelos, como de um monte o assomado.*
>
> *O homem mais modesto de toda Isfahan,*
> *Vez e outra eles juraram:*
> *"Tão humilde, tão manso, você procuraria em vão;*
> *Nenhum jamais encontraram".*
>
> *Enquanto isso, com a terrível protuberância,*
> *Aos céus chegou seu corpete,*
> *A uma altura tão grande que à criatura apelidaram*
> *De o homem do minarete.*

AMBROSE BIERCE

> *Não havia homem em toda Isfahan*
> *Mais orgulhoso daquela estúpida eminência;*
> *Com uma língua incansável e um pulmão insolente,*
> *Gabava-se ele daquela proeminência.*
>
> *Até que o Xá, furioso, enviou um pajem de confiança,*
> *Trazendo-lhe a corda da forca, amarrada com um nozinho,*
> *A gentil criança explicou enquanto sorria:*
> *"Para você, um presentinho".*
>
> *O homem mais triste de toda Isfahan*
> *Cheirou o presente e o aceitou mesmo assim.*
> *"Se eu tivesse vivido", disse ele, "teria minha humildade*
> *Me dado fama imortal, enfim!"*
>
> — Sukker Uffro

IMORAL, adj. 2g. Inconveniente. Tudo o que, a longo prazo e no que diz respeito ao maior número de casos, os homens consideram geralmente inconveniente passa a ser considerado errado, perverso e imoral. Se as noções humanas de certo e errado têm qualquer outra base além da conveniência, originaram-se, ou poderiam ter se originado, de qualquer outra forma; se as ações têm em si mesmas um caráter moral independente e de forma alguma submisso às suas consequências – então, toda filosofia é uma mentira, e a razão é uma desordem mental.

IMORTALIDADE, subs. f.

> *Um brinquedo pelo qual choram,*
> *E de joelhos oram,*
> *Mentem, discutem e brigam,*
> *Se permitido fosse,*
> *Do orgulho tomariam posse,*
> *Mas eternamente expiram.*
>
> — G. J.

IMPARCIAL, adj. 2g. Incapaz de notar qualquer promessa de vantagem pessoal ao defender um ou outro lado de uma controvérsia ou ao adotar uma das duas opiniões conflitantes.

IMPENITÊNCIA, subs. f. Estado de espírito intermediário no tempo entre o pecado e o castigo.

IMPIEDADE, subs. f. Sua irreverência para com a minha divindade.

IMPLORAR, v. tr. Pedir algo com seriedade proporcional à crença de que não o receberá.

> *Quem é esse, pai?*
>
> *Um mendigo, criança,*
> *Abatido, taciturno e selvagem... sem esperança!*
> *Veja como ele espreita pelas grades de sua prisão!*
> *Para o Cidadão Mendicante, nada vai bem, não.*
>
> *Por que o colocaram ali, pai?*
>
> *Porque, justamente,*
> *Ao obedecer à barriga, atacou as leis da gente.*
>
> *Sua barriga?*
>
> *Ah, ele estava morrendo de fome, meu menino...*
> *Um estado em que, sem dúvida, não se tem muito tino.*
> *Ele há muitos e muitos dias não comia*
> *E gritava "Pão!", sempre "Pão!".*
>
> *Ora, e se lhe dessem uma torta, ele não queria?*
>
> *Com pouco para vestir, não tinha nada para vender;*
> *Mendigar era ilegal... e impróprio de se ver.*
>
> *Por que ele não foi trabalhar?*
>
> *Com prazer, ele teria trabalhado,*
> *Mas os homens diziam: "Fora!", e o Estado, "Desocupado!".*
> *Menciono esses incidentes apenas para mostrar*
> *Que sua vingança foi um ato bastante vulgar.*
> *A vingança não passa de uma atitude de exasperação,*
> *Mas por ninharias...*
>
> *Conte, por favor, o que fez o mau Mendigo então?*
>
> *Roubou dois filões de pão para com a fome acabar*
> *E para fora a barriga que lhe grudava nas costas expulsar.*

> *Foi só isso, meu pai querido?*
>
> *Há pouco mais a dizer:*
> *Mandaram-no para a prisão e também para... como esclarecer?*
> *Para onde vai, a companhia é muito melhor do que a que aqui temos,*
> *E há...*
>
> *Pão para os necessitados, querido pai?*
>
> *Pelo menos.*
>
> — Atka Mip

IMPOSIÇÃO, subs. f. Ato de abençoar ou consagrar pela imposição das mãos – cerimônia comum a muitos sistemas eclesiásticos, mas realizada com a mais franca sinceridade pela seita conhecida como Ladrões.

> *"Atenção! Pela imposição das mãos,"*
> *Dizem o dervixe, o padre e o cura monástico,*
> *"Seu dinheiro, suas terras, de bênçãos*
> *Nós consagramos ao serviço eclesiástico.*
> *Certamente, você com tal imposição esperneará*
> *Até azul de raiva ficar. Melhor opção não há."*
>
> — Pollo Doncas

IMPOSTOR, adj. e subs. m. Aspirante rival às honras públicas.

IMPREVIDÊNCIA, subs. f. Abastecer-se para as necessidades de hoje com as receitas de amanhã.

IMPROBABILIDADE, subs. f.

> *Sua história contou ele com um rosto solene,*
> *E uma graça melancólica e perene.*
> *Sem dúvida, muito improvável tudo aquilo,*
> *Quando nele pensou você em sigilo,*
> *Mas a multidão, em fascinação,*
> *Confessou sua profunda comoção.*
> *E todos, a uma só voz, afirmaram*
> *Ter sido a mais incrível coisa que escutaram...*

Todos a não ser um deles, que não disse nada,
Sentando-se, bastante carrancudo,
Como se fosse surdo e mudo,
Sereno, inalterável, a expressão inabalada.
Então todos os outros para ele se voltaram,
E, membro por membro, o examinaram...
Cada parte vinham perscrutar;
Mas ele aparentava prosperar
A cada minuto, mais calmo ele parece,
Como se nada de fato acontecesse.
"Ora essa!", gritou alguém, "Não ficou abalado
Com o que contou nosso amigo?" Ainda calado,
Ergueu os olhos, sombrio, e mirou-o, compenetrado,
De uma maneira toda natural.
E principiou a falar, afinal,
Cruzando os pés sobre a moldura da lareira:
"Ah, não, de forma alguma, também falo eu muita besteira".

IMPRUDENTE, adj. Insensível ao valor dos nossos conselhos.

"Agora, aposte da mesma forma que eu, sem deixar
Que esses jogadores o tornem insolvente."
"De jeito nenhum, esta criança não é de apostar."
"Ora bolas, como pode ser tão imprudente?"

— Bootle P. Gish

IMPUNIDADE, subs. f. Fortuna.

INADMISSÍVEL, adj. 2g. Incompetente demais para ser considerado. Diz-se de certos tipos de testemunho cujos júris são considerados demasiado inadequados para que se confie neles e cujos juízes acabam por dispensá-los, mesmo em processos em sua presença. Em um júri, boatos são inadmissíveis, porque a pessoa citada não prestou juramento e não está presente no tribunal para ser examinada. No entanto, as ações mais importantes – militares, políticas, comerciais ou de qualquer outro tipo – são levadas a cabo diariamente baseadas em boatos. Não há religião no mundo que não seja baseada em boatos. O Livro do Apocalipse é um grade boato. Afirmar que as Escrituras são a palavra de Deus tem como única evidência o testemunho de homens falecidos há muito tempo, cuja identidade não está claramente estabelecida e que não são conhecidos por terem prestado juramento em sentido algum. De acordo com as regras para provar qualquer coisa neste país, nenhuma afirmação na *Bíblia* tem seu apoio em nenhuma evidência admissível em um tribunal. Não pode ser provado que a Batalha de Blenheim[68] tenha sequer sido travada, que alguém como Júlio César tenha existido, tampouco um império como a Assíria.

> *Mas, como os registros dos tribunais de Justiça são admissíveis, pode-se facilmente provar que mágicos poderosos e malévolos existiram e foram um flagelo para a humanidade. As provas (incluindo sua confissão) com base nas quais certas mulheres foram condenadas por bruxaria e executadas não apresentavam falhas, continuam incontestáveis. As decisões dos juízes baseadas nelas eram sólidas em lógica e em direito. Nada em nenhum tribunal existente foi provado de forma mais completa do que as acusações de bruxaria e feitiçaria pelas quais tantos sofreram com a morte. Se não existissem bruxas, o testemunho e a razão humanos seriam igualmente desprovidos de valor.*

INATO, adj. f. Natural, inerente – tal como ideias inatas, ou seja, ideias com as quais nascemos, que nos foram previamente transmitidas. A doutrina das ideias inatas é uma das crenças mais admiráveis da filosofia, sendo em si mesma uma ideia inata e, portanto, inacessível à contestação, mesmo que Locke[69], tolamente, tenha suposto ter-lhe deixado com "um olho roxo". Entre as ideias inatas, pode-se mencionar a crença na capacidade de dirigir um jornal, na grandeza do seu próprio país, na superioridade da sua civilização, na importância de seus assuntos pessoais e na natureza interessante de suas doenças.

INAUSPICIOSAMENTE, adv. De maneira nada promissora, sendo os auspícios desfavoráveis. Entre os romanos, era costume, antes de se realizar qualquer ação ou empreendimento importante, obter dos áugures, ou profetas do estado, alguma sugestão de seu provável resultado; e um de seus modos favoritos e mais confiáveis de

---

68. Confronto armado que ocorreu durante a Guerra de Sucessão Espanhola, em 13 de agosto de 1704. (N. do T.)
69. Ver nota 42.

adivinhação consistia em observar o voo dos pássaros – os presságios daí derivados sendo chamados de auspícios. Repórteres de jornais e certos lexicógrafos malvados decidiram que a palavra – sempre no plural – passaria a significar "mecenato" ou "patrocínio", assim como em "As festividades foram sob os auspícios da Antiga e Honorável Ordem dos Ladrões de Corpos" ou "As diversões estiveram sob os auspícios dos Cavaleiros da Fome".

> *Certo dia, um escravo romano apareceu*
> *Diante do áugure. "Por favor, acaso eu..."*
> *Nesse mesmo instante, o áugure, sorrindo,*
> *Com um gesto mostrou-lhe, abrindo,*
> *A palma da mão, que coçava claramente,*
> *Pois sua superfície se contraía visivelmente.*
> *Apenas um denário (o centavo de Roma)*
> *Com sucesso aliviou-lhe o sintoma,*
> *Prosseguiu o escravo: "Poderia me informar,*
> *Por favor, se o Destino chegará a decretar*
> *Sucesso ou fracasso na operação*
> *Que à noite devo fazer (havendo escuridão).*
> *Importa a natureza de tal ação? Ah, acho que ela*
> *Aqui está inscrita...". E, dando uma piscadela,*
> *Que metade da terra escureceu, outro denário*
> *Trouxe ele ao nosso belo cenário,*
> *Seu rosto brilhante fitou atentamente,*
> *Colocando-o na mão do bom vidente,*
> *Que, com grande seriedade, disse: "Favor aguardar,*
> *Enquanto eu me retiro para o Destino questionar".*
> *Aquela pessoa santa retirou então*
> *Seu corpo sagrado, passando pelo portão*
> *Posterior do templo, e gritando "Vão!",*
> *Agitando suas vestes de ofício. Imediatamente,*
> *O pavão sagrado e um companheiro presente,*
> *(Mantidos para as graças de Juno) escaparam.*
> *E, sob o clamor das mais altas árvores, voaram,*
> *Onde, noite afora, ficaram empoleirados.*
> *O telhado do templo deixou-os abrigados,*

Pois para lá sempre se dirigiam,
Quando, abaixo, perigo corriam.
Disse o áugure, ao escravo respondendo:
"Meu caro filho, o evento prevendo
Pelo voo dos pássaros, devo confessar
Que sucesso os augúrios vão negar."
E o escravo retirou-se, desconsolado,
Com seu plano secreto abandonado...
Como o astuto vidente tinha adivinhado,
O pobre escravo havia de fato planejado
O muro do templo pular
E as aves de Juno roubar.

— G. J.

INCENSO, subs. m. Pequenos gravetos queimados pelos chineses em suas tolices pagãs, ao imitarem certos ritos sagrados de nossa santa religião.

INCOMPATIBILIDADE, subs. f. Semelhança de gostos no matrimônio, sobretudo o gosto pela dominação. A incompatibilidade pode, entretanto, consistir em uma matrona de olhos mansos que mora logo ali na esquina. Sabe-se até que ela usa bigode.

INCONSISTENTE, adj. 2g. Algo incapaz de existir caso alguma outra coisa também exista. Duas coisas são inconsistentes quando o mundo do ser tem espaço suficiente para uma delas, mas não o suficiente para ambas – tal como a poesia de Walt Whitman[70] e a misericórdia de Deus para com o homem. A inconsistência, como se verá, é apenas a incompatibilidade elevada a seu grau máximo. Em vez de uma linguagem chula como "Vá se ferrar – vou matá-lo se aparecer na minha frente", as palavras "Caro senhor, somos inconsistentes" transmitiriam uma insinuação de mesmo significado e, em termos de majestosa cortesia, seriam absolutamente superiores.

INCONVENIENTE, adj. 2g. Não calculado para promover os próprios interesses.

---

70. Walt Whitman (1819-1892) foi um poeta, ensaísta e jornalista estadunidense, considerado por muitos o "pai do verso livre". (N. do T.)

ÍNCUBO, adj. e subs. m. Espécime de certa raça de demônios altamente impróprios que – embora provavelmente não totalmente extintos – podemos dizer já terem visto dias melhores. Para um relato completo sobre íncubos e súcubos, incluindo íncubas e súcubas, ver o *Liber Demonorum*[71] de Protassus (Paris, 1328), que contém muitas informações curiosas que se veriam fora de contexto em um dicionário destinado a ser um livro didático para as escolas públicas.

> *Victor Hugo[72] relata que, nas Ilhas Anglo-Normandas, Satanás em pessoa – sem dúvida, tentado mais do que em qualquer outro lugar pela beleza das mulheres – às vezes brinca de íncubo, para grande inconveniência e alarme das boas damas que desejam ser leais aos seus votos matrimoniais (aqui, faço certa generalização). Uma certa senhora dirigiu-se ao pároco para saber como poderiam, no escuro, distinguir o insistente intruso de seus maridos. O santo homem disse que elas deveriam apalpar sua testa em busca de chifres, mas Hugo é descortês o suficiente para sugerir dúvidas quanto à eficácia do teste.*

INDECISÃO, subs. f. Principal elemento do sucesso. — Pois embora — diz sir Thomas Brewbold— haja apenas uma única maneira de não fazer nada e diversas maneiras de fazer alguma coisa – das quais, certamente, apenas uma é a correta – conclui-se que aquele que permanece no lugar por conta de sua indecisão ainda não tem tanto risco de se desviar quanto aquele que avança — uma exposição claríssima e satisfatória acerca do assunto.

> *— Sua rápida decisão de atacar — disse o General Grant[73] em certa ocasião ao General Gordon Granger[74] — foi admirável. Você teve apenas cinco minutos para tomar uma decisão.*
>
> *— Sim, senhor — respondeu o subordinado vitorioso — é ótimo saber exatamente o que fazer em uma emergência. Quando tenho*

---

71. "Livro dos Demônios", em latim. (N. do T.)
72. Victor-Marie Hugo (1802-1885) foi um romancista, poeta, dramaturgo, ensaísta, artista, estadista e ativista pelos direitos humanos francês. (N. do T.)
73. Ulysses Simpson Grant (1822-1885) foi um militar e político estadunidense, e o 18º presidente de seu país. (N. do T.)
74. Gordon Granger (1821-1876) foi um oficial do Exército estadunidense que atuou na Guerra Civil Americana. (N. do T.)

dúvidas se devo atacar ou recuar, nunca hesito um só momento – apenas jogo uma moeda.

— *Quer dizer que foi isso que fez desta vez?*

— *Sim, meu general. Mas, pelo amor de Deus, não me repreenda: não obedeci ao que disse a moeda.*

INDEFESO, adj. m. Incapaz de atacar.

INDEPENDÊNCIA, subs. f. Um dos bens mais preciosos da Imaginação.

O Povo, acalorado e sem fôlego, clamava forte,
Pelos confins do palácio: "Independência ou morte!".
"Se a morte servir", respondeu o rei, "deixem-me reinar.
Estou certo de que não terão motivos para reclamar."

— Martha Braymance

ÍNDEX, subs. m. Dedo comumente usado para apontar dois malfeitores.

INDIFERENTE, adj. 2g. Imperfeitamente sensível às distinções entre as coisas.

A esposa de Indolentio gritou: "Homem indolente!
A tudo na vida, você se tornou indiferente".
"Indiferente?", disse ele, lentamente, com um sorriso sem interesse;
"Minha querida, indiferente eu seria, se a pena valesse."

— Apuleio M. Gokul

INDIGESTÃO, subs. f. Doença que o paciente e seus amigos frequentemente confundem com uma profunda convicção religiosa e certa preocupação pela salvação da humanidade. Como disse o singelo Pele Vermelha da selva ocidental, com – devemos admitir – certa energia: — Tudo bem, parar de rezar – grande dor de barriga, monte Deus.

INDISCRIÇÃO, subs. f. Culpa feminina.

INDOLÊNCIA, subs. f. Fazenda-modelo onde o diabo faz experiências com sementes de novos pecados e promove o crescimento de vícios básicos.

INFÂNCIA, subs. f. 1) Período da vida humana intermediário entre a estupidez da vida no berço e as loucuras da juventude – a dois períodos do pecado da maturidade e a três dos remorsos da velhice. **2)** Período de nossa vida em que, segundo Wordsworth, "o céu está sobre nós". O mundo começa a montar em nossa cabeça logo depois.

INFÉRIAS, subs. f. pl. Entre os gregos e romanos, sacrifícios para a propiciação das Dii Manes, as almas dos heróis mortos, já que os antigos fiéis não conseguiam inventar deuses suficientes para satisfazer suas necessidades espirituais e tinham de ter uma série de divindades improvisadas – ou, como diria certo marinheiro, deuses temporários, os quais fabricavam com os piores tipos de materiais. Foi enquanto sacrificava uma ovelha ao espírito de Agamenon que Laiaides, sacerdote de Áulis, foi agraciado com uma audiência com o espírito daquele ilustre guerreiro, que lhe profetizou o nascimento de Cristo e o triunfo do cristianismo, narrando também um rápido mas bastante completo resumo dos acontecimentos até o reinado de São Luís[75]. A narrativa terminou abruptamente naquele ponto, devido ao canto imprudente de um galo, que obrigou o fantasma do Rei dos Homens a correr de volta ao Hades. Há um belo sabor medieval nessa história, e como ela não chegou até os tempos do padre Brateille – um escritor piedoso mas obscuro da corte de São Luís – provavelmente não cometeremos o arrogante erro de considerá-la apócrifa, mesmo que o julgamento do monsenhor Capel sobre tal assunto possa ser diferente – e a isso eu me curvo, puxa vida!

INFERIOR, adj. 2g. "Criado", em vez de educado.

INFIEL, adj. e subs. m. Em Nova York, aquele que não acredita na religião cristã; em Constantinopla, aquele que nela acredita (por lá também conhecido como giaur). Espécie de canalha, levemente reverente e mesquinho, contribuinte de teólogos, eclesiásticos, papas, párocos, cânones, monges, mulás, vodus, presbíteros, hierofantes, prelados, pais-de-santo, abades, freiras, missionários, exortadores, diáconos, frades, hadjis, sumos sacerdotes, muezins, brâmanes, curandeiros, confessores, eminências, anciãos, primatas, prebendários, peregrinos, profetas, imãs, beneficiários, escriturários, vigários

---

75. Luís IX (1214-1270), mais conhecido como São Luís, foi rei da França de 1226 até a sua morte. Tornou-se santo ao ser canonizado pela Igreja Católica, em 1297. (N. do T.)

de coral, arcebispos, bispos, abades, priores, pregadores, padres, abadessas, calógeros, romeiros, curas, patriarcas, bonzos, religiosas, suplicantes, canonisas, padres residentes, diocesanos, reitores, subdecanos, reitores rurais, abdalás, vendedores de amuletos, arquidiáconos, hierarcas, líderes de classe, titulares, capitulares, xeiques, bicos, postulantes, escribas, gurus, precentores, bedéis, faquirs, sacristãos, reverências, revivalistas, cenobitas, curas perpétuos, capelães, mudjins, leitores da missa, noviços, vigários, pastores, rabinos, ulemás, lamas, clérigos, atendentes leigos, dervixes, declamadores, zeladores de igreja, cardeais, prioresas, sufragâneos, acólitos, padres regentes, sotainas, sufis, mufits e tocadores de tambor.

INFLUÊNCIA, subs. f. Na política, quantia fictícia ofertada em troca de uma soma substancial.

INFORTÚNIO, subs. m. Tipo de fortuna que nunca falha.

INFRALAPSARIANO, adj. e subs. m. Alguém que se aventura a acreditar que Adão não precisava ter pecado, a menos que tivesse vontade de fazê-lo – em oposição ao supralapsariano, que sustenta que a queda daquele sujeito infeliz fora decretada desde o início. Os infralapsarianos são às vezes chamados de sublapsarianos, sem efeito material sobre a importância e a lucidez de suas opiniões acerca de Adão.

> Dois teólogos, certa vez, se dirigiam juntos
> À capela e iniciaram coloquiais assuntos...
> Uma séria logomaquia, discussão sem juízo,
> Sobre o pobre Adão e sua queda do Paraíso.
> "Foi predestinação", um deles exclamou, "a bem da verdade
> Foi o Senhor quem decretou sua queda, por sua própria vontade."
> "Nada disso, foi livre-arbítrio", o outro afirmou,
> "Que o levou a renegar o que o Senhor ordenou."
> Tão feroz e tão ardente o debate começou a inflamar
> Que nada além de sangue poderia tal ressentimento saciar;
> E, assim, batinas e chapéus foram todos para o chão
> E, movidos pelo espírito, viu-se o girar de cada mão.
> Antes mesmo de terem eles suas teologias provadas
> Pela vitória, ou mesmo pelo começo de suas pauladas,
> Um velho e grisalho professor de latim interveio,

*Com um cajado na mão, com um olhar bem feio.
E, descobrindo a causa daquela terrível discussão
(Pois, como se esmurravam com muita sofreguidão,
Argumentavam com sua liberalidade pré-ordenação),
Exclamou: "Tratantes! Nada nessa guerra é racional:
Não há qualquer diferença nos argumentos, afinal.
Posso mesmo lhes jurar que, nas seitas a que pertencem,
Membros não há cujo nome corretamente esclareçam.
Você – infralapsariano, filho de um digníssimo palhaço! –
Deveria dizer que Adão caiu para baixo, que erro crasso;
E você – seu cachorrinho supralapsariano! –
Diria que Adão para cima caiu, um erro mediano".
Para cima ou para baixo, isso tanto faz,
O que importa é a queda, e nada mais.
Nem mesmo Adão analisou seu erro então,
Apenas pensou ter escorregado em um trovão!*

— G. J.

INGRATO, adj. e subs. m. Aquele que recebe benefícios de outros ou é objeto de caridade.

*"Todos os homens são ingratos", o cínico zombou.
"Não", o filantropo respondeu,
"Um dia, certo sujeito grande serviço de mim tomou.
Depois disso, nunca mais me ofendeu,
E nem me difamou."*

*"Ora!", exclamou o cínico, "Apresente-o a mim, antes de tudo!
Pela veneração fui dominado,
E de bom grado teria sua bênção." "É impossível, contudo...
Abençoá-lo ele não pode. É escusado
Dizer que tal homem é mudo."*

— Ariel Selp

INJUSTIÇA, subs. f. Fardo que – de todos aqueles que colocamos sobre os outros e que carregamos nós mesmos – se apresenta mais leve nas mãos e mais pesado nas costas.

INQUILINO, subs. m. Nome menos popular para o segundo em comando daquele encantador jornal chamado *Trinity* – Locatário, Pensionista, Residente.

INSCRIÇÃO, subs. f. Algo escrito em uma outra coisa. As inscrições são de vários tipos, mas principalmente memoriais, destinadas a celebrar a fama de alguma pessoa ilustre e transmitir o registro de seus serviços e virtudes às eras distantes. A essa classe de inscrições pertence o nome de John Smith, escrito a lápis no monumento a Washington. Ver EPITÁFIO. A seguir, eis outros exemplos de inscrições memoriais em lápides:

> "No céu, minha alma é encontrada,
> E no chão, minha matéria inanimada.
> Pouco a pouco meu corpo subirá
> E meu espírito aos céus se elevará,
> Chegando aos portões do Paraíso.
> 1878."

> "Consagrado à memória de Jeremias Carvalho. Cortado em 9 de maio de 1862, aos 27 anos, 4 meses e 12 dias. Nativo da terra."

> "Por muito tempo a aflição doeu, ela a suportou,
> Os médicos foram em vão,
> Até que a Morte a querida falecida libertou
> E deixou-lhe uma consolação.
> Nas regiões de bem-aventurança a Ananias se juntou."

> "O barro que sob esta pedra está adormecido,
> Como Silas Wood era amplamente conhecido.
> Agora, aqui deitado, pergunto-me, enfim,
> De que adiantou se como S. Wood para cá vim.
> Ó, tolo homem, não deixe a ambição o incomodar,
> Eis o que Silas W. vem lhe ensinar."

> "Richard Haymon, do Céu. Caiu na Terra em 20 de janeiro de 1807
> e teve sua poeira removida em 3 de outubro de 1874."

INSETÍVORO, adj. e subs. m.

"Vejam", grita o coro de pregadores em admiração,
"Como a Providência provê para toda a Sua criação!"
"Até dos insetos", disse o mosquito, "seu cuidado se avizinha:
Para nós, Ele providenciou a carriça e a andorinha."

— Sempen Railey

INSURREIÇÃO, subs. f. Revolução malsucedida. Fracasso do descontentamento em substituir o mau governo pelo desgoverno.

INTENÇÃO, subs. f. Percepção mental da prevalência de um conjunto de influências sobre um outro. Efeito cuja causa é a iminência, imediata ou remota, da prática de um ato involuntário.

INTÉRPRETE, subs. 2g. Aquele que permite que duas pessoas de línguas diferentes se entendam, repetindo para cada uma o que teria sido vantajoso para o intérprete que o outro tivesse dito.

INTERREGNO, subs. m. Período durante o qual um país monárquico é governado por um ponto quente na almofada do trono. A experiência de deixar o local esfriar tem sido comumente acompanhada de resultados muito infelizes, por conta do zelo de muitas pessoas dignas em aquecê-lo novamente.

INTIMIDADE, subs. f. Relação à qual os tolos são oportunamente atraídos, a fim de obter sua destruição mútua.

Dois Pós de Seidlitz[76], um de tom azulado
E o outro branco, postaram-se lado a lado.
E, tendo cada um uma agradável sensação
Da excelência do outro pó em questão,
Abandonaram suas embalagens pelo prazer
Inigualável de em um só copo permanecer.
E sua intimidade ficou tão gigante
Que um só invólucro era o bastante.
E, sem demora, começaram a confidenciar,
Menos ansiosos em ouvir do que em contar;
Cada um confessou, com remorsos, então,

---

76. Marca de laxante bastante popular nos Estados Unidos no fim do século XIX e início do XX. (N. do T.)

> *Todas as virtudes que possuía de montão.*
> *E tamanha era a quantidade de atributos*
> *Que se tornavam pecados absolutos.*
> *Quanto mais eles diziam, mais eles sentiam*
> *E seus espíritos, de tanta emoção, derretiam.*
> *Até que os sentimentos em lágrimas se converteram,*
> *E, por conta disso, eles enfim efervesceram!*
> *Assim a Natureza executa seus feitos exasperantes,*
> *Tanto sobre amigos quanto sobre simpatizantes.*
> *A boa e velha regra, que nunca cedeu,*
> *É que você é você, e eu sou eu.*

INTOLERANTE, adj. 2g. Alguém obstinada e zelosamente apegado a uma opinião não compartilhada por você.

INVEJA, subs. f. Emulação adaptada à mais medíocre das habilidades.

INVENTOR, adj. e subs. m. Pessoa que faz um arranjo engenhoso de rodas, alavancas e molas, acreditando ser isso a civilização.

IRA, subs. f. Raiva de qualidade e grau superiores, apropriada a personagens exaltados e ocasiões importantes; como "a ira de Deus", "o dia da ira" etc. Entre os antigos, a ira dos reis era considerada sagrada, pois geralmente lhes possibilitava comandar a ação de algum deus para sua adequada manifestação – assim como a de um padre. Os gregos, antes de Troia, foram tão atormentados por Apolo que saltaram da frigideira da ira de Crises para o fogo da ira de Aquiles, embora Agamemnon, o único infrator em toda essa história, não tenha sido frito nem assado. Imunidade semelhante foi dada a Davi, quando ele incorreu na ira de Jeová ao recensear seu povo – com 70 mil deles pagando tal infração com a própria vida. Deus agora é Amor, e um diretor do censo realiza seu trabalho sem receio de cometer qualquer desastre.

IRRELIGIÃO, subs. f. A principal das grandes religiões do mundo.

ISCA, subs. f. Preparação que torna o anzol mais palatável. O melhor tipo é a beleza.

J. Consoante em inglês, mas algumas nações usam-na como vogal – nada poderia ser mais absurdo do que isso. Sua forma original, apenas ligeiramente modificada, era a do rabo de um cachorro submisso, e não se tratava de uma letra, mas de um caractere, que representava um verbo latino, *jacere*, "atirar", porque quando uma pedra é atirada em um cachorro, o rabo do cachorro assume essa forma. É essa a origem da letra, conforme expõe o renomado dr. Jocolpus Bumer, da Universidade de Belgrado, que estabeleceu suas conclusões sobre o assunto em uma obra composta de três panfletos e suicidou-se ao ser lembrado de que o "j", no alfabeto romano, originalmente, não apresentava nenhuma curvatura.

JACARÉ, subs. m. Crocodilo da América, superior em cada detalhe ao crocodilo das monarquias decadentes do Velho Mundo. Heródoto[77] diz que o Indo é, com uma exceção, o único rio que produz crocodilos, mas eles parecem ter ido para o oeste e crescido em outros cursos d'água. Pelos entalhes nas suas costas, o jacaré também pode ser chamado de sáurio.

JUGO, subs. m. Instrumento, minha senhora, a cujo nome latino, *iugum*, devemos uma das palavras mais esclarecedoras da nossa língua – palavra que define a situação do matrimônio com precisão, contundência e pungência. Mil perdões por retê-la.

JULGAMENTO, subs. m. Inquérito formal destinado a provar e registrar o caráter inocente de juízes, advogados e jurados. Para conseguir tal propósito, é necessário fornecer qualquer espécie de contraste ao sujeito chamado de réu, prisioneiro ou acusado. Se tal contraste for suficientemente claro, essa pessoa será submetida a certa aflição que dará aos cavalheiros virtuosos uma sensação

---

77. Ver nota 22.

confortável de sua imunidade, somada àquela de seu inestimável valor. Atualmente, o acusado é geralmente um ser humano – ou um socialista –, mas, nos tempos medievais, animais, peixes, répteis e insetos também eram levados a julgamento. Uma fera que tirasse a vida humana ou praticasse feitiçaria era devidamente presa, julgada e, se condenada, levada à morte pelo carrasco público. Os insetos que assolassem campos de cereais, pomares ou vinhas eram levados a apresentar recurso perante um tribunal civil e se – depois de devidos depoimento, argumentação e condenação – continuassem *in contumaciam*[78], o assunto era levado a um alto tribunal eclesiástico, onde excomungavam-nos e anatematizavam-nos solenemente. Em uma rua de Toledo, alguns porcos que corriam perversamente entre as pernas do vice-rei, perturbando-o, foram presos mediante mandado, julgados e punidos. Em Nápoles, um asno foi condenado a ser queimado na fogueira, mas a sentença parece não ter sido executada. D'Addosio relata, a partir dos registros do tribunal, muitos julgamentos de porcos, touros, cavalos, galos, cães, cabras etc., principalmente, acredita-se, visando à melhoria de sua conduta e moral. Em 1451, foi instaurado um processo contra as sanguessugas que infestavam alguns lagos em torno de Berna, e o bispo de Lausanne, instruído pelo corpo docente da Universidade de Heidelberg, ordenou que alguns dos "vermes aquáticos" fossem levados diante da magistratura local. Assim fizeram, e as sanguessugas – presentes e ausentes – foram ordenadas a deixar os locais que haviam infestado dentro de três dias, sob pena de incorrerem na "maldição de Deus". Nos volumosos registros dessa causa célebre, nada é encontrado que mostre se os infratores enfrentaram a punição ou partiram imediatamente daquela inóspita jurisdição.

JURAMENTO, subs. m. Na lei, um apelo solene à divindade, obrigatório à consciência, arriscando-lhe uma pena por perjúrio.

JUSTIÇA, subs. f. Mercadoria que se trata simplesmente de uma condição – mais ou menos adulterada – que o Estado vende ao cidadão como recompensa por sua lealdade, seus impostos e seus serviços pessoais.

---

78. Termo legal que indica a recusa de um acusado a comparecer em julgamento. "Em [estado de] soberba", em latim. (N. do T.)

JUVENTUDE, subs. f. Período da Possibilidade, momento em que Arquimedes encontrou seu ponto de apoio, Cassandra tinha seguidores e sete cidades competiam pela honra de ter um Homero vivo.

> *A juventude é o verdadeiro Reinado de Saturno, a Idade de Ouro na terra novamente, quando os figos crescem nos cardos, os porcos carregam sinos em seus rabicós – e, usando tecidos de seda, vivem em meio ao conforto –, as vacas voam – entregando seu leite em cada porta –, a Justiça nunca dorme e todo assassino acaba se tornando um fantasma – e, uivando, é lançado ao Fundo dos Infernos!*
>
> — Polydore Smith

K. Consoante herdada dos gregos, que pode, no entanto, ser rastreada até muito antes deles, até os Ceratianos, pequena nação comercial que habita a península de Smero. Na língua deles, era chamado de *klatch*, que significa "destruído". A forma da letra era originalmente exatamente igual à do nosso "h", mas o erudito dr. Snedeker explica que ela foi alterada para a sua forma atual para relembrar a destruição do grande templo de Jarute por um terremoto, por volta de 730 a.C., já que uma das duas colunas de seu pórtico foi quebrada ao meio pela catástrofe e a outra permaneceu intacta. Assim como a forma anterior da letra fora supostamente sugerida por tais pilares, segundo o grande antiquário, sua forma posterior foi adotada como um meio simples e natural – para não dizer comovente – de manter a calamidade sempre sob controle na memória nacional. Não se sabe se o nome da letra foi alterado como um mnemônico adicional ou se seu nome sempre foi *klatch* e o termo "destruição", um trocadilho da natureza. Como cada uma das teorias parece bastante provável, não vejo objeção em acreditar em ambas – e o dr. Snedeker posicionou-se da mesma forma nessa questão.

KILT, subs. m. Traje às vezes usado pelos escoceses na América e pelos americanos na Escócia.

LABOR, subs. m. Um dos processos pelos quais A adquire bens para B.

LADRÃO, adj. e subs. m. 1) Conquistador de pequenos negócios, cujas anexações carecem do mérito santificador da magnitude. 2) Homem de negócios sincero.

> *Conta-se que, certa noite, Voltaire e um companheiro de viagem se hospedaram em uma pousada à beira da estrada. O ambiente era sugestivo e, depois do jantar, eles concordaram em contar histórias de ladrões. — Era uma vez um fazendeiro-geral das Receitas. — Sem dizer mais nada, encorajaram-no a continuar. — Essa — disse ele — é toda a história.*

LADRÃO DE CORPOS, exp. Ladrao de vermes de tumbas. Sujeito que fornece aos jovens médicos aquilo que os médicos antigos forneceram ao agente funerário. Hiena.

> *"Certa noite", disse um médico, "no outono passado,*
> *Meus camaradas e eu quatro tínhamos somado,*
> *Ao visitar um cemitério, nos postamos*
> *Ao lado de um muro, sob seu sombreado.*

Enquanto esperávamos a Lua afundar,
Vimos uma hiena selvagem se esgueirar
Por uma sepultura recém-construída,
E, então, sua borda começar a escavar!

Com o terrível ato, chocados ficamos,
De nosso esconderijo nos revelamos,
Caindo sobre a fera profana,
E com pá e picareta dela nos livramos."

— Betel K. Jhones

LAGOSTIM, subs. m. Pequeno crustáceo muito parecido com a lagosta, mas menos indigesto.

> *Imagino que a sabedoria humana esteja admiravelmente figurada e simbolizada nesse peixinho pois, assim como o lagostim se move apenas para trás – sendo, por isso, capaz apenas de retrospecção, não vendo nada além dos perigos já passados –, a sabedoria do homem não o capacita a evitar as loucuras que assolam seu curso, mas apenas a apreender sua natureza posteriormente.*

— Sir James Merivale

LAOCOONTE, subs. prop. m. Famosa escritura antiga que representa um sacerdote com esse nome e seus dois filhos enrolados em duas enormes serpentes. A habilidade e a diligência com que o velho e os rapazes escoram as serpentes e as mantêm trabalhando foram justamente consideradas como uma das mais nobres ilustrações artísticas do domínio da inteligência humana sobre a inércia bruta.

LAUREADO, adj. e subs. m. Coroado com folhas de louro. Na Inglaterra, o Poeta Laureado é um oficial do soberano que atua como esqueleto dançante em todas as festas reais e canta em silêncio em todos os funerais da corte. De todos os ocupantes desse alto cargo, Robert Southey[79] tinha o extraordinário talento de entorpecer o Sansão da alegria pública e cortar seus cabelos até a raiz; tinha

---

79. Robert Southey (1774-1843) foi um historiador, escritor e poeta britânico. (N. do T.)

também um senso artístico das cores que lhe permitia enegrecer uma dor pública a ponto de lhe dar o aspecto de um crime nacional.

LEALDADE, subs. f.

> *Essa tal de Lealdade, eu suspeito*
> *Ser como um anel no nariz do sujeito,*
> *Fazendo tal órgão se levantar, como um cursor,*
> *Para cheirar a doçura do ungido do Senhor.*
>
> — G. J.

LEGADO, subs. m. Presente de alguém que está saindo deste vale de lágrimas.

LEGAL, adj. 2g. Compatível com a vontade de um juiz em sua jurisdição.

LEI, subs. f.

> *Certa vez, a Lei estava no banco, sentada,*
> *E a Compaixão se ajoelhou, chorando.*
> *"Saia daqui", gritou a primeira, "sua depravada!*
> *Nem pense em vir rastejando.*
> *Se de joelhos decidiu se mostrar,*
> *Nem mesmo aqui deveria estar."*
>
> *Então, a Justiça apareceu. Sua Excelência a repreendeu:*
> *"O que faz aqui? Que o diabo a leve!"*
> *"Amica curiae", a Justiça respondeu,*
> *"Sou amiga da corte, como se atreve?"*
> *"Eis a porta", gritou a outra, "Suma daqui!*
> *Pois seu rosto feio eu jamais vi!"*
>
> — G. J.

LEILOEIRO, subs. m. Homem que proclama com um martelo ter furtado um bolso com a língua.

LEITURA, subs. f. Corpo geral do que se lê. Nos Estados Unidos, consiste, via de regra, em romances do estado de Indiana, contos em "dialetos locais" e humor em gírias.

DICIONÁRIO DO DIABO

> *Através de sua leitura temos noção*
> *De todo o seu aprendizado e criação;*
> *Por aquilo que o põe em desatino,*
> *Descobrimos o seu Destino.*
> *Não ria jamais, nunca leia nada...*
> *Até a Esfinge era menos letrada!*
>
> — Jupiter Muke

LENÇO, subs. m. Pequeno quadrado de seda ou de linho, usado no rosto, em vários ofícios ignóbeis, e especialmente útil em funerais, para esconder a falta de lágrimas. O lenço é uma invenção recente: nossos ancestrais nada sabiam a seu respeito e confiaram seu uso às mangas. O fato de Shakespeare tê-lo introduzido na peça *Otelo* é um anacronismo: Desdêmona enxugara o nariz com a saia, assim como a dra. Mary Walker[80] e outros reformadores o fizeram com a aba do casaco, em nossos dias – uma evidência de que as revoluções às vezes retrocedem no tempo.

LEONINO, adj. m. Diferente de um leão do zoológico. Os versos leoninos são aqueles em que uma palavra no meio de um verso rima com uma palavra no fim, como nesta famosa passagem de Ella Peeler Silcox[81]:

> *A luz elétrica invade as profundezas do Hades tomado de torpezas.*
> *Grita então Plutão, entre ardores: "Ó, tempora! Ó, mores[82]!".*
>
> *Deve-se explicar que a sra. Silcox não se compromete a ensinar a pronúncia das línguas grega e latina. Os versos leoninos são assim chamados em homenagem a um poeta chamado Leo, que os prosodistas parecem ter prazer em acreditar ter sido o primeiro a descobrir que um dístico em rimas poderia formar um único verso.*

LESÃO, subs. f. Agressão pouco mais grave do que o desprezo.

---

80. Mary Edwards Walker (1832-1919) foi a primeira mulher a ser comissionada como médica-cirurgiã do Exército dos Estados Unidos, durante a Guerra de Secessão Americana. (N. do T.)
81. Ella Wheeler Wilcox (1850-1919) foi uma escritora e poeta estadunidense. (N. do T.)
82. *Tempora* e *mores*, em latim, equivalem, respectivamente, a "tempos" e "costumes", em português. (N. do T.)

LEVIATÃ, subs. m. Enorme animal aquático mencionado na *Bíblia* por Jó. Alguns supõem ter sido uma baleia, mas aquele ilustre ictiólogo, o dr. Jordan, da Universidade de Stanford, afirma com considerável veemência que se tratava de uma espécie de girino gigante (*Thaddeus Polandensis* ou *Polliwig-Maria pseudo-hirsuta*). Para uma descrição exaustiva e a história do girino, consulte a famosa monografia de Jane Porter, *Thaddeus de Varsóvia*[83].

LEXICÓGRAFO, subs. m. Sujeito pestilento que, sob o pretexto de registrar algum estágio específico do desenvolvimento de uma língua, faz o que pode para impedir seu crescimento, enrijecer sua flexibilidade e mecanizar seus métodos. Pois o seu lexicógrafo, tendo escrito seu dicionário, passa a ser considerado "alguém que tem autoridade", ao passo que sua função é meramente efetuar um registro, e não estabelecer uma lei. O servilismo natural do entendimento humano, tendo-o investido do poder judicial, renuncia ao seu próprio direito à razão e submete-se a uma crônica como se fosse um estatuto. Basta o dicionário marcar uma boa palavra como "obsoleta" ou "em obsolescência", por exemplo, e poucos homens, depois disso, se aventurarão a usá-la, qualquer que seja a necessidade dela e por mais desejável que seja a restauração em seu favor – processo a partir do qual o empobrecimento da língua se acentua e a fala decai. Do lado contrário, o escritor ousado e perspicaz que, ao reconhecer a verdade de que a linguagem deve crescer por meio da inovação – se é que pode crescer –, cria novas palavras e usa as antigas com um sentido desconhecido, não segue em frente e é duramente lembrado de que "isso não consta do dicionário" — embora até a época do primeiro lexicógrafo (que Deus o perdoe!) nenhum autor jamais tivesse usado uma palavra que constasse do dicionário. Na época de ouro, no zênite da língua inglesa; quando dos lábios dos grandes elisabetanos saíam palavras que construíam seu próprio significado, carregando-o em seu próprio som; quando um Shakespeare e um Bacon eram possíveis, e a língua – agora perecendo rapidamente em uma extremidade e lentamente renovada na oposta – estava em vigoroso crescimento e resistente preservação,

---

83. Romance escrito pela dramaturga e romancista inglesa Jane Porter (1776-1850) e publicado em 1803. O romance trata de Thaddeus Sobieski, um jovem soldado polonês que serve na Revolta de Kosciuszko contra as forças invasoras russas. (N. do T.)

mais doce do que o mel e mais forte do que um leão, o lexicógrafo era uma pessoa desconhecida, e o dicionário, uma criação que seu Criador não o criou para criar.

> *Deus disse: "Deixe o Espírito na Forma perecer".*
> *E os lexicógrafos, um enxame, insistiram em aparecer!*
> *Fugiu o pensamento, deixando suas vestes, que eles próprios levaram,*
> *E cada peça de roupa que havia, em um livro catalogaram.*
> *Agora, de seu esconderijo frondoso, quando os pensamentos urgem:*
> *"Devolvam minhas roupas, e retornarei", eles ressurgem.*
> *E examinam a lista, afirmando então sem compaixão:*
> *"Desculpem-nos, mas todas elas fora de moda estão".*
>
> — Sigismund Smith

LIBERDADE, subs. f. Isenção do estresse da autoridade em uma parca meia dúzia de métodos de restrição, em meio a uma infinita multiplicidade deles. Condição política que cada nação supõe desfrutar em virtual monopólio. Independência. A distinção entre liberdade e independência não é conhecida com precisão; os naturalistas nunca foram capazes de encontrar um espécime vivo de nenhuma delas.

> *A liberdade, como sabe todo estudante,*
> *Certa vez gritou, ao ver Kosciusko[84] tombar;*
> *Na verdade, em cada vento cortante*
> *Ouço-a bradar.*
>
> *Ela grita sempre que os monarcas, muito conscientes,*
> *Vêm aos parlamentos se juntar,*
> *Para amarrar em seus pés correntes*
> *E sua sentença de morte decretar.*
>
> *E, quando lança a soberana população*
> *Os votos que não pode soletrar,*
> *Por sobre a pestilenta explosão*
> *Seu clamor só faz aumentar.*

---

84. Tadeusz Kosciusko (1746-1817) foi um general polonês, líder da revolta de seu país contra o Império Russo, em 1794. (N. do T.)

> *Para todos a quem deram poder ao léu,*
> *Poder de influenciar ou obrigar,*
> *Entre si eles dividirão o Céu,*
> *E o Inferno haverão de dar.*
>
> — Blary O'Gary

LÍNGUA, subs. f. Música com a qual encantamos as serpentes que guardam o tesouro alheio.

LINHO, subs. m.

> *Espécie de tecido cuja confecção, quando feita de cânhamo,*
> *acarreta grande desperdício de cânhamo.*
>
> — Calcraft, o Carrasco.

LIRA, subs. f. Antigo instrumento de tortura. Atualmente, a palavra é usada em sentido figurado para denotar faculdades poéticas, como nos seguintes versos inflamados de nossa grande poetisa Ella Wheeler Wilcox:

> *Sento-me no Parnaso com minha lira presente,*
> *E com cuidado manuseio a corda desobediente.*
> *Aquele pastor estúpido, em seu cajado pendurado,*
> *Com atenção surda, mal se digna a olhar para o lado.*
> *Aguardo a minha hora, e ela chegará, finalmente,*
> *Quando, com a energia, a força de um Titã em mente,*
> *Eu um punhado de cordas por fim agarrar,*
> *E a palavra sofrerá quando eu as soltar!*
>
> — Farquharson Harris

LITIGANTE, adj. e subs. 2g. Pessoa prestes a abrir mão da própria pele na esperança de manter os ossos.

LITÍGIO, subs. m. Máquina em que se entra como porco, saindo-se como salsicha.

LIXO, subs. m. Matéria sem valor, como as religiões, filosofias, literaturas, artes e ciências das tribos que infestam as regiões situadas ao sul de Boreaplas.

LL.D., abr. Letras que indicam o grau de *Legumptionorum Doctor*[85], versado em direito, dotado de bom senso jurídico. Algumas suspeitas são lançadas sobre tal derivação – devido ao fato de que tal título era anteriormente grafado LL.d. e conferido apenas a cavalheiros que se distinguiam por sua riqueza. Na data em que este livro foi escrito, a Universidade de Colúmbia considerava a conveniência de conceder um outro diploma para clérigos, no lugar do antigo D.D. – *Damnator Diaboli*[86]. A nova homenagem ficará conhecida como *Sanctorum Custus* e escrita como segue, $$c. O nome do reverendo John Satan foi sugerido como um destinatário adequado, por ser ele um amante da consistência, ressaltando que o professor Harry Thurston Peck[87] há muito desfruta da vantagem de um diploma.

LOBISOMEM, subs. m. Lobo que já foi ou, às vezes, ainda é um homem. Todos os lobisomens têm um caráter mau, tendo assumido uma forma bestial para satisfazer um apetite bestial, mas alguns deles, transformados via feitiçaria, são tão humanos quanto é possível depois de se ter adquirido o gosto pela carne humana.

> *Alguns camponeses da Baviera, depois de terem capturado um lobo certa noite, amarraram-no pelo rabo a um poste e foram para a cama. Na manhã seguinte, nada havia lá! Muito perplexos, eles consultaram o padre local, que lhes disse que seu prisioneiro era, sem dúvida, um lobisomem e havia retomado sua forma humana durante a noite. — Da próxima vez que vocês pegarem um lobo, — disse o bom homem — tentem acorrentá-lo pela perna. Assim, pela manhã, haverão de encontrar um luterano.*

LÓGICA, subs. f. Arte de pensar e raciocinar em estrita conformidade com as limitações e incapacidades da incompreensão humana. O básico da lógica é o silogismo, que consiste em uma premissa maior, uma premissa menor e uma conclusão, como segue.

> *Premissa Maior: 60 homens podem realizar um certo trabalho 60 vezes mais rápido do que apenas um homem.*

---

85. Na verdade, *Legum Doctor*, "doutor em leis", em latim. (N. do T.)
86. Na verdade, *Doctor Divinitatis*, "doutor em divindade", em latim. (N. do T.)
87. Harry Thurston Peck (1856-1914) foi um classicista, autor, editor, historiador e crítico estadunidense. (N. do T.)

> *Premissa Menor: um homem pode cavar um buraco em 60 segundos; portanto...*
>
> *Conclusão: 60 homens conseguem cavar um buraco em um segundo.*
>
> *Isso pode ser chamado de silogismo aritmético, em que, ao combinarmos lógica e matemática, obtemos uma dupla certeza e somos duplamente abençoados.*

LOGOMAQUIA, subs. f. Guerra em que as armas são as palavras e as feridas perfuram a bexiga natatória da autoestima – uma espécie de competição em que, estando o vencido inconsciente de sua derrota, é negada ao vencedor a recompensa do sucesso.

> *Vários estudiosos dizem que Salmasius[88] morreu*
> *Por conta do que Milton[89] sobre ele escreveu.*
> *Mas, que pena! Se isso é verdade, nunca saberemos,*
> *Pois, ao ler a sagacidade de Milton, também perecemos.*

LONGANIMIDADE, subs. f. Disposição de suportar ferimentos com dócil paciência, já planejando sua vingança.

LONGEVIDADE, subs. f. Extensão incomum do medo da morte.

LOQUACIDADE, subs. f. Distúrbio que torna o paciente incapaz de conter a língua quando você deseja falar.

LORDE, subs. m. Na sociedade americana, turista inglês com uma posição social superior a ambulantes, como o lorde Camiseiro, o lorde Artesão e muitos outros parecidos. O viajante britânico menos importante é tratado como "sir", assim como sir Harry Carroceiro ou sir Caldeireiro. Em inglês, tal palavra também é usada como título do Ser Supremo; mas isso é considerado mais um reles elogio do que uma reverência real.

> *Srta. Sallie Gastança de bom grado desejou*
> *E com um errante lorde inglês se casou...*
> *Casou-se e levou para com eles morar, coitado,*
> *Seu "papá", versado em Tomar Emprestado.*

---

88. Claude Saumaise (1588-1653), também conhecido pelo nome latino Claudius Salmasius, foi um estudioso clássico francês. (N. do T.)
89. John Milton (1608-1674) foi um poeta, polemista e intelectual inglês. (N. do T.)

Lorde Cadde, não hesito em declarar,
Mostrou-se indigno em administrar
O velho esporte do sogro, mesmo sendo verdade
Que para sempre renunciara às loucuras da mocidade.
Já ele havia chegado – melhor relatar de uma vez –
À fase da vida marcada pelos vícios da vetustez.
Entre tais vícios, sua cobiça levava-o a insistir
Em dinheiro do bolso da filha vez e outra subtrair,
Até que, por fim, viu-se o sogro arruinado,
E, como era inadequado o Tomar Emprestado,
Decidiu, como meio de sua riqueza aumentar,
Que melhor seria também ele lorde se tornar.
Desfez-se de suas ajustadas roupas deliberadamente
E, em seu lugar, vestiu-se de xadrez, estranhamente;
O queixo barbeou, apenas um bigode deixando
Ao lado de cada orelha, como um caminho nefando.
Toda manhã, pintava o pescoço de encarnado,
E todo o seu saber era bastante embelezado.
O monóculo em meia-lua colocado sobre o olhar
Dava-lhe um ar de crítico de Canções de Ninar.
Um chapéu-coco sua cabeça resguardava,
E sapatos baixos e aduncos ele calçava.
Ao falar, os costumes americanos evitou,
E os fanhosos "A's" ao seu nariz negou,
Até se tornarem tão claros que nem mesmo o doce julgamento
De um bebê era capaz de se ofender com seu temperamento.
Seus "H's" eram extremamente suaves, quase inexprimíveis,
E o som que faziam ao cair aos seus pés, tão inaudíveis!
Assim renovado, o sr. Gastança, sem qualquer apreensão,
Como lorde Gastança começou sua carreira de recuperação.
Infelizmente, a Divindade que moldava seu limiar
Tomou uma outra perspectiva, decidindo expulsar
Sua Senhoria – em horror, desespero e consternação –
Da terra da presa natural da nobre nomeação,
Porque Lady Cadde, por conta dos usos do Velho Mundo, cheio de bolor –
Ó, Santo Deus! – acabou se apaixonando pelo seu progenitor!

— G. J.

LOROTA, subs. f. Mentira que não foi cortada pela raiz. A abordagem mais próxima da verdade de um mentiroso habitual: o perigeu de sua órbita excêntrica.

> *Quando Davi dizia: "Todos os homens são mentirosos", provava*
> *Ser ele próprio um mentiroso, como qualquer ladrão.*
> *Talvez ele tenha pensado em enfraquecer a ilusão*
> *Provando que nem mesmo ele com a Verdade se contentava.*
> *Embora eu suspeite que o velho canalha sempre representava*
> *De todos os servos da Mentira o grande chefe;*
> *E sempre que o patife sabia de algum blefe,*
> *Nada lhe fazia se esquivar da mentira que inventava.*
> *Não, Davi a Verdade Nua não tratou de servir*
> *Quando desferiu o golpe mortal em toda a sua raça;*
> *Nem tampouco acertou, nem mesmo de raspão:*
> *Pois a razão mostra que isso nunca haveria de existir,*
> *E os fatos vêm lhe contradizer, só de pirraça.*
> *Nem todos os homens são mentirosos, pois alguns mortos estão.*
>
> — Bartle Quinker

LOUCO, adj. e subs. m. Afetado por um alto grau de independência intelectual; não conformado com os padrões de pensamento, fala e ação derivados do estudo de si mesmos; em desacordo com a maioria – em suma, incomum. É digno de nota que pessoas são declaradas loucas por funcionários desprovidos de provas de serem elas mesmas sãs. Para ilustrar tal fato, este (ilustre) lexicógrafo não tem mais firmeza na crença de sua própria sanidade do que qualquer interno em um hospício do país; no entanto, por não ter certeza do contrário, em vez da ocupação elevada que parece envolver seus poderes, poderia muito bem estar batendo nas grades das janelas de um manicômio e declarando-se Noah Webster[90], para o inocente prazer de muitos espectadores desatentos.

---

90. Noah Webster (1758-1843) foi um escritor e lexicógrafo estadunidense, autor de uma das várias reformas ortográficas da língua inglesa. (N. do T.)

LOUCURA, subs. f. "Dom e faculdade divinos" cuja energia criativa e controladora inspira a mente do Homem, orienta as suas ações e adorna a sua vida.

> *Loucura! Mesmo que Erasmo a tenha certa vez elogiado*
> *Em um grosso volume, e todo autor conhecido,*
> *Se não sua glória, ao menos seu poder tenha remido,*
> *Digne-se a receber homenagem de seu filho, que tem caçado*
> *Em meio aos seus labirintos, cada irmão dele, tolo ou embotado,*
> *Para consertar suas vidas, depois da própria ter suprido,*
> *Por mais fracas que sejam as flechas que havia impelido,*
> *No entanto, cada um suas armas voadoras vai ocultar.*
> *Pai da Loucura de Todos! Seja meu criar,*
> *Com pulmão vigoroso, aqui em sua costa ocidental*
> *Com toda a sua prole, de todas as terras, em um só local,*
> *Com você mesmo me inspirando, louvor hei de cantar.*
> *E, se fraco estiver, contratarei para me ajudar a berrar,*
> *Dick Watson Gilder[91], o caso mais grave do lugar.*
>
> — Aramis Loto Frope

LOURO, subs. m. *Laurus*, em latim, planta dedicada a Apolo, anteriormente desfolhada para enfeitar a testa dos vencedores e dos poetas que tinham alguma influência na corte. Ver LAUREADO.

LUMINAR, adj. 2g. Aquele que lança luz sobre um assunto ou, como editor, que não escreve a seu respeito.

LUNARIANO, adj. subs. m. Habitante da Lua, distinto do Lunático, aquele em quem a Lua habita. Os Lunarianos foram descritos por Lucian, Locke[92] e outros observadores, mas sem muito acordo. Por exemplo, Bragellos afirma serem idênticos anatomicamente com o Homem, mas o professor Newcomb diz que eles se parecem muito mais com as tribos das colinas de Vermont.

---

91. Richard Watson Gilder (1844-1909) foi um poeta e editor americano. (N. do T.)
92. Ver nota 42.

MAÇA, subs. f. Bastão de ofício que denota autoridade. Sua forma, a de uma pesada clava, indica seu propósito original e sua utilização, que intenta dissuadir qualquer dissidência.

MACACO, subs. m. Animal arbóreo que se sente à vontade nas árvores genealógicas.

MACHADINHA, subs. f. Machado jovem, conhecido entre os povos originários como Thomashawk.

> *"Ah, enterre a machadinha, Vermelho irritado,*
> *A paz é uma bênção", disse o Branco, ajuizado.*
> *O Selvagem concordou e, com o apetrecho empunhado,*
> *Em meio a ritos imponentes, no Branco enterrou o machado.*
>
> — John Lukkus

MAÇONARIA, subs. f. Ordem com ritos secretos, cerimônias grotescas e trajes fantásticos originada no reinado de Carlos II, em meio aos artesãos londrinos, à qual vêm se juntando sucessivamente os mortos dos séculos passados, em retrocesso ininterrupto, até chegar a envolver todas as gerações de homens desde Adão. Neste momento, está angariando recrutas ilustres entre os habitantes pré-criacionais do Caos e do Vazio Sem Forma. A ordem foi fundada em diversas épocas, por Carlos Magno, Júlio César, Ciro, Salomão, Zoroastro, Confúcio, Tutemés e Buda. Seus emblemas e símbolos foram encontrados nas catacumbas de Paris e de Roma, nas pedras do Partenon e da Grande Muralha da China, entre os templos de Karnak e de Palmira e nas pirâmides egípcias – sempre por um maçom.

MACROBIANO, subs. m. Alguém esquecido dos deuses e que vive até uma idade avançada. A história está repleta de exemplos, de

Matusalém ao Velho Parr[93], mas alguns exemplos notáveis de longevidade são menos conhecidos. Um camponês da Calábria chamado Coloni, nascido em 1753, viveu tanto que teve o que considerou um vislumbre do alvorecer da paz universal. Scanavius relata ter conhecido um arcebispo tão velho que conseguia se lembrar de uma época em que não merecia ser enforcado. Em 1566, um comerciante de linho de Bristol, na Inglaterra, declarou que vivera 500 anos e que, durante todo esse tempo, nunca havia mentido. Existem casos de longevidade ("macrobiose") em nosso próprio país. O senador Chauncey Depew[94] tem idade suficiente para saber disso. O editor do jornal de Nova York *The American* tem uma memória que remonta à época em que era um cafajeste – mas não ao fato em si. O presidente dos Estados Unidos nasceu há tanto tempo que muitos dos amigos da sua juventude ascenderam a altas posições políticas e militares sem a ajuda do mérito pessoal. Os versos a seguir foram escritos por um macrobiano:

> *Quando eu era jovem, o mundo era justo,*
> *Amável e ensolarado.*
> *No ar pairava um brilho augusto,*
> *As águas tinham um gosto açucarado.*
> *As piadas eram boas, tudo era engraçado,*
> *Os estadistas eram honestos em seu pensar*
> *E também no seu viver,*
> *E, quando uma notícia começava a se espalhar,*
> *Era de fato algo a crer.*
> *Os homens não esperneavam nem reclamavam, afinal,*
> *Tampouco as mulheres, falando "de maneira geral".*
>
> *À época, era realmente longo o Verão:*
> *Durava toda uma temporada!*
> *O cintilante Inverno não prestou atenção*
> *Quando a Desrazão, desajuizada,*
> *Ordenou a primeira ervilha germinada.*

---

93. Thomas "Velho Tom" Parr (c.1482-1635) foi um inglês que, supostamente, teria vivido 152 anos. (N. do T.)
94. Ver nota 33.

AMBROSE BIERCE

Agora, onde está o sentido em chamar
Esse tal ciclo de ano,
Que nada faz além de começar
Antes que esteja o fim cercano?
Quando eu era jovem, o ano se estendia
De mês em mês, até que enfim se extinguia.
Não sei por que o mundo está mudado
Para algo sombrio e taciturno,
E, agora, tudo se encontra arranjado
Para tornar o sujeito soturno.
O Homem do Tempo – ele, a seu turno,
Deve ser, claro, o único culpado,
O ar não é mais igual:
Ele o sufoca, de tão alterado,
E, se puro, o deixa bem mal.
As janelas fechadas, tem-se um ataque asmático;
Com elas abertas, morre-se de dor no ciático.

Ora, suponho que esse novo regime
De sombria degeneração
Pareça mais maligno do que se estime
Com uma melhor observação
E tenha como compensação
Certas bênçãos, em tão profunda simulação,
Que falhou a visão mortal
Em perscrutar, embora à angelical visão
Sejam elas visíveis, afinal.
Se, boa terra, é uma dádiva a tal Idade,
Está fantasiada sem qualquer ingenuidade!

— Venable Strigg

MADALENA, subs. prop. f. Habitante de Madala. Popularmente, uma mulher descoberta. Essa definição da palavra tem a autoridade da ignorância, sendo Maria Madalena uma outra pessoa que não a mulher penitente mencionada por São Lucas. Tem também a sanção oficial dos governos da Grã-Bretanha e dos Estados Unidos. Na Inglaterra, a palavra é pronunciada *Maudlin*, cujo adjetivo significa detestavelmente sentimental. Ao usar *Maudlin* no lugar de Madalena e *Bedlam*[95] em vez de Belém, os ingleses podem orgulhar-se, com toda razão, de ser os maiores revisores que há.

MAGIA, subs. f. Arte de converter superstição em dinheiro. Existem outras artes que servem ao mesmo propósito elevado, mas o discreto lexicógrafo não as vai nomear.

MAGNETISMO, subs. m. Algo que age sobre um ímã.

> *A definição acima e a correspondente definição de ÍMÃ foram condensadas a partir dos trabalhos de mil eminentes cientistas, que iluminaram o assunto com uma grande luz branca, para o inexprimível avanço do conhecimento humano.*

MAGNÍFICO, adj. m. Tendo uma grandeza ou glória superior àquela a que o espectador está habituado, como as orelhas de um burro em um coelho ou o esplendor de um vaga-lume em um verme.

MAGNITUDE, subs. f. Tamanho. Sendo a magnitude puramente relativa, nada é grande e nada é pequeno. Se tudo no universo aumentasse mil vezes, nada seria maior do que era antes, mas se uma só coisa permanecesse inalterada, todas as outras seriam maiores do que eram. Para uma melhor compreensão da relatividade da magnitude e da distância, os espaços e massas do astrônomo não seriam mais impressionantes do que os do microscopista. Apesar de tudo o que sabemos em contrário, o universo visível pode ser uma pequena parte de um átomo, com os seus íons componentes, que boiam no fluido vital (o éter luminífero) de algum animal. Possivelmente, as pequeninas criaturas que povoam os corpúsculos do nosso sangue são dominadas por uma emoção própria ao contemplarem a impensável distância entre elas.

MAIONESE, subs. f. Um dos molhos que servem os franceses no lugar da religião oficial.

MAIS, adv. Grau comparativo de demais.

MAJESTADE, subs. f. Estado e título de um rei. Considerado com justo desprezo pelos mais eminentes Grão-Mestres, Grão-Chanceleres,

---

95. Sinônimo de "hospício", em inglês. (N. do T.)

Grandes Chefes e Potentados Imperiais das antigas e honradas ordens da América republicana.

MALANDRAGEM, subs. f. Militância da estupidez. Atividade de um intelecto turvo.

MALANDRO, adj. e subs. m. Tolo considerado sob um outro aspecto.

MALFEITOR, adj. e subs. m. Principal feitor do progresso da raça humana.

MALTUSIANO, adj. e subs. m. Relativo a Malthus[96] e suas doutrinas. Malthus acreditava na limitação artificial da população, mas descobriu que isso não poderia ser feito apenas com a fala. Um dos expoentes mais práticos das ideias maltusianas foi Herodes[97], da Judeia, embora todos os militares famosos pensassem da mesma forma.

MAMÍFEROS, subs. m. pl. Família de animais vertebrados cujas fêmeas – em seu estado natural – amamentam seus filhotes mas, quando civilizadas e esclarecidas, entregam-nos para que outras o façam, ou simplesmente usam mamadeiras.

MAMON[98], subs. prop. m. Deus da principal religião do mundo. Seu templo principal fica na cidade sagrada de Nova York.

> *Que todas as outras religiões eram inúteis ele haveria de jurar*
> *E, adorando a Mamon, os joelhos foi desgastar.*
>
> — Jared Oopf

MANÁ, subs. m. Alimento milagrosamente ofertado aos israelitas no deserto. Quando este já não lhes era fornecido, instalaram-se e lavraram o solo, fertilizando-o – em regra, com os corpos dos ocupantes originais.

MANES, subs. m. pl. Partes imortais dos gregos e romanos mortos. Ambos encontravam-se em estado de desconforto até que os corpos

---

96. Thomas Robert Malthus (1766-1834) foi um clérigo, economista e matemático britânico, considerado o pai da demografia. (N. do T.)
97. Herodes I (72 a.C.-?) foi rei romano do território da Judeia entre os anos de 37 a.C. e 4 a.C. (N. do T.)
98. Personificação das riquezas materiais ou da cobiça, de acordo com a *Bíblia*. (N. do T.)

dos quais haviam exalado fossem enterrados e queimados – e parecem não ter ficado particularmente felizes depois disso.

MANIQUEÍSMO, subs. m. Antiga doutrina persa de uma incessante guerra entre o Bem e o Mal. Quando o Bem desistiu da luta, os persas juntaram-se à Oposição vitoriosa.

MANSIDÃO, subs. f. Extraordinária paciência para planejar uma vingança que valha a pena.

> M, de Moisés, cuja missão
> Era o Egípcio matar.
> Mas doce como da rosa o botão
> É de Moisés a mansidão.
> Nenhum monumento a inscrição
> Post mortem há de mostrar,
> Mas M é de Moisés, cuja missão
> Era o Egípcio matar.
>
> — Alfabeto Biográfico

MANTER, v. tr.

> Ele doou sua riqueza inteira,
> E na morte adormeceu, então,
> Murmurando: "Ora, de qualquer maneira,
> Imaculada se manterá minha reputação".
> Mas, quando sobre seu túmulo haviam de escrever
> "De quem era esse?", não é dos mortos algo manter.
>
> — Durang Gophel Arn

MÃO, subs. f. Singular instrumento usado na ponta do braço humano e comumente enfiado no bolso de alguém.

MÃO DE VACA, adj. comp. f. Indivíduo desejoso de manter indevidamente aquilo que muitas pessoas meritórias desejam obter.

> "Escocês mão de vaca!", ouviu-se Johnson clamar
> A J. Macpherson, o sovina;
> "Preste atenção – estou prestes a compartilhar
> Com qualquer pessoa ladina."

> *Triste Jamie: "Isso lá é verdade...*
> *Não é preciso suster a ostentação;*
> *E, meu senhor, não há quem lhe agrade,*
> *A todos falta o que tem em profusão".*

— Anita M. Bobe

MAQUINAÇÃO, subs. f. Método empregado pelos oponentes para frustrar os honrosos e intencionais esforços de alguém para fazer a coisa certa.

> *Tão claras as vantagens da maquinação*
> *Constituem elas uma moral obrigação,*
> *Mesmo os lobos honestos, que nela pensam com asco,*
> *Obrigam-se a usar a roupa de ovelha, um fiasco.*
> *Assim também prospera a diplomática profissão,*
> *E Satanás se curva, com a mão no coração.*

— R. S. K.

MARIDO, subs. m. Aquele que, depois de jantar, fica encarregado de cuidar dos pratos.

MÁRTIR, subs. 2g. Aquele que segue a linha de menor relutância rumo a uma morte desejada.

MASCULINO, adj. m. Membro do sexo insignificante ou jamais considerado. O macho da raça humana é comumente conhecido (pela fêmea) como Mero Homem. O gênero possui duas variedades: bons e maus provedores.

MATAR, v. tr. Criar uma vaga sem nomear sucessor.

MATERIAL, adj. 2g. Aquilo que tem uma existência real, distinta de uma imaginária. Importante.

> *Material é o que sei, sinto e vejo, afinal;*
> *Todo o resto, para mim, é imaterial.*

— Jamrach Holobom

MATRIMÔNIO, subs. m. Estado ou condição de uma comunidade composta de um senhor, uma senhora e dois escravos, perfazendo-se um total de dois indivíduos.

MAUSOLÉU, subs. m. Loucura final – e mais engraçada – dos ricos.

MEANDRO, subs. m. Prosseguir sinuosamente e sem rumo. Tal palavra é o antigo nome de um rio a pouco menos de 250 quilômetros ao sul de Troia, que serpenteava e retorcia-se em um esforço para deixar de ouvir os gregos e troianos que se vangloriavam de suas proezas.

MEDALHA, subs. f. Pequeno disco de metal oferecido como recompensa por virtudes, realizações ou serviços mais ou menos autênticos.

> *Conta-se que Bismarck[99] – tendo recebido uma medalha por resgatar galantemente uma pessoa que estava se afogando – respondeu, ao ser questionado sobre o significado de tal condecoração: — Às vezes, eu salvo vidas. — E, às vezes, não.*

MEDICINA, subs. f. Pedra atirada na Rua Bowery para matar um cachorro na Avenida Broadway, a 15 quilômetros dali.

MÉDICO, subs. m. Alguém em quem depositamos nossas esperanças quando estamos doentes e para quem soltamos nossos cachorros quando estamos bem.

MEIA-CALÇA, subs. f. Traje de teatro destinado a reforçar a aclamação geral do assessor de imprensa com uma publicidade particular. A atenção do público já havia sido bastante desviada desta vestimenta diante da recusa da srta. Lillian Russell[100] em usá-la, e muitas foram as conjecturas quanto ao seu motivo – a teoria da srta. Pauline Hall[101] mostra bastante engenhosidade e ponderada reflexão. A srta. Hall acreditava que a natureza não dotara a srta. Russell de belas pernas. Essa teoria era impossível de ser aceita pelo entendimento masculino, mas a concepção de uma perna feminina defeituosa era de uma originalidade tão prodigiosa que se classificava entre os feitos mais brilhantes da especulação filosófica! É estranho que, em

---

99. Otto Edward Leopold von Bismarck-Schönhausen (1815-1898) foi um estadista e diplomata prussiano, conhecido como o Chanceler de Ferro. (N. do T.)
100. Lillian Russell (1861-1922) foi uma das atrizes e cantoras estadunidenses mais famosas do século XIX. (N. do T.)
101. Pauline Hall (1860) foi uma atriz e cantora de teatro estadunidense. (N. do T.)

toda a controvérsia relativa à aversão da srta. Russell à meia-calça, ninguém pareça ter pensado em atribui-la ao que era conhecido entre os antigos como "modéstia". A natureza desse sentimento é agora compreendida de forma imperfeita e possivelmente incapaz de ser exposta com o vocabulário que nos resta. O estudo das artes perdidas, no entanto, foi recentemente revivido, e algumas delas foram recuperadas. Esta é uma época de renascimentos, e há motivos para esperarmos que o "rubor" primitivo possa ser arrancado de seu esconderijo entre os túmulos da antiguidade e levado até o palco.

MEMBRO, subs. m. Galho de uma árvore ou perna de uma americana.

> *Foi um par de botas que a senhora comprou,*
> *E o vendedor amarrou bem aquele objeto*
> *A uma altura notável, por completo.*
> *Mais alto, na verdade, do que deveria, pensou...*
> *Mais alto do que julgaria correto.*
> *Pois a Bíblia declara... isso não há de importar:*
> *Dificilmente é adequado*
> *Censurar livremente e a todos culpar*
> *Pelos pecados de que jamais hei de ousar*
> *Ser eu mesmo culpado.*
> *Cada um tem sua fraqueza, e embora a minha*
> *Nenhum pecado em si teria,*
> *Ainda assim injusto seria*
> *Lançar-lhe uma pedra de censura mesquinha.*
> *Além disso, a verdade obriga-me a dizer:*
> *Cuidaram de as tais botas assim fazer.*
> *Enquanto ele esticava a renda, ela começou a corar*
> *E, de cara feia, disse-lhe: "Se bem me lembro,*
> *Essa bota é alta demais para aguentar.*
> *Ela dói o meu... dói o meu... membro".*
> *O vendedor sorriu suavemente,*
> *Como uma criança ingênua, sem malícia aparente;*
> *Então, controlando-se, olhou para o rosto dela,*
> *Tal qual uma tumba, uma triste olhadela,*
> *Embora não fosse capaz de se importar*
> *Com as dores e angústias por que ela passava,*

> *Enquanto seus dedos dos pés ele acariciava,*
> *Com palavras e maneiras típicas de sua profissão*
> *Argumentava: "Minha senhora, acredito que não*
> *Haverá de seus gambitos machucar".*
>
> — B. Percival Dike

MENDAZ, adj. 2g. Viciado em retórica.

MENDIGO, subs. m. Alguém que contou com a ajuda de seus amigos.

MENESTREL, subs. m. No passado, um poeta, cantor ou músico. Atualmente, qualquer negro com tal cor na superfície da pele e um humor mais profundo do que a carne e o sangue são capazes de suportar.

MENOR, adj. 2g. Menos questionador.

MENTE, subs. f. Misteriosa forma da matéria, secretada pelo cérebro. Sua principal atividade consiste no esforço para averiguar sua própria natureza, sendo a futilidade da tentativa devida ao fato de ela não ter nada além de si mesma para conhecer a si mesma. Do latim *mens*, fato desconhecido do honesto vendedor de sapatos que, ao observar que seu erudito concorrente postara a placa *Mens conscia recti* no caminho, adornou sua própria fachada com as palavras *Conscia recti masculina, feminina e infantil*[102].

MENTIROSO, adj. e subs. m. Advogado com comissão itinerante.

MERCADOR, adj. e subs. m. Envolvido em uma atividade comercial. Atividade comercial é toda aquela em que se busca o dólar.

MESMERISMO, subs. m. Hipnotismo antes de ele usar belas roupas, manter uma carruagem e convidar a Incredulidade para jantar.

MESTIÇO, adj. e subs. m. Criança advinda de duas raças, com vergonha de ambas.

METADE, subs. f. Uma das duas partes iguais em que algo pode ser dividido, ou assim considerado. No século XIV, surgiu uma discussão acalorada entre teólogos e filósofos sobre se a Onisciência poderia

---

102. "Mente consciente da retidão", em latim. No original, o autor faz um jogo de palavras com *mens*, mente em latim, e *men's*, masculino(a) em inglês. (N. do T.)

dividir um objeto em três metades, e o piedoso padre Aldrovinus rezou publicamente na Catedral de Rouen para que Deus demonstrasse a verdade da proposição de alguma forma sinalizada e inequívoca, e particularmente (se Lhe agradasse) sobre o corpo daquele blasfemador resistente, Manutius Procinus, que sustentava ser tal afirmação uma mentira. Procinus, porém, acabou não morrendo pela picada de uma víbora.

METRÓPOLE, subs. f. Reduto do provincianismo.

MEU, pr. Pertencente a mim, caso eu consiga mantê-lo ou agarrá-lo.

MILAGRE, subs. m. Ato ou evento inexplicável e contra a ordem da natureza – por exemplo, ganhar com quatro ases e um rei na mão, contra quatro reis e um ás na mão do oponente.

MILÊNIO, subs. m. Período de mil anos em que a tampa será aparafusada, com todos os reformadores em seu interior.

MIM, pr. Caso questionável do "eu". Em inglês, o pronome pessoal tem três casos, o dominativo, o questionável e o opressivo. Cada um é igual aos três.

MINISTRO, subs. m. Agente de um poder superior com responsabilidade inferior. Na diplomacia, um oficial enviado a um país estrangeiro como a personificação visível da hostilidade de seu soberano. Sua principal qualificação é um grau de plausível inveracidade, logo abaixo daquela de um embaixador.

MIRMIDÃO, adj. e subs. m. Seguidor de Aquiles – especialmente quando ele não estava liderando.

MISERICÓRDIA, subs. f. 1) Atributo apreciado pelos infratores descobertos. **2)** Adaga que, nas guerras medievais, era usada pelos soldados de infantaria para lembrar a um cavaleiro desmontado de que era mortal.

MITOLOGIA, subs. f. Conjunto de crenças de um povo primitivo relativas à sua origem, história antiga, heróis, divindades e assim por diante, em oposição aos relatos verdadeiros que ele inventa mais tarde.

MODA, subs. f. Déspota ridicularizado e obedecido pelos sábios.

Houve um rei que um olho perdeu
Por algum excesso de paixão;
E então, cada cortesão logo correu
Para seguir a moda da estação.

Todos eles, antes de chegar ao trono real,
Baixavam uma das pálpebras, a pensar
Que ao rei agradariam. E o monarca jurou, afinal,
Que, por um simples piscar, a todos iria matar.

O que deveriam fazer? Dispostos não estavam
A arriscar tamanho desastre;
Não ousavam fechar os olhos – não ousavam
Ver melhor do que seu mestre.

Vendo-os lacrimosos, sem guarida,
Uma sanguessuga consolou cada chorão:
Com pequenos trapos com goma líquida
Ele cobriu metade da sua visão.

Toda a corte usou tal sedativo,
E a raiva real foi diminuindo.
E assim foi inventado o curativo,
A menos que eu esteja mentindo.

— Naramy Oof

MOLÉCULA, n. Unidade última e indivisível da matéria. Distingue-se do corpúsculo, também uma unidade última e indivisível da matéria, por uma maior semelhança com o átomo, outra unidade última e indivisível da matéria. Três grandes teorias científicas da estrutura do universo são a molecular, a corpuscular e a atômica. Uma quarta delas, afirma Haeckel[103], trata da condensação da precipitação da matéria a partir do éter – cuja existência é provada justamente pela condensação da precipitação. A tendência atual do pensamento científico é em direção à teoria dos íons. O íon difere da molécula, do corpúsculo e do átomo por ser um íon. Uma quinta teoria é

---

103. Ernst Heinrich Philipp August Haeckel (1834-1919) foi um biólogo, naturalista, filósofo, médico, professor e artista alemão. (N. do T.)

sustentada por idiotas, mas é duvidoso que eles saibam mais sobre tal assunto do que todos os outros.

MOLHO, subs. m. Único sinal infalível de civilização e iluminação. Um povo sem molhos tem mil vícios; um povo com um só molho tem apenas 999. Para cada molho inventado e aceito, um vício é abandonado e perdoado.

MÔNADA, subs. f. Unidade última e indivisível da matéria. Ver MOLÉCULA. De acordo com Leibniz[104] – por mais que ele pareça disposto a ser compreendido –, a mônada tem um corpo sem volume e uma mente sem manifestação... Leibnitz conhece-a por seu poder inato de ponderar. Acerca da mônada, ele fundou uma teoria do universo, que a criatura suporta sem nenhum ressentimento, por ser ela bastante gentil. Por menor que seja, ela contém todos os poderes e possibilidades necessários à sua evolução, até vir a se tornar um filósofo alemão de primeira classe – no geral, uma entidadezinha muito capaz. Não deve ser confundida com os micróbios ou bacilos – por sua incapacidade de distingui-la, um bom microscópio mostra-a como pertencente a uma espécie inteiramente distinta.

MONARCA, subs. 2g. Pessoa empenhada em reinar. Antigamente, o monarca governava – como atesta a derivação da palavra, e como muitos súditos tiveram oportunidade de aprender. Na Rússia e no Oriente, o monarca ainda tem uma influência considerável nos assuntos públicos e na disposição das cabeças humanas, mas, na Europa Ocidental, a administração política é principalmente confiada a seus ministros, estando ele um pouco mais preocupado com reflexões relacionadas ao estatuto de sua própria cabeça.

MONARQUIA, subs. f. Governo.

MONOSSILÁBICO, adj. m. Composto de palavras de uma sílaba, para bebês literários que nunca se cansam de testemunhar seu prazer na combinação insípida de balbucios apropriados. Tais palavras são comumente saxônicas – ou seja, palavras de um povo bárbaro, destituído de ideias e incapaz de quaisquer sentimentos e emoções, a não ser os mais elementares.

---

104. Gottfried Wilhelm Leibniz (1646-1716) foi um proeminente polímata e filósofo alemão, figura central na história da matemática e da filosofia. (N. do T.)

> *O homem que escreve em saxão*
> *É um homem que não fala bem, não.*
>
> — Judibras

MONSENHOR, subs. m. Alto título eclesiástico, cujas vantagens o Fundador da nossa religião ignorou.

MONUMENTO, subs. m. Estrutura destinada a comemorar algo que não precisa de comemoração ou não pode ser comemorado.

> *Os ossos de Agamenon são um espetáculo,*
> *E arruinado está seu monumento real,*
>
> mas a fama de Agamenon não sofre nenhuma diminuição como consequência. É tradição os monumentos terem *reductiones ad absurdum*[105] nos túmulos "aos mortos desconhecidos" – ou seja, monumentos para perpetuar a memória daqueles esquecidos pela memória.

MORAL, adj. 2g. Em conformidade com um padrão de direito local e mutável. Aquilo que mantém a qualidade de ser da conveniência geral.

> *Dizem haver uma serra montanhosa no Oriente em cujas encostas certas condutas são consideradas imorais, de um lado, e, do lado oposto, são tidas em alta estima; por conta disso, os alpinistas veem-se bastante confortáveis, já que lhes é permitido descer pelo caminho que melhor lhes convier, sem que cometam nenhuma ofensa.*
>
> — Meditações de Gooke

MORTO, adj. m.

> *Terminado o trabalho de respiração;*
> *Findo com todo mundo; o correr nada são;*
> *Terminado; a meta de ouro alcançada,*
> *Descoberta, por fim: um buraco e mais nada!*
>
> — Squatol Johnes

---

105. Corruptela de *reductio ad absurdum* ("redução ao absurdo", em latim), um tipo de argumento lógico em que se assumem uma ou mais hipóteses e, a partir delas, é gerada uma consequência absurda ou ridícula, concluindo-se, então, que a suposição original estaria errada. (N. do T.)

MOUSQUETAIRE, subs. f. Longa luva que cobre uma parte do braço. Usada no estado americano de Nova Jersey. Mas *mousquetaire* é uma péssima forma de soletrar mosqueteiro.

MULHER, subs. f.

> *Animal que geralmente vive próximo ao Homem e tem uma suscetibilidade rudimentar à domesticação. Muitos dos zoólogos mais velhos creditam-lhe uma certa docilidade vestigial, adquirida em um antigo estado de reclusão, mas os naturalistas do período pós-Susan Anthony[106], desconhecendo tal reclusão, negam-lhe essa virtude e declaram que ele continua a rugir ferozmente, assim como no início da Criação. Tal espécie é a mais amplamente distribuída de todas as feras predadoras, infestando todas as partes habitáveis do globo, desde as montanhas picantes da Groenlândia até a costa moral da Índia. Seu nome popular ("homem-loba") está incorreto, pois a criatura está mais para um felino. A mulher é ágil e graciosa em seus movimentos, principalmente sua variedade americana (Felis pugnans), é onívora e pode ser ensinada a não falar.*

— Balthasar Pober

MULTIDÃO, subs. f. Turba; fonte de sabedoria e de virtude política. Em uma república, objeto de adoração do estadista. "Em uma multidão de conselheiros há sabedoria", diz o provérbio. Se inúmeros homens com a mesma sabedoria individual são mais sábios do que qualquer um deles, deve ser por terem adquirido o excesso de sabedoria pelo simples ato de se reunir. De onde vem tal coisa? Obviamente, do nada – também podemos dizer que uma cadeia de montanhas é mais alta do que as montanhas que a compõem. Uma multidão é tão sábia quanto o seu membro mais sábio – se obedecê-lo. Caso contrário, não é mais sábio do que o mais tolo dentre eles.

MÚMIA, subs. f. Antigo egípcio, anteriormente de uso universal entre as nações civilizadas modernas como medicamento e, agora, empenhado em fornecer à arte um excelente pigmento. Também é

---

106. Susan Brownell Anthony (1820-1906) foi uma escritora, professora, ativista e abolicionista estadunidense. (N. do T.)

útil nos museus, para satisfazer a curiosidade vulgar que serve para distinguir o homem dos animais inferiores.

> *Através da Múmia, diz-se que a humanidade*
> *Atesta aos deuses respeito pela mortandade.*
> *Fosse ela santa ou pecadora, não hesitamos em seu túmulo saquear,*
> *Para remédio obter, destilamos seu corpo, moendo-o para tinta retirar,*
> *Por dinheiro, sua pobre e encolhida estrutura exibimos,*
> *E, levianos, no cenário de sua vergonha nos reunimos.*
> *Digam-me, ó deuses, para eu de minha rima usar:*
> *Qual é o limite de tempo para os mortos respeitar?*
>
> — Scopas Brune

MUSTANGUE, subs. m. Cavalo indócil das planícies ocidentais. Na sociedade inglesa, a esposa americana de um nobre inglês.

NAÇÃO, subs. f. Entidade administrativa operada por uma multidão incalculável de parasitas políticos, logicamente ativos mas acidentalmente eficientes.

> *Os corredores do capitólio desta nação veem tanta gente,*
> *Estão apinhados de uma tripulação faminta e indolente*
> *De pajens, porteiros e vários adidos e escriturários.*
> *Nomeiam-lhes patifes, mas o povo paga os honorários.*
> *Nem mesmo um gato escapa do emaranhado de canelas,*

> *Nem ouve seu miar em meio ao chiar de suas tramelas.*
> *Nos funcionários, nos pajens, nos carregadores, todo mundo,*
> *Infortúnio há de recair, um desastre grande, profundo!*
> *Que, para eles, a vida seja de dores uma sucessão;*
> *Que uma multidão de pulgas habite em seu gibão;*
> *Que dores e doenças neles se alojem como lombrigas,*
> *Seus pulmões se enchem de lesões, e de pedras, suas bexigas;*
> *Que de micróbios e bacilos sejam seus tecidos infestados,*
> *E tênias habitem com segurança em seus intestinos delgados;*
> *Que espigas de milho se prendam em seus cabelos definitivamente,*
> *E que seus prazeres se vejam prejudicados por empalação frequente.*
> *Perturbados sejam seus sonhos pelo discurso mortal*
> *De audíveis sofás, como um rouco sepulcral,*
> *De cadeiras acrobáticas e do chão oscilante...*
> *Do colchão que esperneia, e do travesseiro roncante!*
> *Filhos da cobiça, embalados para sempre no pecado!*
> *Que suas fileiras criminosas tragam o anjo da morte alado*
> *E vinguem meu amigo, que não pude fazer ser contratado.*
>
> — K. Q.

NÃO COMBATENTE, exp. Quacre[107] morto.

NARIZ, subs. m. Posto avançado extremo do rosto. Dado que os grandes conquistadores têm grande nariz, Gécio, cujos escritos são anteriores à era do humor, chama o nariz de órgão de repressão. Observou-se que o nariz de uma pessoa nunca fica tão feliz quanto ao se meter nos assuntos alheios, fato que levou alguns fisiologistas a inferir que o nariz é desprovido do sentido do olfato.

> *Certo homem com imenso Nariz existia,*
> *E, aonde quer que ele por acaso ia,*

---

107. Membro de uma seita protestante inglesa (Sociedade dos Amigos) fundada no século XVII, que prega a existência de uma divindade interior, rejeita os sacramentos e os representantes eclesiásticos, não presta nenhum juramento e opõe-se à guerra. (N. do T.)

As pessoas fugiam dele, gritando:
"Não temos algodão suficiente
Para os ouvidos, se, de repente,
Ele decidir assoar seu naso nefando!".

E, assim, advogados uma liminar
Solicitaram. "Devo negar",
Disse-lhes o Juiz: "O prefixo do acusado, afinal,
Seja qual for sua extensão,
Parece ir além da jurisdição
De que é dotado este nosso tribunal".

— Arpad Singiny

NARIZ-DE-GARRAFA, adj. 2g. Aqueles com um nariz criado à imagem de seu criador.

NASCIMENTO, subs. m. Primeiro e mais terrível de todos os desastres. Quanto à sua natureza, parece não haver uniformidade. Castor e Pólux nasceram do ovo. Palas saiu de uma caveira. Galateia tinha sido um bloco de pedra[108]. Peresilis, autor do século X, afirma ter crescido no solo em que um padre derramara água benta. Sabe-se que Arimaxus originou-se de um buraco na terra, feito por um raio. Leucomedon era filho de uma caverna no Monte Etna, e eu mesmo vi um homem surgir de uma adega.

NAVALHA, subs. f. Instrumento usado pelo caucasiano para realçar sua beleza, pelo mongol para se mostrar homem e pelo afro-americano para reafirmar seu valor.

NÉCTAR, subs. m. Bebida servida nos banquetes das divindades do Olimpo. O segredo de sua preparação está perdido, mas os modernos habitantes do estado americano de Kentucky acreditam terem chegado bem perto de descobrir seu principal ingrediente.

Juno uma xícara de néctar bebeu,
Mas a bebida não lhe entorpeceu.

---

108. Castor, Pólux, Palas e Galateia são todos seres da mitologia grega. (N. do T.)

> *Juno uma xícara de centeio ingeriu...*
> *E então, por fim, se despediu.*

— J. G.

NEGRO, subs. m. *Pièce de résistance* do problema político americano. Ao representá-lo com a letra "n", os Republicanos começam a construir sua equação assim: "seja n = ao homem branco". No entanto, essa equação não parece fornecer uma solução satisfatória.

NEPOTISMO, subs. m. Nomear sua avó para um cargo, pelo bem do partido.

NEUTRO, subs. m. Na política, alguém afligido pelo respeito próprio e dependente do vício da independência. Termo de desdém.

NEWTONIANO, adj. e subs. m. Pertencente a uma filosofia do universo inventada por Newton[109], que descobriu que uma maçã cairia no chão, sem saber dizer o porquê. Seus sucessores e discípulos avançaram tanto que sabem dizer quando.

NIILISTA, adj. e subs. 2g. Russo que nega a existência de qualquer coisa que não seja Tolstói[110]. O líder dessa escola é o próprio Tolstói.

NIRVANA, subs. m. Na religião budista, um estado de aniquilação prazerosa concedido aos sábios, especialmente aos suficientemente sábios para compreendê-lo.

NOBRE, adj. e subs. 2g. Provisão da natureza para as mentes americanas ricas, ambiciosas em incorrer em certa distinção social e sofrer da vida elevada.

NOIVA, subs. f. Mulher com uma bela perspectiva de felicidade em seu passado.

NOMEADO, adj. m. Modesto cavalheiro que se esquiva da distinção da vida privada e busca diligentemente a honrosa obscuridade do cargo público.

---

109. Sir Isaac Newton (1643-1727) foi um matemático, físico, astrônomo, teólogo e autor inglês, figura-chave da Revolução Científica. (N. do T.)
110. Liev Tolstói (1828-1910) foi um escritor russo. (N. do T.)

NOMEAR, v. tr. Designar para a mais dura avaliação política. Apresentar uma pessoa adequada para incorrer na lama e na mortandade da oposição.

NOTORIEDADE, subs. f. Fama do seu concorrente às honras públicas. Tipo de renome mais acessível e aceitável para a mediocridade. Escada de corda que leva ao palco do vaudeville, com anjos subindo e descendo por ela.

NOVELA, subs. m. Conto exagerado. Espécie de composição que tem com a literatura a mesma relação que o panorama tem com a arte. Como é demasiado longa para ser lida de uma só vez, as impressões deixadas pelas suas sucessivas partes vão se apagando sucessivamente, como no panorama. A unidade – a totalidade do efeito – torna-se impossível, pois, além das poucas páginas lidas pela última vez, tudo o que se tem em mente é a mera trama do que aconteceu antes. O romance está para a novela assim como a fotografia está para a pintura. Seu princípio distintivo, a probabilidade, corresponde à realidade literal da fotografia e põe-na distintamente na categoria da reportagem, ao passo que as asas livres do romancista permitem-lhe atingir as altitudes de imaginação que ele estiver apto a atingir – e os três primeiros fundamentos da arte literária são imaginação, imaginação e imaginação. A arte de escrever novelas como no passado está morta há muito tempo em todos os lugares, exceto na Rússia, onde é uma arte nova. Paz às suas cinzas – algumas das quais estão em grande liquidação.

NOVEMBRO, subs. m. Onze doze avos da exaustão.

NÚMENO, subs. m. Aquilo que existe, distinto daquilo que apenas parece existir, sendo esse último um fenômeno. O número é um pouco difícil de localizar; só pode ser apreendido como um processo racional – o que representa, em si, um fenômeno. No entanto, a descoberta e a exposição dos números oferecem um campo rico para o que Lewes[111] chama de "a infinita variedade e excitação do pensamento filosófico". Viva (portanto) o número!

---

111. George Henry Lewes (1817-1878) foi um filósofo e crítico literário inglês. (N. do T.)

OBCECADO, adj. m. Agitado por um espírito maligno, como os porcos gadarenos[112] e outros críticos. A obsessão já foi mais comum do que é agora. O mito de Arastus conta a história de um camponês que era possuído por um demônio diferente a cada dia da semana e, aos domingos, por dois. Eles eram vistos com frequência, sempre andando à sua sombra – quando ele tinha uma –, mas foram finalmente expulsos pelo tabelião da aldeia, um homem santo. Mas os demônios levaram o camponês consigo, pois ele desapareceu completamente. Um demônio expulso de uma mulher pelo arcebispo de Reims correu por entre as árvores, perseguido por uma centena de pessoas, até chegar ao campo aberto, de onde, saltando mais alto do que a torre de uma igreja, escapou ao pousar em um pássaro. Um capelão do exército de Cromwell exorcizou o demônio obsessivo de um soldado, jogando-o na água assim que o demônio vinha à tona. O soldado, infelizmente, não conseguiu fazê-lo.

OBJETIVO, subs. m. Tarefa que definimos para nossos desejos.

"Ânimo! Você não tem um objetivo na vida?",
Perguntou a esposa, ternamente.
"Um objetivo? Claro que não, minha querida;
Pois me casei, lamentavelmente."

— G. J.

OBRIGAÇÃO, subs. f. Aquilo que nos impele com severidade a tomar o rumo do lucro, na direção do desejo.

---

112. Relato bíblico em que Jesus Cristo exorciza uma legião de demônios do corpo de um homem da cidade de Gadara que, posteriormente, possuirá os porcos da localidade. (N. do T.)

Sir Lavender Portwine, na corte favorecido,
Com o mestre, que beijara Lady Port, ficou enraivecido.
A cabeça do rei sua raiva incitou-o a tomar,
Prevaleceu o dever, e seu pão veio ele pegar,
No lugar.

— G. J.

OBSCENIDADE, subs. f. Linguagem censurada por um outro a respeito de si mesmo.

OBSERVATÓRIO, subs. m. Lugar onde os astrônomos descartam as suposições de seus antecessores.

OBSOLETO, adj. m. Não mais usado pelos tímidos. Geralmente usado para caracterizar palavras. Uma palavra que algum lexicógrafo classificou como obsoleta é, a partir de então, objeto de pavor e aversão para os escritores tolos, mas, se for uma palavra boa e não tiver um equivalente moderno exato que seja igualmente bom, será boa o suficiente para o bom escritor. Na verdade, a atitude de um escritor em relação a palavras "obsoletas" é uma medida tão fiel de sua habilidade literária quanto qualquer coisa, à exceção do caráter de sua obra. Um dicionário de palavras obsoletas e em obsolescência não seria apenas singularmente rico em partes do discurso duras e suaves, mas também acrescentaria em muito ao vocabulário de todo escritor competente que, talvez, não fosse também um leitor competente.

OBSTINADO, adj. m. Inacessível à verdade tal como ela se manifesta no esplendor e na tensão de nossa defesa. O tipo popular e expoente da obstinação é a mula, um animal muito inteligente.

OCASIONAL, adj. 2g. Aquilo que nos aflige com maior ou menor frequência. Esse, entretanto, não é o sentido em que a palavra é usada na frase "versos ocasionais", que são versos escritos para uma "ocasião" como um aniversário, uma celebração ou outro evento. É verdade que eles nos afligem um pouco mais do que outros tipos de versos, mas seu nome não faz referência à sua recorrência irregular.

OCEANO, subs. m. Massa de água que ocupa cerca de dois terços do mundo feito para o homem – que não tem guelras.

OCIDENTE, subs. m. Parte do mundo situada a oeste (ou a leste) do Oriente. É em grande parte habitada por cristãos, uma poderosa subtribo dos Hipócritas, cujos principais negócios são o assassinato e a trapaça, que eles têm o prazer de chamar de "guerra" e de "comércio", respectivamente. Estes também são os principais negócios do Oriente.

ÓDIO, subs. m. Sentimento apropriado em caso de superioridade alheia.

OFENSIVO, adj. m. Aquilo que gera emoções ou sensações desagradáveis, como o avanço de um exército contra seu inimigo.

> *— As táticas do inimigo eram ofensivas? — perguntou o rei. — Devo admitir que sim! — respondeu o general fracassado. — O canalha não parava de atacar!*

OLEAGINOSO, adj. m. Oleoso, suave, elegante.

> *Certa vez, Disraeli[113] descreveu os modos do bispo Wilberforce[114] como "untuosos, oleaginosos, saponáceos". E o bom prelado passou a ser conhecido como Sam Ensaboado. Para cada homem, há uma palavra no vocabulário que gruda nele como uma segunda pele. Seus inimigos só precisam encontrá-la.*

OLÍMPICO, adj. m. Relativo a uma montanha da Tessália, outrora habitada por deuses, hoje repositório de jornais amarelados, garrafas de cerveja e latas de sardinha amassadas, o que atesta a presença dos turistas e seu apetite.

> Seu nome rabiscou o turista sorridente
> No templo de Minerva, em sua parede patente,
> Onde outrora o Olímpico Zeus trovejou,
> Os abusos de seu apetite ele marcou.
>
> — Averil Joop

---

113. Benjamin Disraeli (1804-1881) foi um político conservador britânico, escritor, aristocrata e primeiro-ministro do Reino Unido. (N. do T.)
114. Samuel Wilberforce (1805-1873), foi um bispo anglicano da paróquia de Oxford e grande opositor das teorias darwinistas. (N. do T.)

ONTEM, subs. m. Infância da juventude, juventude da madureza, todo o passado das eras.

> *Ontem, eu deveria ter me considerado abençoado,*
> *Por no alto da meia-idade estar*
> *E de seu cume poder olhar*
> *Para o declive a oeste, desconhecido e sombreado,*
> *Onde as sombras solenes têm todo o campo abrigado*
> *E vozes mansas, na lembrança, a falar*
> *De uma profecia inacabada, de bruxas a queimar*
> *Da Escuridão do Descanso, o crepúsculo assombrado.*
> *Sim, ontem minha alma estava afogueada,*
> *Disposta a manter tal sombra no mostrador,*
> *No zênite da madureza! Agora, por Deus e mais nada,*
> *Eu repreendo em voz alta, com ardor,*
> *Tudo o que me afasta da Certeza e, com uma alegria sem par,*
> *Gostaria de tal sonho e visão nunca mais encontrar.*
>
> — Baruch Arnegriff

> *Conta-se que, em sua doença fatal, o poeta Arnegriff foi atendido em diversos momentos por sete médicos.*

ÓPERA, subs. f. Peça que representa a vida em um outro mundo, cujos habitantes não sabem falar mas apenas cantar, não se movem, apenas gesticulam, e não têm posturas, mas atitudes. Toda atuação é uma simulação, e a palavra simulação vem de *simia*, um macaco – mas, na ópera, o ator toma como modelo *Simia audibilis* (ou *Pithecanthropos stentor*) – o macaco que uiva.

> *O ator, ao menos na forma, um homem imita;*
> *O cantor de ópera como um macaco se agita.*

ÓPIO, subs. m. Porta destrancada na prisão da Identidade. Leva ao pátio da prisão.

OPOR-SE, v. tr. pron. Ajudar com obstruções e objeções.

Quão solitário é aquele que pensa em atormentar
O Solene Sexo com brincadeiras e gracejar!
Cuidado, Mero Homem, com tamanha leviandade –
Ninguém merece, além do Túmulo, tal Iniquidade.

— Percy P. Orminder

OPORTUNIDADE, subs. f. Ocasião favorável para entender uma decepção.

OPOSIÇÃO, subs. f. Na política, o partido que impede o governo de enlouquecer, paralisando-o.

O rei de Gargaru, que tinha estado no exterior para estudar a ciência do governo, nomeou cem de seus súditos mais gordos como membros de um parlamento para elaborar leis que visavam à arrecadação de receitas. Ele nomeou 40 deles como o Partido da Oposição e fez com que seu primeiro-ministro os instruísse cuidadosamente em seu dever de se opor a todas as medidas reais. No entanto, a primeira lei apresentada foi aprovada por unanimidade. Muito descontente, o rei vetou-a, informando à Oposição que, se fizesse isso novamente, pagaria com a cabeça por sua teimosia. Prontamente, todos os 40 se estriparam.

— O que devemos fazer agora? — perguntou o rei. — As instituições liberais não podem ser mantidas sem um partido da Oposição.

— Esplendor do universo, — respondeu o primeiro-ministro — é verdade que esses cães das trevas já não têm as suas credenciais, mas nem tudo está perdido. Deixe o assunto para este verme da terra.

Assim, o ministro mandou embalsamar os corpos da Oposição de Sua Majestade, enchê-los de palha, colocá-los de volta nos assentos do poder e ali pregá-los. Quarenta votos sempre eram registrados contra cada projeto de lei, e a nação prosperava. Mas, certo dia, um projeto de lei que impunha um imposto sobre as verrugas foi derrotado – os membros do Partido do Governo não haviam sido pregados em seus assentos! Isso enfureceu tanto o rei que o primeiro-ministro foi condenado à morte, o Parlamento foi dissolvido com uma bateria de artilharia, e o governo do povo, pelo povo e para o povo expirou em Gargaru.

ORAR, v. tr. e intr. Pedir que as leis do universo sejam anuladas em favor de um único postulante, confessadamente indigno.

ORATÓRIA, subs. f. Conspiração entre a fala e a ação para enganar o entendimento. Tirania temperada pela estenografia.

ÓRFÃO, adj. e subs. m. Pessoa viva a quem a morte privou do poder da ingratidão filial – uma privação que apela com particular eloquência a tudo o que há de simpático na natureza humana. Quando jovem, o órfão é geralmente enviado a um orfanato, onde, por meio do cuidadoso cultivo do seu rudimentar sentido de localidade, é ensinado a conhecer seu lugar. É, então, instruído nas artes da dependência e da servidão e, eventualmente, solto para atacar o mundo como um engraxate ou uma copeira.

ORTODOXO, adj. e subs. m. Boi que veste o costumeiro manto religioso.

ORTOGRAFIA, subs. f. Ciência de soletrar com os olhos em vez de fazê-lo com os ouvidos. Defendida com mais calor do que luz pelos internos de todos os manicômios. Eles tiveram de conceder certas coisas desde a época de Chaucer[115] mas, ainda assim, são fervorosos na defesa daquelas que serão concedidas no futuro.

> *Um reformador ortográfico foi indiciado.*
> *Acusou-lhe o tribunal de ter plágio praticado.*
> *Disse o juiz: "Já basta...*
> *Apagaremos sua vela nefasta,*
> *E manteremos seu sepulcro inabalado".*

OSTRA, subs. f. Marisco viscoso e grosseiro que a civilização dá a coragem de comer ao homem, sem lhe retirar as entranhas! Às vezes, as conchas são dadas aos pobres.

OTIMISMO, subs. m. Doutrina, ou crença, de que tudo é belo – inclusive aquilo que é feio –, de que tudo é bom – especialmente

---

115. Geoffrey Chaucer (c.1343-1400) foi um escritor, filósofo, cortesão e diplomata inglês. (N. do T.)

o que há de ruim – e de que tudo de correto está errado. É sustentado com extrema tenacidade por aqueles mais acostumados ao infortúnio de cair na adversidade, e é mais aceitável exposto com uma careta que imita um sorriso. Sendo uma fé cega, é inacessível à luz da contestação – uma desordem intelectual, que não cede a nenhum tratamento senão à morte. Trata-se de um mal hereditário mas, felizmente, não contagioso.

OTIMISTA, adj. e subs. 2g. Defensor da doutrina de que a cor preta é branca.

> *Um pessimista pediu clemência a Deus.*
>
> *— Ah, você deseja que eu restaure sua esperança e sua alegria — disse Deus.*
>
> *— Não, — respondeu o requerente — desejo que o Senhor crie algo que os justifique.*
>
> *— O mundo já foi criado em sua totalidade, — disse Deus — mas você ignorou uma coisa: a mortalidade do otimista.*

OUSADIA, subs. f. Uma das qualidades mais evidentes de um homem em segurança.

OVAÇÃO, subs. f. Na Roma antiga, cortejo formal e definido em homenagem a alguém que havia sido péssimo para com os inimigos da nação. Um "triunfo" menor. No inglês moderno, a palavra é usada indevidamente para significar qualquer expressão livre e espontânea de homenagem popular ao herói da hora e do lugar.

> *Disse o ator, "Mas que bela ovação!",*
> *Mas, para mim, foi extraordinário constatar*
> *Que as pessoas e os críticos davam razão*
> *Ao que acabavam de escutar.*
>
> *O léxico latino torna essa absurda afirmação*
> *Tão clara que devo fazê-la de novo:*
> *A verdadeira raiz da tal palavra "ovação"*
> *Nada mais é que "ovo".*
>
> — Dudley Spink

DICIONÁRIO DO DIABO

PACIÊNCIA, subs. f. Forma menor de desespero, disfarçada de virtude.

PAGÃO, adj. e subs. m. Criatura ignorante que comete a loucura de adorar algo que pode ver e sentir. Segundo o professor Howison[116], da Universidade Estadual da Califórnia, os hebreus são pagãos.

> "Os hebreus são pagãos", Howison anuncia.
> Ele, um filósofo cristão; eu, não!
> Sou um agnóstico, e da vulgaridade cria,
> Viciado demais na transgressão
> De rimar minha religiosa discussão.
>
> Mesmo que Howison e os hebreus não possam concordar
> Sobre um modus vivendi[117]; eles ,não!
> O Céu decidiu vir a mim designar,
> E, assim, não fui criado na condição
> De alegrar-me em meio à oposição.
>
> Pois isso, da minha crença, é a alma, a essência,
> E, disso eu afirmo o que traz razão:
> E quem de mim difere em plena consciência,
> É um "...ista", um "...mano", um "...tão"...
> E está prestes a levar um safanão!
>
> Deixem Howison com seu lero-lero teimar
> A Tolerância não se importa, não,
> Os "comedores de porco" fazem seu nariz queimar,
> E, no fim das contas, ele está na direção
> De um Inferno pessoal e secreto com o cão!
>
> — Bissell Gip

---

116. George Holmes Howison (1834-1916) foi um filósofo estadunidense. (N. do T.)
117. "Modo de viver", em latim. (N. do T.)

PALÁCIO, subs. m. Residência bela e cara, especialmente a de um grande funcionário. A residência de um alto dignatário da Igreja Cristã é chamada de palácio; a do fundador de sua religião era conhecida como campo ou beira de estrada. Vê-se progresso.

PALESTRANTE, adj. e subs. 2g. Alguém com a mão no seu bolso, a língua no seu ouvido e a fé na sua paciência.

PALMA, subs. f. Espécie de árvore com diversas variedades, das quais a conhecida "coceira na palma" (*Palma hominis*) é mais amplamente distribuída e cultivada com zelo. Este nobre vegetal exala uma espécie de goma invisível, que pode ser detectada ao aplicar-se na casca uma peça de ouro ou de prata. O metal irá aderir com notável tenacidade. O fruto da palma que causa coceira é tão amargo e inferior que uma porcentagem considerável dele é por vezes doada, na forma conhecida como "benesses".

PANDEMÔNIO, subs. m. Literalmente, o Lugar de Todos os Demônios. A maioria deles escapou para a política e as finanças, e o local agora é usado como salão de conferências pelos reformistas. Quando perturbados por suas vozes, os antigos ecos clamam respostas apropriadas, algo bastante gratificante para seu distinto orgulho.

PANEGÍRICO, subs. m. Elogio a uma pessoa que desfruta das vantagens da riqueza e do poder, ou da consideração de estar morta.

PANTEÍSMO, subs. m. Doutrina que acredita que tudo é Deus, em contraposição à doutrina que declara que Deus é tudo.

PANTOMIMA, subs. f. Peça em que a história é contada sem nenhuma violência contra a linguagem. A forma menos desagradável de ação dramática.

PARAMENTADO, adj. m. Elaborado com certa disposição ordenada, como um agitador enforcado em um poste.

PASSADO, subs. m. Aquela parte da Eternidade de cuja pequena fração temos um leve e lamentável conhecimento. Uma linha móvel chamada Presente separa-o de um período imaginário conhecido como Futuro. Essas duas grandes divisões da Eternidade, das quais uma apaga continuamente a outra, são completamente diferentes. Uma delas mostra-se escurecida pela tristeza e pela decepção, ao passo que a outra brilha de prosperidade e alegria. O Passado é a região dos soluços, o Futuro é o reino da música. No primeiro, esconde-se a Memória, vestida com trapos acinzentados, murmurando sua oração penitencial; sob o Sol do segundo, a Esperança voa com asas livres, acenando para templos de sucesso e caramanchões de facilidade. No entanto, o Passado é o Futuro de ontem e o Futuro é o Passado de amanhã. São a mesma coisa – o conhecimento e o sonho.

PASSAPORTE, subs. m. Documento infligido traiçoeiramente a um cidadão que vai para o estrangeiro, expondo-o como tal para reprovação e indignação distintas.

PASSATEMPO, subs. m. Dispositivo para promover o desânimo. Exercício leve para a debilidade intelectual.

PATRIOTA, adj. e subs. 2g. Aquele a quem os interesses de uma parte parecem superiores aos do todo. Tapeação dos estadistas e ferramenta dos conquistadores.

PATRIOTISMO, subs. m. Lixo combustível pronto para acender a tocha de qualquer um que queira iluminar seu nome.

> *No famoso dicionário do dr. Johnson, o patriotismo é definido como o último recurso de um canalha. Com todo o respeito a esse esclarecido mas inferior lexicógrafo, devo dizer que se trata do primeiro.*

PAZ, subs. f. Nos assuntos internacionais, um período de desonestidade entre dois períodos de luta.

> *Ó, que alvoroço é esse, assolando*
> *Meus ouvidos, tão audaz?*
> *É a voz do esperançoso, saudando*
> *Os horrores da paz.*
>
> *Ah, todos cortejam a Paz Universal...*
> *Com ela haveriam de se casar.*
> *Se ao menos soubessem como, afinal,*
> *Fácil seria tal coisa concretizar.*
>
> *Trabalham noite e dia, sem parar,*
> *Nesse problema, como toupeiras.*
> *Tenha piedade, ó Ceu, venho-lhe rogar,*
> *De suas almas bisbilhoteiras!*

— Ro Amil

PEDESTRE, adj. e subs. 2g. Para os automóveis, parte variável (e audível) da estrada.

PEDIGREE, subs. m. Parte conhecida do percurso de um ancestral arbóreo com bexiga natatória a um descendente urbano com cigarro.

PEGA, subs. f. Pássaro cuja disposição para roubar sugere que possa ser ensinado a falar.

PELE-VERMELHA, adj. e subs. 2g. Indígena norte-americano cuja pele não é vermelha – pelo menos não no exterior.

PELOURINHO, subs. m. Dispositivo mecânico para infligir distinção pessoal – protótipo do jornal moderno, conduzido por pessoas de virtudes austeras e vidas irrepreensíveis.

PENA, subs. f. Instrumento de tortura produzido por um ganso e comumente empunhado por um burro. Esse uso da pena está agora obsoleto, mas seu equivalente moderno, a caneta, é empunhado pela mesma eterna Presença.

PENITENTE, adj. e subs. 2g. Aquele que se submete à punição – ou que a está aguardando.

PERDA, subs. f. Privação daquilo que tínhamos, ou não. Assim, nesse último sentido, diz-se de um candidato derrotado que "perdeu a eleição" e, daquele eminente homem, o poeta Gilder[118], que ele "perdeu a cabeça". É no primeiro e mais legítimo sentido que a palavra é usada no famoso epitáfio:

> *Aqui, as cinzas de Huntington jazem, afinal,*
> *Cuja perda, para nós, é um ganho imortal,*
> *Pois enquanto todos os seus poderes ele exerceu,*
> *Pouco importa o que ganhou, a gente só perdeu.*

PERDOAR, v. tr. Remover uma pena e restaurar a vida do crime. Adicionar a tentação da ingratidão à tendência à criminalidade.

---

118. Ver nota 91.

PEREGRINO, adj. e subs. m. Viajante levado a sério. Um colono peregrino era aquele que, ao deixar a Europa em 1620 por não lhe ser permitido cantar salmos pelo nariz, seguiu para o estado americano de Massachusetts, onde lhe era permitido personificar Deus de acordo com os ditames de sua consciência.

PERFEIÇÃO, subs. f. Estado imaginário distinto da realidade por meio de um elemento conhecido como excelência; atributo do crítico.

> *O editor de uma revista inglesa, tendo recebido uma carta que apontava a natureza errônea de seus pontos de vista e de seu estilo – assinada "Perfeição" – prontamente respondeu, no rodapé da carta, "Não concordo com você" e enviou-a para Matthew Arnold[119].*

PERIGO, subs. m.

> *Uma fera selvagem que, ao dormir,*
> *O homem só faz desprezar e cingir,*
> *Mas, assim que se põe desperta,*
> *Leva-o a saltar bem alerta.*
>
> — Ambat Delaso

PERIPATÉTICO, adj. e subs. m. Aquele que vaga a esmo. Relativo à filosofia de Aristóteles, que, ao explicá-la, deslocava-se de um lugar para outro a fim de evitar as objeções de seus alunos – uma precaução desnecessária, já que eles não sabiam mais daquele assunto do que ele.

PERNIL, subs. m. Animal (*Porcus omnivorus*) intimamente aliado à raça humana pelo esplendor e vivacidade de seu apetite, que, no entanto, tem um alcance inferior ao nosso, já que ele só come porco.

PERORAÇÃO, subs. f. Explosão de um foguete oratório. Algo deslumbrante, mas, para um observador que tenha o tipo errado de nariz, sua peculiaridade mais evidente é o cheiro dos vários tipos de pó usados em seu preparo.

PERSEVERANÇA, subs. f. Humilde virtude pela qual a mediocridade alcança um sucesso inglório.

---

119. Matthew Arnold (1822-1888) foi um poeta e crítico britânico. (N. do T.)

> *"Persevere, persevere!", gritam todos os homilistas,*
> *Dia e noite, no gritar perseveram esses salmistas.*
> *"Da fábula da tartaruga e da lebre você deve se lembrar...*
> *Uma busca seu objetivo, e a outra... onde foi ela parar?"*
> *Ora, lá na Terra dos Sonhos, o seu fôlego renovando*
> *E a paz de todos os seus músculos preservando,*
> *Esquecidos ficaram tanto o objetivo quanto o rival,*
> *E também da inútil caminhada o cansaço mortal.*
> *Seu espírito, na grama e no orvalho deitado,*
> *Em meio ao atalho, bastante despreocupado,*
> *Dorme ele, como um santo em sagrada guarida,*
> *Vencedor de tudo o que é bom em uma corrida.*
>
> — Sukker Uffro

PERSPECTIVA, subs. f. Possibilidade, geralmente proibitiva. Expectativa, geralmente proibida.

> *Sopre, sopre, brisa ardente,*
> *Sobre o Ceilão a sua respiração,*
> *Onde cada perspectiva tudo torna contente,*
> *Exceto, talvez, a da extinção.*
>
> — Bispo Sheber

PERSPICÁCIA, subs. f. Sal com que o humorista americano estraga a sua culinária intelectual, ao deixá-lo de fora.

PERU, subs. m. Ave grande cuja carne, quando comida em certas festividades religiosas, tem a propriedade peculiar de atestar piedade e gratidão. Comida muito boa, aliás.

PESSIMISMO, subs. m. Filosofia imposta às convicções do observador pela prevalência desanimadora do otimista, com sua esperança de araque e seu sorriso feio.

PIANO, subs. m. Utensílio da sala de estar feito para subjugar o visitante impenitente. É operado pressionando-se as teclas da máquina e o ânimo do público.

PIEDADE, subs. f. Sensação fracassada de isenção, inspirada pelo contraste.

PIGMEU, adj. e subs. m. Pertencente a uma tribo de homens muito pequenos, encontrados por viajantes antigos em muitas partes do mundo – mas apenas pelos modernos na África Central. Os pigmeus são assim chamados apenas para distingui-los dos caucasianos mais corpulentos – os homens "grandes".

PINTURA, subs. f. Arte de proteger superfícies planas das intempéries e expô-las à crítica.

> Antigamente, a pintura e a escultura combinavam-se em uma mesma obra: os antigos pintavam as suas estátuas. A única aliança atual entre as duas artes é que o pintor moderno entalha seus patronos.

PIRATARIA, subs. f. Comércio sem frescuras, assim como inventado por Deus.

PIRRONISMO, subs. m. Filosofia antiga, nomeada em homenagem ao seu inventor. Consistia em uma descrença absoluta em tudo, a não ser no pirronismo. Seus professores modernos acrescentaram-lhe tal elemento.

PLAGIAR, v. tr. Tomar o pensamento ou estilo de outro escritor que nunca, nunca leu.

PLÁGIO, subs. m. Coincidência literária composta de um início vergonhoso, com uma honrosa continuação.

PLANEJAR, v. tr. Preocupar-se com o melhor método para obter um resultado acidental.

PLATÔNICO, adj. m. Pertencente à filosofia de Sócrates. A expressão "amor platônico" nada mais é do que um nome tolo para o afeto entre uma deficiência e uma geada.

PLEBEU, adj. e subs. m. Antigo romano cujo sangue, em seu país, não manchava nada além das próprias mãos. Distingue-se do patrício, cujo sangue era uma solução saturada.

PLEBISCITO, subs. m. Voto popular para certificar a vontade do soberano.

PLENIPOTENCIÁRIO, adj. e subs. m. Aquele que tem poder absoluto. Um ministro plenipotenciário é um diplomata que possui autoridade total, contanto que nunca a exerça.

PLEONASMO, subs. m. Exército de palavras que escolta um soldado do pensamento.

POBREZA, subs. f. Lixa fornecida aos dentes dos ratos da reforma. O número de planos para a sua abolição é igual ao número de reformadores que sofrem com ela, somado ao de filósofos que nada sabem a seu respeito. Suas vítimas distinguem-se pela posse de todas as virtudes e pela fé em líderes que procuram conduzi-las à Prosperidade, lugar onde se acredita serem desconhecidas as suas tais virtudes.

POESIA, subs. f. Forma de expressão típica da "Terra além dos Periódicos".

POLÍCIA, subs. f. Força armada com fins de proteção e colaboração.

POLIDEZ, subs. f. A mais aceitável das hipocrisias.

POLÍTICA, subs. f. Luta de interesses disfarçada de disputa de princípios. Condução dos assuntos públicos para vantagens particulares.

POLÍTICO, adj. e subs. m. Enguia da lama primordial sobre a qual se ergue a superestrutura da sociedade organizada. Ao se contorcer, ele confunde a agitação de sua cauda com o tremor do edifício. Comparado ao estadista, ele sofre a desvantagem de estar vivo.

POLIGAMIA, subs. f. Casa de expiação, ou capela expiatória, equipada com vários bancos de penitência – diferentemente da monogamia, que tem apenas um.

PÓLVORA, subs. f. Atividade empregada por nações civilizadas para a resolução de disputas que poderiam se tornar problemáticas se não fossem solucionadas. De acordo com a maioria dos escritores, a invenção da pólvora é atribuída aos chineses, mas não com base em evidências muito convincentes. Milton[120] diz que ela foi inventada pelo diabo para dissipar os anjos, e tal opinião parece ser sustentada

---

120. Ver nota 89.

pela escassez de anjos. Além disso, conta com a calorosa concordância do Excelentíssimo James Wilson[121], secretário da Agricultura.

> *O Secretário Wilson interessou-se pela pólvora em um evento ocorrido na fazenda experimental do governo em Washington. Certo dia, há vários anos, um patife não de todo reverente às profundas realizações e ao caráter pessoal do secretário presenteou-o com um saco de pólvora, apresentando-a como a semente do Terribilisclaroins estupefeitus, um cereal da Patagônia de grande valor comercial, admiravelmente adaptado a este clima. O bom secretário foi instruído a jogá-lo em um sulco e, em seguida, cobri-lo com terra. Ele começou a fazê-lo imediatamente, e já havia traçado uma linha contínua ao longo de um campo de 10 acres, quando foi obrigado a olhar para trás por conta de um grito do generoso doador, que acabara de jogar um fósforo aceso no chão, onde o sulco iniciava. O contato com a terra umedecera levemente a pólvora, mas o assustado funcionário viu-se perseguido por uma alta coluna móvel de fogo e fumaça em feroz evolução. Ficou por um momento paralisado e mudo, depois lembrou-se de um compromisso e, abandonando tudo, ausentou-se dali com uma celeridade tão surpreendente que, aos olhos dos espectadores ao longo do percurso escolhido, ele aparecia como uma longa e obscura faixa que se prolongava com uma rapidez inconcebível através de sete aldeias – e recusando-se audivelmente a ser consolado. — Por Deus! O que é aquilo? — gritou o ajudante de um agrimensor, protegendo os olhos e olhando para o contorno turvo do agricultor que dividia seu horizonte visível. — Aquilo — respondeu o topógrafo, olhando descuidadamente para o fenômeno e centrando novamente a atenção em seu instrumento — é o Meridiano de Washington.*

POPULACHO, subs. m. Em uma república, aqueles que exercem a autoridade suprema, temperada por eleições fraudulentas. O populacho é como o sagrado Simurgue[122] das fábulas árabes – onipotente, desde que não faça absolutamente nada. (A palavra faz parte do vocabulário aristocrata e não tem equivalente exato em nossa língua, mas significa, tanto quanto possível, "suíno exorbitante".)

---

121. James Wilson (1835-1920) foi um político anglo-americano que serviu como secretário da Agricultura dos Estados Unidos por 16 anos consecutivos, de 1897 a 1913. (N. do T.)
122. Mítica criatura alada de origem persa. (N. do T.)

POPULISTA, adj. e subs. 2g. Patriota fóssil do início do período agrário, encontrado na antiga pedra-sabão avermelhada do solo do estado americano do Kansas; caracterizado por uma orelha incomum, que alguns naturalistas afirmam ter lhe dado o poder de voar – embora os professores Morse e Whitney, seguindo linhas de pensamento independentes, tenham engenhosamente apontado que, caso ele o possuísse, já teria fugido para outro lugar. No discurso pitoresco de sua época – com alguns fragmentos que chegaram até nós – ele ficou conhecido como "O Problema do Kansas".

PÔQUER, subs. m. Jogo que dizem ser jogado com cartas, cujo propósito é desconhecido deste lexicógrafo.

PORCO, subs. m. Ave notável pelo tamanho católico de seu apetite, que serve para ilustrar o nosso próprio. Entre os maometanos e judeus, o porco não é apreciado como artigo alimentar, mas é respeitado pela delicadeza e melodia da sua voz. É principalmente como cantor que estimam tal ave, pois sabe-se que a sua jaula em coro completo arranca lágrimas de duas pessoas ao mesmo tempo. O nome científico deste pássaro é *Porcus Rockefelleri*. Rockefeller[123] não descobriu o porco, mas ele é considerado seu por direito de semelhança.

PORTÁTIL, adj. 2g. Exposto a uma propriedade mutável através das vicissitudes da posse.

> *Já que ele não conseguiu levar seu legado,*
> *E seu antigo guardião a tinha abandonado,*
> *Portátil legado deve ser, com ele fico de bom grado.*
>
> — Worgum Slupsky

PORTO, subs. m. Lugar onde os navios que se abrigam das tempestades ficam expostos à fúria da alfândega.

PORTUGUÊS, subs. m. Espécie de ganso nativo de Portugal. Em sua maioria, não tem penas e não serve para comer, mesmo se recheado com alho.

POSIÇÃO, subs. f. Elevação relativa na escala do valor humano.

---

123. John Davison Rockefeller (1839-1937) foi um magnata e filantropo estadunidense, considerado uma das pessoas mais ricas da história moderna. (N. do T.)

Na corte, ele ocupava tão elevada posição
Que os outros nobres perguntavam a razão.
"Isso se deve", vieram-lhes por fim replicar,
"Ao seu talento para as costas reais coçar."

— Aramis Jukes

POSITIVO, adj. m. Enganado em voz alta.

POSITIVISMO, subs. m. Filosofia que nega o nosso conhecimento da Realidade e afirma a nossa ignorância do que é Evidente. Seu maior expoente é Comte[124], o mais abrangente, Mill[125], e o mais denso, Spencer[126].

POSTERIDADE, subs. f. Tribunal de apelação que reverte o julgamento dos contemporâneos de um autor popular, sendo o apelante seu concorrente obscuro.

POTÁVEL, adj. 2g. Adequado para beber. Diz-se que a água é potável; na verdade, alguns declaram ser ela nossa bebida natural, embora até mesmo eles a considerem palatável apenas quando sofrem daquele distúrbio recorrente chamado de sede – para o qual representa um verdadeiro remédio. Em nada foi aplicada tão enorme e diligente engenhosidade – em toda e qualquer época e em todos os países, à exceção dos mais incivilizados – quanto na invenção de substitutos para a água. Sustentar que a aversão generalizada a esse líquido não tem base no instinto preservativo da raça é não ser científico – e, sem ciência, somos iguais às cobras e aos sapos.

PRAGA, subs. f. Nos tempos antigos, punição geral aos inocentes pela admoestação de seu governante, como no exemplo familiar do Faraó, o Imune. A única praga que temos a felicidade de conhecer atualmente não passa de uma manifestação fortuita da falta de objetividade e propósito da Natureza.

PRATO FEITO, subs. comp. m. Concessão econômica de um fornecedor à paixão universal pela irresponsabilidade.

---

124. Auguste Comte (1798-1857) foi um filósofo francês que formulou a doutrina positivista, tendo ficado conhecido como o "pai do positivismo". (N. do T.)
125. John Stuart Mill (1806-1873) foi um filósofo, lógico e economista britânico. (N. do T.)
126. Herbert Spencer (1820-1903) foi um filósofo, biólogo e antropólogo inglês. (N. do T.)

> *O velho Polichinelo, recém-casado,*
> *Levou a sra. P. a um restaurante*
> *E ali alimentou-se, todo apressado,*
> *De uma maneira delirante.*
>
> *"Eu gosto é de comida boa", ele brada,*
> *Em sua goela concentrado.*
> *"Ah, sim", disse a noiva negligenciada,*
> *"O prato feito o tem dominado."*

— Poetas Associados

PRAZER, subs. m. Forma menos odiosa de tristeza.

PRÉ-ADÂMICO, adj. m. Pertencente a uma raça experimental e aparentemente insatisfatória, de origem anterior à Criação e que vivia em condições difíceis de conceber. Melsius acreditava que eles habitavam o "Vazio", sendo algo intermediário entre os peixes e os pássaros. Pouco se sabe a seu respeito além do fato de terem fornecido uma esposa a Caim e certa controvérsia aos teólogos.

PRECEDENTE, adj. 2g. No Direito, decisão, regra ou prática anterior que, na ausência de um estatuto definido, tem qualquer força e autoridade que um juiz possa decidir lhe conceder, simplificando, assim, enormemente, sua tarefa de fazer o que lhe agrada. Como há precedentes para tudo, basta ignorar aqueles que vão contra o seu interesse e acentuar aqueles que estão alinhados ao seu desejo. A invenção do precedente eleva o julgamento do estado inferior de uma provação fortuita à nobre atitude de uma arbitragem maleável.

PRECIPITADO, adj. m. Anterior ao jantar.

> *Precipitado em tudo, este homem de tão grande pecar,*
> *Tratou ele primeiro da ação, e só depois do jantar.*

— Judibras

PREÇO, subs. m. Valor determinado, acrescido de razoável quantia em função do desgaste de consciência ao exigi-lo.

PRECONCEITO, subs. m. Opinião errante, sem nenhum meio visível de apoio.

PREDESTINAÇÃO, subs. f. Doutrina que acredita que todas as coisas ocorrem de acordo com o programa. Esta doutrina não deve ser confundida com a da preordenação, que afirma que todas as coisas são programadas, mas não reitera a sua ocorrência – algo que é insinuado por todas as outras doutrinas, o que leva a essa conclusão errônea. A diferença é grande o suficiente para ter inundado toda a Cristandade de tinta, sem contar todo o sangue coagulado. Tendo bem em mente a distinção entre ambas as doutrinas, e uma crença reverente nas duas, podemos esperar escapar da perdição – se formos poupados.

PREDILEÇÃO, subs. f. Fase preparatória da desilusão.

PREEXISTÊNCIA, subs. f. Fator imperceptível na criação.

PREFERÊNCIA, subs. f. Sentimento ou estado de espírito induzido pela crença errônea de que uma coisa é melhor do que outra.

> Um antigo filósofo, ao expor sua convicção de que a vida não é melhor do que a morte, foi interrompido por um discípulo que lhe perguntou o porquê, então, de ele não morrer. — Porque — respondeu ele — a morte não é melhor do que a vida.
>
> É apenas mais longa.

PREGUIÇA, subs. f. Injustificado relaxamento na atitude de uma pessoa de nível inferior.

PRÉ-HISTÓRICO, adj. m. Pertencente a uma época primitiva e a um museu. Antecessora da arte e da prática de perpetuar a falsidade.

> Ele viveu em um período pré-histórico,
> Quando tudo era absurdo e fantasmagórico.
> Tivesse nascido mais tarde, quando Clio, a historiadora celestial,
> Grandes eventos registrara, em sucessão e ordem cardinal,
> Certamente não teria visto nada de fortuito ou engraçado
> Por aqui, a não ser as mentiras que ela nos tinha relatado.
>
> — Orpheus Bowen

PRELADO, subs. m. Oficial da Igreja com um grau superior de santidade e enorme promoção. Membro da aristocracia do Céu. Cavalheiro de Deus.

PRENDER, v. tr. Deter formalmente alguém acusado de ser inusitado.

> *Deus fez o mundo em seis dias, e foi preso no sétimo.*
> — A Versão Não Autorizada

PREORDENAÇÃO, subs. m. Esta parece uma palavra fácil de definir, mas, quando considero que teólogos piedosos e eruditos gastaram longas vidas definindo-a e escreveram bibliotecas inteiras para explicar suas explicações, quando me lembro de que nações foram divididas e batalhas sangrentas, causadas pela diferença entre preordenação e predestinação, e que milhões de tesouros foram gastos no esforço de provar e refutar a sua compatibilidade com a liberdade da vontade e a eficácia da oração, do louvor e de uma vida religiosa... Ao relembrar esses terríveis fatos da história de tal palavra, fico horrorizado diante do poderoso problema de seu significado, rebaixo meus olhos espirituais – temendo contemplar sua portentosa magnitude – e com reverência desvelo-a, humildemente referindo-me a ela como Sua Eminência cardeal Gibbons[127] e Sua Graça bispo Potter[128].

PRERROGATIVA, subs. f. Direito de um soberano de fazer o que é errado.

PRESBITERIANO, adj. e subs. m. Alguém com a convicção de que as autoridades governamentais da Igreja deveriam ser chamadas de presbíteros.

PRESCRIÇÃO, subs. f. Suposição de um médico sobre o que melhor prolongará a situação, com menos danos ao paciente.

PRESENTE, subs. m. Aquela parte da eternidade que separa o domínio da decepção do reino da esperança.

PRESIDÊNCIA, subs. f. Porco untado no campo de batalha da política americana.

---

127. James Gibbons (1834-1921) foi um arcebispo e cardeal da Igreja Católica, o segundo cardeal da história dos Estados Unidos. (N. do T.)
128. Ver nota 60.

PRESIDENTE, adj. e subs. 2g. Figura principal de um pequeno grupo de homens, entre os quais – e apenas entre eles – todos sabem que um enorme número de seus compatriotas não haveria de escolher nenhum como seu presidente.

> *Tratando-se de honraria, foi honra maior, certamente,*
> *Ter sido um espectador simples e abrangente.*
> *Vejam em mim um homem de destaque, sem par,*
> *Em quem jamais nenhum eleitor se negou a votar!...*
> *Um cavalheiro nunca vaiado, nunca desacreditado,*
> *Que poderia ser muito bem presidente aclamado,*
> *Disso todos sabemos. Alegrem-se, patifes, animação...*
> *Pois estou passando com os ouvidos em plena atenção!*
>
> — Jonathan Fomry

PRESIDIR, v. tr. Orientar a ação de um órgão deliberativo rumo a um resultado desejável. No linguajar jornalístico, tocar um instrumento musical – como em "ele presidiu o flautim".

> *A Celebridade, segurando o texto na mão,*
> *Leu com uma solene fisionomia:*
> *"A música era de extraordinária expressão...*
> *A melhor que já se ouviu,*
> *Pois nosso cidadão Brown presidiu*
> *O órgão com habilidade e galhardia".*
> *Então, a Celebridade parou de ler*
> *E, com a pauta espalhada*
> *Sobre a mesa, no documento foi escrever:*
> *"Presidente Brown, que ótima jogada!".*
>
> — Orpheus Bowen

PRESSA, subs. f. Remessa dos desastrados.

PRESSÁGIO, subs. m. Sinal de que algo vai acontecer, a não ser que nada aconteça.

PREVARICADOR, adj. e subs. m. Mentiroso no estado de lagarta.

PRIMAZ, adj. e subs. 2g. Chefe de uma igreja, especialmente uma igreja estatal apoiada por contribuições involuntárias. O primaz da Inglaterra é o arcebispo de Canterbury, um velho e amável cavalheiro, que ocupa o Palácio de Lambeth quando vivo e a Abadia de Westminster quando morto. Geralmente, está morto.

PRIMEIRO DE ABRIL, exp. Mais um mês adicionado às tolices dos idiotas de março.

PRISÃO, subs. f. Dispositivo distintivo da civilização e da erudição.

PROFECIA, subs. f. Arte e prática de vender a própria credibilidade para que seja entregue futuramente.

PROJÉTIL, subs. m. Árbitro final nas disputas internacionais. Anteriormente, essas disputas eram resolvidas pelo contato físico dos oponentes, com argumentos tão simples quanto a lógica rudimentar da época podia fornecer: a espada, a lança e assim por diante. Com o crescimento da prudência nos assuntos militares, o projétil ganhou cada vez mais popularidade e agora é tido em alta estima pelos mais corajosos. Seu principal defeito é exigir sua presença no ponto de propulsão.

PROPRIEDADE, subs. f. Qualquer coisa material, sem valor particular, que possa ser mantida por A contra a ganância de B. Qualquer coisa que gratifique a paixão pela própria posse, frustrando a paixão de outrem. Objeto da breve voracidade e da longa indiferença do homem.

PROVA, subs. f. Evidência com um maior tom de plausibilidade do que de improbabilidade. Depoimento de duas testemunhas verossímeis em oposição ao testemunho de apenas uma delas.

PROVIDENCIAL, adj. 2g. Algo inesperada e visivelmente benéfico à pessoa que o descreve.

PRÓXIMO, adj. e subs. m. Alguém a quem somos obrigados a amar como a nós mesmos e que faz todo o possível para que desobedeçamos tal obrigação.

PUBLICAR, v. tr. Nos assuntos literários, tornar-se o elemento fundamental de referência para os críticos.

PUREZA, subs. f. Obscenidade oculta por trás de um comportamento.

QUEIXA, subs. f. Um dos muitos métodos que os tolos utilizam para perder seus amigos.

QUEIXOSO, adj. e subs. m. Crítico do nosso próprio trabalho.

QUIROMANCIA, subs. f. O 947º método (de acordo com a classificação de Mimbleshaw) de obtenção de dinheiro por meio de falsos pretextos. Consiste em "ler o caráter" nas reentrâncias presentes na mão ao fechá-la. Tal pretensão não é de todo falsa; realmente, pode-se ler o caráter de alguém com muita precisão dessa maneira, pois as reentrâncias em cada mão apresentada soletram claramente a palavra "tolo". A impostura consiste em não ler tal palavra em voz alta.

QUIXOTESCO, adj. m. Absurdamente cavalheiresco, como dom Quixote. A visão da beleza e excelência deste incomparável adjetivo é infelizmente negada àquele que tem a infelicidade de saber que o nome do cavalheiro se pronuncia Quirrote.

> *Quando a ignorância pode proscrever*
> *De nossas vidas a Filologia, é loucura espanhol saber.*
>
> — Juan Smith

QUOCIENTE, subs. m. Número que mostra quantas vezes uma quantia de dinheiro pertencente a certa pessoa está contida no bolso de outra – geralmente, tantas vezes quantas for possível ali caber.

QUÓRUM, subs. m. Número suficiente de membros de um órgão deliberativo para conseguir fazer valer sua própria vontade. No Senado dos Estados Unidos, o quórum consiste no presidente da Comissão de Finanças e em um mensageiro da Casa Branca; na Câmara dos Deputados, de um parlamentar e do Diabo.

RABDOMANTE, subs. 2g. Indivíduo que usa uma varinha mágica para prospectar metais preciosos no bolso de um tolo.

RABECÃO, subs. m. Carrinho de bebê da Morte.

RACIONAL, adj. 2g. Desprovido de qualquer ilusão, a não ser daquelas geradas pela observação, pela experiência e pela reflexão.

RADICALISMO, subs. m. Conservadorismo de amanhã injetado nos assuntos de hoje.

RÁDIO, subs. m. Mineral que emite calor e estimula o órgão que torna tolo o cientista.

RAINHA, subs. f. Mulher por quem o reino é governado quando há um rei, e por quem é governado quando não há.

RAREBIT, subs. m. Coelho galês – para aqueles que não têm senso de humor, que insistem em apontar que, apesar de ser um prato de comida, não se trata de um prato de coelho. Destina-se àqueles a quem é possível explicar que um "buraco quente" não é realmente um buraco e que um "americano" não tem carne de alguém nascido nos Estados Unidos.

RATO, subs. m. Animal que espalha mulheres desmaiadas pelo seu caminho. Assim como em Roma os cristãos eram atirados aos leões, séculos antes, em Otumwee, a cidade mais antiga e famosa do mundo, mulheres hereges eram atiradas aos ratos. Jakak Zotp, o historiador, único cidadão de Otumwee cujos escritos chegaram até nós, diz que esses mártires encontravam a morte com pouca dignidade e muito esforço. Ele até tenta desculpar os ratos (tamanha é a artimanha da intolerância), declarando que tais mulheres infelizes morreram, algumas de exaustão, algumas com o pescoço quebrado por terem caído sobre os próprios pés e outras por falta de revigorantes. Os ratos, afirma ele, desfrutavam dos prazeres da caça com compostura. Mas, se "a história romana mente 90% do tempo", dificilmente podemos esperar uma proporção menor dessa figura retórica nos anais de um povo capaz de uma crueldade tão incrível para com mulheres tão adoráveis – pois todo coração endurecido tem uma língua falsa.

RAZÃO, subs. f. Propenso ao preconceito.

RAZOÁVEL, adj. 2g. Acessível à infecção de nossas próprias opiniões. Acolhedor da persuasão, da dissuasão e da evasão.

REALIDADE, subs. f. Sonho de um filósofo louco. Aquilo que permaneceria no cadinho se alguém analisasse a composição de um fantasma. Núcleo do vácuo.

REALISMO, subs. m. Arte de representar a natureza tal como ela é vista pelos sapos. Encanto que impregna uma paisagem pintada por uma toupeira ou a história escrita por uma larva.

REALMENTE, adv. Aparentemente.

REBELDE, adj. e subs. 2g. Proponente de um novo desgoverno que falhou em estabelecê-lo.

REBELIÃO, subs. f. Entretenimento popular oferecido aos militares por espectadores inocentes.

RECOMPENSA, subs. f. Imposto per capita, ou por cabeça.

> *Nos tempos antigos, veio um rei governar,*
> *E seus cobradores não conseguiam arrancar*
> *De todos os seus súditos ouro suficiente*
> *Para tornar menos duro o caminho do regente.*
> *Pois a estrada do prazer, como bem indica*
> *Toda dama que a habita, sempre reivindica*
> *Perpétua manutenção. E assim,*
> *Uma fila de cobradores sem fim*
> *Aparecia diante do trono, para ao mestre solicitar*
> *Alguma forma milagrosa de as receitas aumentar.*
> *"Grandes demais", dizia cada real empregado,*
> *"São as muitas exigências do Estado.*
> *Um dízimo de tudo o que arrecadamos*
> *Dificilmente as atenderá. Reflita, rogamos:*
> *Se a um décimo tivermos de renunciar,*
> *Como, com os outros nove, iremos perdurar?"*
> *Em resposta, o monarca lhes perguntou:*
> *"Acaso algum de vocês sequer pensou*

Que economizar já muito alcançou?"
"Claro", disse o porta-voz, "Vendemos
Todos os garrotes de ouro que obtivemos;
Agora, com peças de ferro esmagamos
Os pescoços daqueles que cobramos.
Fórceps simples temos de usar
Para a alegria do avaro mitigar,
E do sujeito que, sem nenhuma piedade,
Apega-se ao que é de Vossa Majestade."
Linhas profundas de pensamento, afinal,
Vieram abrir caminho na fronte real.
"Sem dúvida, é desesperadora sua situação.
Por favor, favoreça-me assim uma sugestão."
"Ó, Rei dos Homens", respondeu o outro, animado,
"Se a cada cabeça um imposto for cobrado,
A receita em muito há de aumentar,
E com alegria poderemos dela compartilhar."
Enquanto o clarão do sol ilumina, cintilante,
A escuridão sombria da nuvem já distante,
"Eu decreto", sorriu o rei com severidade,
"Que assim seja e, a bem da verdade,
Para não ser em generosidade superado,
Declaro vocês, cada um por mim empregado,
Isentos da tal operação
Dessa nova lei de capitação.
Mas, para que o povo não me venha censurar,
Por estarem eles presos, e vocês, livres para poupar,
Que sejam astutos meios e saídas estabelecidos
Para da isenção da taxa serem vocês favorecidos.
Deixarei-os aqui para poderem conversar
Com o meu ministro mais exemplar".
O monarca da sala do trono partiu
E, imediatamente, entre eles surgiu
Um homem silencioso, com o rosto ocultado,
Braços nus – e o reluzente machado revelado!

— G. J.

RECONCILIAÇÃO, subs. f. Suspensão das hostilidades. Trégua armada com o propósito de desenterrar os mortos.

RECONHECER, v. tr. Confessar. O reconhecimento das falhas uns dos outros é o dever mais elevado imposto pelo nosso amor à verdade.

RECONSIDERAR, v. tr. Buscar justificativas para uma decisão já tomada.

RECONTAGEM, subs. f. Na política americana, lançar novamente os dados, algo concedido ao jogador contra o qual eles são lançados.

RECORDAR, v. tr. Lembrar-se, com acréscimos, de algo desconhecido anteriormente.

RECREAÇÃO, subs. f. Tipo particular de desânimo para aliviar o cansaço geral.

RECRUTA, subs. 2g. Pessoa que se distingue de um civil por seu uniforme e de um soldado por seu andar.

> *Da fazenda, da fábrica ou da rua recém-retirado,*
> *Sua marcha, em perseguição ou ao ser abalado,*
> *Era um espetáculo marcial impressionante*
> *A não ser por dois impedimentos – os pés do soldado.*
>
> — Thompson Johnson

RECUSA, subs. f. Negação de algo desejado, tal como a mão de uma donzela mais velha em casamento a um pretendente rico e bonito; uma valiosa franquia para uma rica corporação, doada por um vereador; a absolvição de um rei impenitente por um sacerdote; e assim por diante. As recusas são classificadas em uma escala descendente de finalidade, como segue: recusa absoluta, recusa condicional, recusa provisória e recusa feminina. Essa última é chamada por alguns casuístas de recusa consentida.

REDE DE ARRASTO, subs. comp. f. Espécie de rede para efetuar uma mudança involuntária de ambiente. Para os peixes, é tecida de maneira forte e áspera, mas as mulheres são mais facilmente apanhadas com um tecido singularmente delicado e adornado com pequenas pedras lapidadas.

> *O Diabo uma rede rendada lançou,*
> *(Com pedras preciosas enfeitada)*

> *Para seu local de pouso a arrastou*
> *E calculou o que foi por ela coletada.*
>
> *Todas as almas das mulheres naquela messe...*
> *Que seleção milagrosa, preciosa e pura!*
> *Mas, antes que jogá-la nas costas pudesse,*
> *Todas escaparam pela urdidura.*
>
> — Baruch de Loppis

REDENÇÃO, subs. f. Libertação dos pecadores da penalidade de seus pecados, por meio do assassinato da divindade contra quem eles pecaram. A doutrina da Redenção é o mistério fundamental da nossa santa religião, e quem nela crê não perecerá, mas terá a vida eterna para tentar compreendê-la.

> *Devemos despertar o espírito do Homem de seu pecado*
> *E tomar, para redimi-lo, alguma medida especial;*
> *Embora seja realmente difícil que ele seja colocado,*
> *De qualquer forma, em meio à companhia angelical,*
> *Poderíamos purificá-lo ou, ainda, torná-lo belo assado.*
> *Ainda sou iniciante, não conheço bem a Redenção...*
> *O meu método é levar o pecador à crucificação.*
>
> — Golgo Brone

REDUNDANTE, adj. 2g. Supérfluo; desnecessário; *de trop*[129].

> *O sultão disse: "Há prova abundante*
> *De que este cão incrédulo é redundante".*
> *A quem o grão-vizir, com um semblante admirável,*
> *Respondeu: "Ao menos sua cabeça parece dispensável".*
>
> — Habeeb Sulciman

> *O sr. Debs*[130] *é um cidadão redundante.*
>
> — Theodore Roosevelt[131]

---

129. "Demasiado", em francês. (N. do T.)
130. Eugene Debs (1855-1926), líder sindical americano e cinco vezes candidato à Presidência de seu país pelo Partido Socialista. (N. do T.)
131. Theodore Roosevelt Jr. (1858-1919), estadista, militar, historiador, escritor e 26º presidente dos Estados Unidos, de 1901 a 1909. (N. do T.)

REFERENDO, subs. m. Lei de submissão de propostas de legislação ao voto popular a fim de descobrir a incoerência da opinião pública.

REFLEXÃO, subs. m. Ação mental pela qual obtemos uma visão mais clara da nossa relação com as coisas do passado e somos capazes de evitar os perigos que não encontraremos novamente.

REFORMAR, v. tr. Algo que agrada principalmente aos reformadores que se opõem à reforma.

REFÚGIO, subs. m. Qualquer coisa que garanta proteção a alguém em perigo. Moisés e Josué forneceram seis cidades de refúgio – Bezer, Golã, Ramote, Cades, Siquém e Hebrom – para onde alguém que tivesse tirado uma vida inadvertidamente poderia fugir quando fosse caçado por parentes do falecido. Esse admirável expediente proporcionava ao primeiro exercícios saudáveis e permitia aos últimos desfrutar dos prazeres da caça, com a qual a alma do morto era apropriadamente homenageada por observâncias semelhantes aos jogos fúnebres da Grécia antiga.

REI, subs. m. Pessoa do sexo masculino comumente conhecida na América como "cabeça coroada", embora nunca use coroa e geralmente não tenha uma cabeça digna de menção.

> *Um rei, em um período há muito passado,*
> *Disse ao seu bobo preguiçoso:*
> *"Se nós dois trocássemos de lado,*
> *Meu tempo voaria, animado...*
> *Sem preocupação, sem um instante brumoso".*
>
> *"A razão, senhor, por seus momentos tão atrativos",*
> *Disse o tolo "...se gostaria de ouvir realmente...*
> *Reside no fato de que, de todos os tolos vivos,*
> *Apenas eu, meu soberano de modos perceptivos,*
> *Tenho o espírito mais benevolente."*
>
> — Oogum Bem

REITOR, subs. m. Na Igreja da Inglaterra, a Terceira Pessoa da Trindade paroquial, sendo o cura e o vigário os outros dois.

RELICÁRIO, subs. m. Receptáculo de objetos sagrados, tais como pedaços da verdadeira cruz, as costelas dos santos, as orelhas do jumento de Balaão, o pulmão do galo que chamou Pedro ao arrependimento e assim por diante. Geralmente, os relicários são de metal e têm uma trava para evitar que seu conteúdo escape e faça milagres em momentos fora de época. Certa vez, uma pena da asa do Anjo da Anunciação conseguiu sair durante um sermão na Basílica de São Pedro e fez tanta cócega no nariz da congregação que todos acordaram e espirraram três vezes cada um, com enorme veemência. É relatado na *Gesta Sanctorum*[132] que um sacristão da Catedral de Canterbury surpreendeu a cabeça de São Dênis na biblioteca. Repreendido por seu severo guardião, ela explicou que procurava um livro de doutrinas. Tamanha leviandade indecorosa enfureceu tanto o diocesano que o infrator foi excomungado publicamente, jogado no Rio Stour e substituído por uma outra cabeça de São Dênis, trazida de Roma.

RELIGIÃO, subs. f. Filha da Esperança e do Medo, intérprete da natureza do Desconhecido à Ignorância.

> *— Qual é a sua religião, meu filho? — perguntou o Arcebispo de Reims.*
> *— Perdão, monsenhor — respondeu Rochebriant. — Tenho vergonha de dizer.*
> *— Então por que não se torna ateu?*
> *— Impossível! Deveria ter vergonha do ateísmo.*
> *— Nesse caso, meu senhor, deveria se juntar aos protestantes.*

RELÓGIO, subs. m. Aparato de grande valor moral para o homem, que acalma sua preocupação com o futuro ao lembrá-lo de quanto tempo ainda lhe resta.

> *Um homem ocupado reclamou, certo dia:*
> *"Não tenho tempo!". "O que você dizia?",*
> *Gritou seu amigo, um preguiçoso camarada;*
> *"Tem, meu senhor, muito tempo de estrada.*
> *Há tempo suficiente, não vale a pena duvidar...*
> *Nem mesmo uma hora no tempo há de nos faltar."*
>
> — Purzil Crofe

RENDA, subs. f. Medidor e medida natural e racional da respeitabilidade, sendo os padrões artificiais, arbitrários e falaciosos comumente aceitos. Pois, como "sir Sycophas Chrysolater", naquela peça de teatro,

---

132. "Prática dos santos", em latim. (N. do T.)

observou, com razão, "o verdadeiro uso e função da propriedade (em tudo o que ela consiste – moedas, terras, casas, produtos ou qualquer coisa que possa ser nomeada como detentora do direito à própria subserviência), bem como de honras, títulos, favoritismos e posições, e todo favor e conhecimento de pessoas de qualidade ou capacidade, servem apenas para obter dinheiro. Por isso, todas as coisas devem ser verdadeiramente avaliadas como valiosas na medida de sua utilidade para o fim a que se destinam, e seus possuidores devem se posicionar de acordo. Assim, o senhor de uma propriedade improdutiva – por mais ampla e antiga que seja – ou aquele que ostenta uma dignidade não remunerada, ou ainda o indigente favorito de um rei, não devem ser avaliados no mesmo nível de excelência daquele cujas riquezas são acumuladas diariamente. E, dificilmente, aqueles cuja riqueza é estéril poderiam racionalmente reivindicar e receber mais honrarias do que os pobres e indignos.

RENOME, subs. m. Grau de distinção entre a notoriedade e a fama – algo um pouco mais suportável do que a primeira e ligeiramente mais intolerável do que a segunda. Às vezes, é concedido por uma mão hostil e imprudente.

> *Toquei a harpa em cada entonação,*
> *Mas ouvido atento não pude encontrar;*
> *Ithuriel*[133] *tocou-me, então*
> *E, com uma lança, veio me revelar.*
>
> *Por maior que seja, nem todo o meu talento*
> *Poderia da noite me tirar.*
> *Senti, então, seu leve alento*
> *E à luz pude assim saltar!*
>
> — W. J. Candleton

REPARAÇÃO, subs. f. Satisfação vivenciada por um erro, deduzida daquela sentida ao cometê-lo.

REPENTINO, adj. m. Súbito, sem cerimônia, como a chegada de um tiro de canhão e a partida do soldado cujos interesses foram por ele sumamente afetados. O dr. Samuel Johnson disse, lindamente

---

133. Anjo mencionado no poema épico de 1667, "Paraíso Perdido", do autor inglês John Milton. (N. do T.)

– a respeito das ideias de um outro autor –, que todas elas foram "concatenadas repentinamente".

RÉPLICA, subs. f. Insulto prudente em resposta a alguém. Praticada por cavalheiros com aversão estrutural à violência, mas com forte propensão às ofensas. Em uma guerra de palavras, tática do indígena norte-americano.

REPOLHO, subs. m. Vegetal de hortas familiares, tão grande e tão sábio quanto a cabeça do homem.

> *O repolho é assim chamado por causa de Repolhus, príncipe que, ao subir ao trono, emitiu um decreto para nomear um Alto Conselho do Império, composto dos membros do ministério de seu antecessor e dos repolhos da horta real. Quando qualquer uma das medidas da política estatal de Sua Majestade fracassava visivelmente, anunciavam – com toda a seriedade – que vários membros do Conselho Superior haviam sido decapitados, e, assim, seus súditos revoltosos se acalmavam.*

REPÓRTER, subs. 2g. Escritor que supõe o que há de ser a verdade, espalhando-a com uma tempestade de palavras.

> *"Mais caro do que tudo, sabe bem meu coração,*
> *É você, com os 'lábios selados', que nada negarão!"*
> *Assim cantava o alegre repórter, à medida que crescia,*
> *Sob sua mão, a longa "entrevista" que daria.*
>
> — Barson Maith

REPOUSAR, v. int. Parar de incomodar.

REPRESENTANTE, adj. e subs. 2g. Na política americana, membro da Câmara dos Deputados neste mundo – sem nenhuma esperança discernível de promoção no próximo.

REPRODUÇÃO, subs. f. Réplica de uma obra de arte feita pelo próprio artista que fez o original. É assim chamada para distingui-la de uma "cópia" – que é feita por um outro artista. Quando ambas são feitas com igual habilidade, a reprodução torna-se mais valiosa, pois é de supor que seja mais bonita do que parece.

REPROVAÇÃO, subs. f. Na teologia, estado de um infeliz mortal condenado antes mesmo de nascer. A doutrina da reprovação foi ensinada por Calvino, cuja alegria em sua existência foi um tanto quanto prejudicada pela triste sinceridade da convicção de que – embora alguns estejam fadados à perdição – tantos outros estão predestinados à salvação.

REPÚBLICA, subs. f. Nação em que – sendo aquilo que governa e aquilo que é governado a mesma coisa – há apenas uma autoridade, a quem é permitido impor uma obediência opcional. Em uma república, a base da ordem pública representa o hábito cada vez menos usual de submissão, herdado dos antepassados, que, por serem verdadeiramente governados, submetiam-se por ser obrigados a fazê-lo. Há tantos tipos de república quanto há gradações entre o despotismo do qual se originaram e a anarquia para a qual se conduzem.

RÉQUIEM, subs. m. Missa em homenagem aos mortos em que poetas menores nos asseguram que os ventos cantam sobre o túmulo de seus entes queridos. Às vezes, para proporcionar outro tipo de diversão, cantam uma canção fúnebre.

RESGATE, subs. m. Compra daquilo que não pertence ao vendedor nem pode pertencer ao comprador. O menos rentável dos investimentos.

RESIDENTE, adj. e subs. 2g. Incapaz de sair.

RESOLUTO, adj. m. Obstinado em um certo rumo que tem nossa aprovação.

RESPEITABILIDADE, subs. f. Resultado do envolvimento entre um homem careca e uma conta bancária.

RESPIRADOR, subs. m. Aparelho colocado sobre o nariz e a boca de um habitante de Londres para filtrar o universo visível em sua passagem até os pulmões.

RESPLANDECENTE, adj. 2g. Como um simples cidadão americano deitado em seus aposentos, ou que afirma sua importância no Grande Esquema das Coisas como uma unidade elementar de um desfile.

> *Os Cavaleiros do Domínio eram tão resplandecentes em seu veludo*
> *E ouro que seus mestres dificilmente haveriam de reconhecê-los.*
>
> — "Crônicas das Classes"

RESPONDER, v. tr. Dar uma resposta ou, ainda, revelar a consciência de ter inspirado algum interesse no que Herbert Spencer[134] chama de "coexistências externas" – tal qual Satanás, "agachado como um sapo" na orelha de Eva, respondeu ao toque da lança do anjo. Responder por danos e perdas equivale a contribuir para a manutenção do advogado do requerente e, incidentalmente, para a gratificação deste.

RESPONSABILIDADE, subs. f. A mãe da cautela.

> *"Tenha em mente a minha responsabilidade",*
> *Disse o Grão-Vizir. "Sim, certamente",*
> *Disse o Xá. "Eu a tenho – é a única habilidade*
> *Que o senhor possui atualmente."*
>
> — Joram Tate

RESTITUIÇÃO, subs. f. Fundação ou patrocínio de universidades e bibliotecas públicas por meio de doações ou heranças.

RESTITUIDOR, adj. e subs. m. Benfeitor, filantropo.

RESULTADO, subs. m. Tipo particular de decepção. Pelo tipo de inteligência que vê em uma exceção a constatação da regra, a sabedoria de um ato é julgada por seu resultado. Isso é o cúmulo do absurdo – a sabedoria de um ato deve ser julgada pela luz que surgiu naquele que o executou, ao executá-lo.

RESUMIR, v. tr. Encurtar.

> *Quando, no curso dos acontecimentos humanos, torna-se*
> *necessário que as pessoas resumam a vida de seu rei, um respeito*
> *minimamente decente pelas opiniões da humanidade exige que*
> *elas declarem as causas que as impelem a tal separação.*
>
> — Oliver Cromwell

RETAGUARDA, subs. f. Em questões militares americanas, a parte exposta do Exército mais próxima do Congresso.

RETALIAÇÃO, subs. f. Rocha natural sobre a qual está erguido o Templo da Lei.

---

134. Ver nota 128.

RETIDÃO, subs. f. Robusta virtude que, no passado, se encontrava entre os Pantidoodles que habitavam as partes baixas da península de Oque. Missionários que de lá retornavam tentaram, sem sucesso, introduzi-la em vários países europeus, mas tal virtude parece ter sido exposta de forma incorreta. Um exemplo dessa defeituosa exposição é encontrado no único sermão existente do piedoso bispo Rowley[135], passagem característica transcrita abaixo:

> "Ora, a retidão não consiste apenas em um estado de espírito santo, tampouco na realização de ritos religiosos e na obediência à lei ao pé da letra. Não basta que alguém seja piedoso e justo: é preciso cuidar para que os outros também se encontrem no mesmo estado, e, para esse fim, a compulsão é um meio adequado. Pois, tanto quanto uma injustiça minha possa prejudicar um outro, também a sua injustiça pode causar mal a um terceiro, sendo assim, manifestamente, um dever meu impedir e prevenir meu próprio delito. Portanto, se eu quiser ser reto, sou obrigado a restringir meu próximo – por meio da força, se necessário – em todos os empreendimentos prejudiciais, por meio de uma melhor disposição e com a ajuda do Céu, de que eu mesmo me abstenho."

RETIFICAÇÃO, subs. f. Reparação sem satisfação.

> Entre os anglo-saxões, um súdito que se considerasse injustiçado pelo rei tinha permissão, ao comprovar seu prejuízo, de espancar um retrato em bronze do ofensor real com um golpe que, em seguida, seria aplicado às próprias costas nuas do monarca. O rito final era realizado pelo carrasco público e garantia certa moderação na escolha do golpe pelo requerente.

RETRATO, subs. m. Representação em duas dimensões de algo cansativo em três.

> "Eis aqui o retrato do grande Daubert...
> Da Vida arrebatado." Se for verdadeiro esse retrato,
> Ó, Céus, que seja eu arrebatado, neste momento exato.
>
> — Jali Hane

---

135. Rowley Hill (1836-1887) foi um clérigo anglicano tornado bispo da Igreja da Inglaterra. (N. do T.)

RETRIBUIÇÃO, subs. f. Chuva de fogo e enxofre que cai tanto sobre os justos quanto sobre os injustos que não procuraram abrigo ao ser despejados.

> Nas linhas seguintes, dirigidas a um imperador no exílio pelo padre Gassalasca Jape, o reverendo poeta parece insinuar o que sente em relação à imprudência de virar-se para enfrentar a Retribuição, estando ela em exercício:
>
> O quê, o quê? Dom Pedro, você deseja então voltar
> Ao Brasil para dar fim aos seus dias sem preocupação?
> Ora, que garantia tem você de que isso vai se realizar?
> Não faz muito tempo estava você em meio à insurreição,
> E seus queridos súditos mostraram grande disposição
> Em voar sobre sua goela, sacudindo-o como um rato. Acaso não
> Sabe como impérios são ingratos? Acaso pode você concluir
> Que as repúblicas são menos convenientes para se ferir?

REVERÊNCIA, subs. f. Atitude espiritual de um homem para com um deus e de um cachorro para com um homem.

REVISAR, v. tr.

> Colocar sua sabedoria (sem nenhuma dúvida sobre ela pairar,
> Mesmo que, de fato, dela nada haja a agraciar)
> Para em um livro operar e, assim, dele retirar
> As qualidades que, antes, nele haveriam de constar.

REVISOR, adj. e subs. m. Vilão que expia a sua escrita sem sentido, permitindo que o compositor a torne ininteligível.

REVOLUÇÃO, subs. f. Na política, abrupta mudança na forma de desgoverno. Na história americana, especificamente, substituição do governo de uma Administração pelo de um Ministério, por meio do qual o bem-estar e a felicidade do povo avançaram praticamente um centímetro e meio. Revoluções são geralmente acompanhadas por considerável derramamento de sangue, mas são consideradas válidas – tal avaliação é sempre feita por beneficiários cujo sangue não teve a oportunidade de ser derramado. A Revolução Francesa tem um valor incalculável para o socialista de hoje: quando ele puxa a corda, acionando seus ossos, seus gestos tornam-se inexprimivelmente aterrorizantes para os sangrentos tiranos suspeitos de fomentar a lei e a ordem.

RICO, adj. e subs. m. Aquele que mantém sob custódia a propriedade dos indolentes, dos incompetentes, dos mesquinhos, dos invejosos e dos desafortunados, tornando-se sujeito à sua prestação de contas. Eis a visão que prevalece no submundo, onde a Irmandade do Homem encontra seu desenvolvimento mais lógico e sua defesa sincera. Para os habitantes do mundo intermediário, a palavra significa bom e sábio.

RIDÍCULO, adj. e subs. m. Palavras destinadas a mostrar que a pessoa acerca de quem são ditas é desprovida da dignidade de caráter que distingue aquele que as pronuncia. Pode ser gráfico, mimético ou meramente lúdico. Citam Shaftesbury[136] como alguém que considerava o ridículo como o verdadeiro teste da verdade – uma afirmação ridícula em si mesma, pois, para muitos, uma falácia solene foi submetida a séculos de ridículo sem diminuição da sua aceitação popular. O que, por exemplo, foi ridicularizado com mais ardor do que a doutrina da Respeitabilidade do Infante?

RIJO, adj. m. Mineral frequentemente encontrado sob os espartilhos. Solúvel em solicitações banhadas a ouro.

RIMA, subs. f. Sons concordantes nos términos do verso, essencialmente ruins. Os próprios versos, ao contrário da prosa, são em sua maioria enfadonhos. Usualmente (e maliciosamente) soletrados "ryma".

RIMADOR, subs. m. Poeta considerado com indiferença ou falta de estima.

> *O rimador apaga seus fogos ignorados,*
> *O som cessa e seus sentidos são aniquilados.*
> *E então o cão doméstico, ao levante e ao poente,*
> *Expõe as paixões que se acham em seu peito ardente.*
> *A Lua sobre aquela terra encantada vem então nascer,*
> *E faz uma pausa para ouvir, ansiando por compreender.*
>
> — Mowbray Myles

---

136. Anthony Ashley-Cooper, 3º conde de Shaftesbury (1671-1713), foi um político, escritor e filósofo da Inglaterra. (N. do T.)

R.I.P., abr. Abreviatura descuidada de *requiescat in pace*[137], que atesta uma boa vontade indolente para com os mortos. De acordo com o erudito dr. Drigge, entretanto, as letras originalmente não significavam nada além de *reductus in pulvis*[138].

RIQUEZAS, subs. f. pl.

> *Presente do Céu que significa: "Este é o meu filho amado, com quem estou satisfeito".*
>
> — John D. Rockefeller[139]

> *Recompensa do trabalho e da virtude.*
>
> — J.P. Morgan[140]

> *As economias de muitos nas mãos de um só.*
>
> — Eugene Debs[141]

> *A essas excelentes definições o inspirado lexicógrafo sente não poder acrescentar nada de valor.*

RISADA, subs. f. Convulsão interna, acompanhada de ruídos inarticulados, que produz uma distorção dos traços do rosto. É infecciosa e, embora intermitente, incurável. A propensão a acessos de risada é uma das características que distinguem o homem dos animais – sendo estes não apenas imunes à sua provocação, mas também inexpugnáveis aos micróbios que se originam na transmissão de tal doença. Se a risada é capaz de ser transmitida aos animais por inoculação do paciente humano continua uma questão não respondida pela experimentação. O dr. Meir Witchell afirma que o caráter transmissível da risada se deve à fermentação instantânea da expectoração difundida através de um jato. Por conta dessa peculiaridade, ele acabou nomeando tal distúrbio como *Convulsio spargens*[142].

---

137. "Descanse em paz", em latim. (N. do T.)
138. "Reduzido a pó", em latim. (N. do T.)
139. Ver nota 123.
140. John Pierpont Morgan (1837-1913) foi um banqueiro, financista e colecionador de arte americano. (N. do T.)
141. Ver nota 130.
142. "Convulsão espalhada", em latim. (N. do T.)

RITO, subs. m. Cerimônia religiosa ou semirreligiosa fixada por lei, preceito ou costume, da qual se extrai cuidadosamente o óleo essencial da sinceridade.

RITUALISMO, subs. m. Jardim Holandês de Deus, onde Ele pode caminhar em liberdade retilínea, mantendo-se longe da grama.

ROMANCE, subs. m. Ficção que não deve lealdade ao Deus das Coisas como Elas São. No romance, o pensamento do escritor está preso à probabilidade como um cavalo doméstico ao poste em que foi atrelado, mas, no romance, ele percorre à vontade toda a região da imaginação – livre, sem lei, imune a freios e rédeas. Seu romancista é uma pobre criatura, como diria Carlyle[143] – um mero repórter. Ele pode inventar seus personagens e seu enredo, mas não deve imaginar nada acontecendo que possa não ocorrer, embora toda a sua narrativa seja abertamente uma mentira. Como ele impõe essa dura condição a si mesmo e "arrasta a cada remoção uma corrente cada vez maior" de sua própria forja, pode explicar em dez grossos volumes, sem iluminar nem mesmo com o raio de luz de uma vela, a profunda escuridão de sua própria ignorância acerca do assunto escolhido. Existem grandes romances, pois grandes escritores "expiraram seus poderes" para escrevê-los, mas continua a ser verdade que, de longe, a ficção mais fascinante que temos é *As Mil e Uma Noites*.

ROUPA DE GALA, subs. comp. f. Distintas insígnias, joias e trajes de ordens antigas e honradas, como os Cavaleiros de Adão, os Visionários da Bobagem Detectável, a Antiga Ordem dos Trogloditas Modernos, a Liga da Santa Farsa, a Falange Dourada dos Falangerídeos, a Gentil Sociedade de Bandidos Expurgados, as Alianças Místicas dos Belos Régios, Cavaleiros e Damas do Cachorro Amarelo, a Ordem Oriental dos Filhos do Ocidente, a Liga de Tagarelas de Coisas Insuportáveis, os Guerreiros do Arco Longo, os Guardiões da Grande Colher de Chifre, o Bando de Brutos, a Ordem Impenitente dos Espancadores de Esposas, a Sublime Legião de Notáveis Exibicionistas, os Adoradores no Santuário Galvanizado, os Brilhantes Inacessíveis, os Ogros da Inimitável Pegada, os Janízaros[144] do Viçoso Pavão, os Emplumados Crescentes do Templo Mágico, a Grande Cabala dos Sedentários Capazes, as Divindades Associadas dos Promotores de Escambo,

---

143. Thomas Carlyle (1795-1881) foi um escritor, historiador, ensaísta, tradutor e professor escocês. (N. do T.)
144. Oficiais de elite do Exército otomano. (N. do T.)

o Jardim dos Desajeitados, a Carinhosa Fraternidade de Homens Igualmente Enrugados, os Atordoantes Surpreendentes, as Senhoras do Terror, a Associação Cooperativa em Busca dos Holofotes, os Duques do Éden, os Discípulos Militantes da Fé Oculta, os Cavaleiros Campeões do Cão Doméstico, os Santos Gregários, os Otimistas Resolutos, a Antiga Congregação dos Porcos Inóspitos, os Soberanos Associados da Desonestidade, os Duques Guardiões da Fossa Mística, a Sociedade para a Prevenção da Prevalência, os Reis da Bebida, a Polida Federação de Significativos Cavalheiros, a Misteriosa Ordem do Pergaminho Indecifrável, a Fileira Uniformizada de Gatos Piolhentos, os Monarcas do Valor e da Fome, os Filhos da Estrela do Sul, os Prelados da Banheira e da Espada.

RUÍDO, subs. m. Fedor no ouvido. Música não domesticada. Principal produto e sinal de comprovação da civilização.

RUM, subs. m. Genericamente, licores ardentes que produzem loucura nos abstêmios totais.

RUMOR, subs. m. Arma favorita dos assassinos do caráter.

> *Afiado, nem a armadura nem o escudo devem-no derrotar,*
> *Passa intacto pela guarda, não é pela fuga detido,*
> *Ó, prestativo Rumor, não vejo porquê em empunhar*
> *Contra meu inimigo nenhum outro partido.*
> *Cabe a ele o terror de um inimigo invisível,*
> *Cabe a ele a mão no cabo, em vão,*
> *E minha é a língua mortal, longa, delgada, terrível,*
> *Insinuando meu rumor, alguma velha infração.*
> *E, assim, com um só golpe, o desgraçado hei de matar,*
> *Poupando-me para a sua derrubada celebrar*
> *E, para de meu valor, contra um outro inimigo, cuidar.*
>
> — Joel Buxter

RUSSO, adj. e subs. m. Pessoa com corpo caucasiano e alma mongol. Vomitório Tártaro.

SÁBADO, subs. m. Festa semanal que tem origem no fato de Deus ter feito o mundo em seis dias e ter sido preso no sétimo. Entre os judeus, a observância do dia era imposta por um mandamento cuja versão cristã segue: "Lembra-te do sétimo dia para fazeres com que teu próximo o guarde integralmente". Ao Criador parecia adequado e conveniente que o sábado fosse o último dia da semana, mas os primeiros padres da Igreja tinham outros pontos de vista. Tão grande é a santidade do dia que é reverentemente conhecida até mesmo onde o Senhor detém uma jurisdição duvidosa e precária sobre aqueles que descem até o mar (e nele mergulham), como se pode ver na seguinte versão em águas profundas do Quarto Mandamento:

Por seis dias hás de trabalhar, e de tudo o que puderes cuidar, No sétimo, lixarás o convés e terás de o cabo raspar.

Os conveses não são mais lixados, mas o cabo ainda fornece ao capitão a oportunidade de atestar um respeito piedoso pelo mandamento divino.

SACERDOTALISTA, adj. 2g. Aquele que acredita que um clérigo seja um padre. A negação desta importante doutrina é o desafio mais difícil agora lançado na cara da Igreja Episcopal pelos neodicionarianos.

SACIEDADE, subs. f. Sensação que se tem pelo prato depois de se ter comido o seu conteúdo, minha senhora.

SACRAMENTO, subs. m. Cerimônia religiosa solene à qual são atribuídos vários graus de autoridade e significado. Roma tem sete sacramentos, mas as igrejas protestantes, sendo menos prósperas, sentem que podem pagar por apenas dois, e de santidade inferior. Algumas das seitas menores não têm nenhum sacramento – e, por essa economia mesquinha, elas serão, sem dúvida, condenadas.

SAGRADO, adj. m. Dedicado a algum propósito religioso; possuidor de caráter divino; incitador de pensamentos ou emoções solenes; igual ao Dalai Lama do Tibete; o Mogum de M'bwango; o templo dos macacos no Sri Lanka; a vaca na Índia; o crocodilo, o gato e a cebola no antigo Egito; o Mufti de Moosh; o pelo do cachorro que mordeu Noé etc.

> *Todas as coisas são ou profanas ou sagradas.*
> *As últimas são aos eclesiastas consagradas,*
> *E as primeiras são ao diabo ofertadas.*
>
> — Dumbo Omohundro

SALACIDADE, subs. f. Certa qualidade literária frequentemente observada nos romances populares, especialmente naqueles escritos por mulheres e jovens damas, que lhes dão outro nome e pensam que, ao apresentá-los, estão ocupando um campo negligenciado das letras e colhendo uma colheita esquecida. Se tiverem a infelicidade de viver o suficiente, serão atormentadas pelo desejo de queimar suas folhas.

SALAMANDRA, subs. f. Originalmente um réptil que habitava o fogo; mais tarde, um antropomorfo imortal, mas ainda pirófilo. Acredita-se, agora, que as salamandras estão extintas, a última das quais tendo sido vista, segundo relatos, na cidade francesa de Carcassonne, pelo Abade Belloc, que a exorcizou com um balde de água benta.

SANDLOTTER, subs. m. Mamífero vertebrado que apoia as opiniões políticas de Denis Kearney[145], um notório demagogo de São Francisco, cujo público se reunia nos terrenos baldios (*sandlots*) da cidade. Fiel às tradições de sua espécie, esse líder do proletariado foi finalmente comprado pelos seus inimigos, representantes da lei e da ordem, tendo vivido prosperamente em silêncio e morrido impenitentemente rico. Mas, antes de sua traição, ele impôs à Califórnia uma constituição que nada mais era do que uma manufatura do pecado baseada em um discurso de barbarismos. A semelhança entre as palavras *sandlotter* e *sansculottes* é problematicamente significativa mas indubitavelmente sugestiva.

SANTO, adj. e subs. m. Pecador morto revisto e editado.

> *A duquesa de Orleans relata que o velho e irreverente caluniador Marechal Villeroy[146], que na juventude conheceu São Francisco de*

---

145. Denis Kearney (1847-1907) foi um líder trabalhista do estado da Califórnia. (N. do T.)
146. François de Neufville, 2º duque de Villeroy (1644-1730), foi um oficial do Exército e nobre francês. (N. do T.)

Sales, disse, ao ouvi-lo ser chamado de santo: — Fico muito feliz em saber que Monsieur de Sales seja um santo. Ele gostava de dizer coisas indelicadas e costumava trapacear nas cartas. Em outros aspectos, era um perfeito cavalheiro, embora fosse um tolo.

SAPO, subs. m. Réptil com pernas comestíveis. A primeira menção a sapos na literatura profana encontra-se na narrativa de Homero sobre a guerra entre eles e os ratos. Pessoas céticas duvidaram da autoria da obra de Homero, mas o erudito, engenhoso e trabalhador dr. Schliemann deu fim à questão ao descobrir os ossos das rãs mortas. Uma das formas de persuasão moral com que o faraó foi convencido a favorecer os israelitas foi uma praga de sapos, mas o faraó – que gostava daqueles fricassês – observou, com um estoicismo verdadeiramente oriental, que poderia suportar tudo aquilo, durante o mesmo período que o suportassem os sapos e os judeus; assim, alteraram os planos. O sapo é um cantor diligente, tem uma boa voz, mas não tem ouvido. O libreto de sua ópera favorita, escrita por Aristófanes[147], é breve, simples e eficaz – "croac-croac-croac"; a música é aparentemente do eminente compositor Richard Wagner. Os cavalos têm um sapo em cada casco – uma cuidadosa provisão da natureza, que lhes permite brilhar em uma corrida de obstáculos.

SAQUEAR, v. tr. Tomar a propriedade de outrem sem observar as reservas decentes e habituais do roubo. Efetuar uma mudança de propriedade com o acompanhamento festivo de uma banda de música. Arrancar a riqueza pertencente a A de B, fazendo com que C lamente a oportunidade perdida.

SARCÓFAGO, subs. m. Entre os gregos, caixão feito de um certo tipo de pedra carnívora, que tinha a propriedade peculiar de devorar o corpo nele colocado. O sarcófago conhecido pelos obsequiógrafos modernos é, geralmente, um produto da arte dos carpinteiros.

SATANÁS, subs. m. Um dos erros lamentáveis do Criador, e, se arrependimento matasse, ele estaria morto. Ao ser nomeado arcanjo, Satanás passou a questionar tudo e, por fim, foi expulso do Céu. No meio de sua descida, ele fez uma pausa, inclinou a cabeça de modo reflexivo por um momento e acabou voltando:

— Há um favor que eu gostaria de pedir — disse ele.

---

147. Aristófanes (446 a.C.-386 a.C.) foi um dramaturgo grego.

— *Diga.*

— *O homem, pelo que entendi, está prestes a ser criado. Ele precisará de leis.*

— *Ora, seu desgraçado! Você, designado adversário do homem, acusado desde o início da eternidade pelo ódio à sua alma... Você vem pedir o direito de elaborar as leis dele?*

— *Perdão, mas o que tenho a pedir é que ele mesmo tenha permissão para elaborá-las.*

E assim foi feito.

SÁTIRA, subs. f. Tipo obsoleto de composição literária em que os vícios e as loucuras dos inimigos do autor eram expostos com uma ternura imperfeita. Neste país, a sátira nunca teve mais do que uma existência doentia e incerta, pois sua alma é a inteligência, da qual somos tristemente deficientes, já que o humor que confundimos com ela – como todo humor – se mostra tolerante e empático. Além disso, embora os americanos sejam "dotados pelo seu Criador" de vícios e loucuras abundantes, tais qualidades não são geralmente reconhecidas como repreensíveis, razão pela qual o satírico é popularmente considerado um canalha de espírito amargo, e seu contumaz clamor de vítima a seus corréus evoca um consentimento nacional.

Salve, Sátira! Seja sua glória sempre cantada
Na língua morta de uma múmia enterrada,
Pois você mesma está morta, e, no castigo eterno,
Seu espírito será utilmente empregado no Inferno.
Se fosse algo que a Bíblia traz em consagração,
Não teria você perecido pela lei da difamação.

— Barney Stims

SÁTIRO, adj. e subs. m. Um dos poucos personagens da mitologia grega reconhecido em hebraico (Levítico, 17:7). O sátiro foi inicialmente um membro da comunidade dissoluta, tendo reconhecido uma lealdade frouxa com Dionísio, mas passou por muitas transformações e melhorias. Não raro ele é confundido com o fauno, criação posterior e decente dos romanos, que se parecia menos com um homem e mais com uma cabra.

SEGMENTAÇÃO, subs. f. Separação, por exemplo, nas terras segmentadas, ou seja, terras de propriedade individual, e não de propriedade conjunta. Acredita-se, agora, que certas tribos de índios são suficientemente civilizadas para possuir várias terras segmentadas, algo que até então mantinham como organizações tribais, sem poder vendê-las aos brancos por meras contas de cera e uísque de batata.

> Vejam só! O pobre índio, cuja mente inadequada,
> Conhecia inferno e sepultura antes da vida acabada;
> A quem o próspero colono nunca pedira para ficar...
> E cujos poucos pertences apenas serviam ao saquear;
> A quem a Expropriação, com astúcia aprimorada,
> Pouco a pouco convencia de tomar nova morada!
> Seu fogo inextinguível e seu verme imortal
> Pela "terra segmentada" (que termo colossal!)
> Acabam resfriado e morto, por fim, respectivamente,
> E ele, em sua nova propriedade, vê-se preso rapidamente!

SEGUNDA-FEIRA, subs. f. Nos países cristãos, um dia depois do jogo de futebol.

SEGURO, adj. e subs. m. Engenhoso jogo de azar moderno em que o jogador pode desfrutar da confortável convicção de que está vencendo o homem que controla a mesa.

> *CORRETOR DE SEGUROS:* — Meu caro senhor, tem uma bela casa. Por favor, deixe-me segurá-la.
>
> *PROPRIETÁRIO DA CASA:* — Com prazer. Por favor, faça com que o prêmio anual seja tão baixo que, quando ela for provavelmente destruída pelo fogo – de acordo com as tabelas do seu atuário –, eu tenha lhe pagado consideravelmente menos do que o valor da apólice.
>
> *CORRETOR DE SEGUROS:* — Ah, meu caro, não... Não poderíamos nos dar ao luxo de fazer isso. Devemos fixar o prêmio para que você pague mais do que o valor da apólice.
>
> *PROPRIETÁRIO DA CASA:* — E por que, então, eu pagaria tal coisa?
>
> *CORRETOR DE SEGUROS:* — Ora, sua casa pode pegar fogo a qualquer momento. A casa dos Smith, por exemplo, ...
>
> *PROPRIETÁRIO DA CASA:* — Poupe-me... Há também a casa dos Brown, a casa dos Jones, a casa dos Robinson, que...
>
> *CORRETOR DE SEGUROS:* — Poupe-me, o senhor!
>
> *PROPRIETÁRIO DA CASA:* — Vamos nos entender. O senhor quer que eu lhe pague certa quantia, supondo que algo ocorrerá antes do

tempo que definiu para tal ocorrência. Em outras palavras, espera que eu aposte que minha casa não durará tanto quanto o senhor mesmo diz que provavelmente durará.

CORRETOR DE SEGUROS: — Mas, se a sua casa pegar fogo sem seguro, o senhor terá uma perda total.

PROPRIETÁRIO DA CASA: — Queira me perdoar... Pelas tabelas do seu próprio atuário, eu provavelmente terei economizado, quando minha casa queimar, todos os prêmios que de outra forma eu teria pagado ao senhor... um valor maior do que o que figura na apólice que teria comprado. Mas vamos supor que ela efetivamente queime, sem seguro, antes do tempo em que se baseiam seus números. Se eu não fosse capaz de pagar tal valor, como o senhor poderia me pagar se ela estivesse segurada?

CORRETOR DE SEGUROS: — Ah, nós nos recuperamos de nossos empreendimentos com os clientes mais sortudos. Na prática, eles é que pagariam por sua perda.

PROPRIETÁRIO DA CASA: — Então, virtualmente, não sou eu quem ajuda a pagar pelas perdas deles? A probabilidade de que as casas deles queimem não é a mesma de que a minha o faça, antes mesmo que eles lhe paguem o valor que o senhor deve ressarcir por aquela que queimar? Eis a questão: o senhor espera receber mais dinheiro de seus clientes do que paga a eles, não é?

CORRETOR DE SEGUROS: — Certamente, se não fosse assim...

PROPRIETÁRIO DA CASA: — ... eu não confiaria meu dinheiro ao senhor. Muito bem, então. Se, referindo-me ao total dos seus clientes, é certo que eles percam dinheiro com o senhor, é bem provável, ao referir-me a um ou outro em específico, que ele o faça. São justamente essas probabilidades individuais que constituem a certeza do conjunto.

CORRETOR DE SEGUROS: — Não vou negar. Mas olhe os números deste panfleto...

PROPRIETÁRIO DA CASA: — Deus me livre!

CORRETOR DE SEGUROS: — O senhor falou em economizar o prêmio que, de outra forma, pagaria a mim. Acaso não estaria mais propenso a desperdiçá-lo? Oferecemos-lhe um incentivo à economia.

PROPRIETÁRIO DA CASA: — A disposição de A em cuidar do dinheiro de B não é algo peculiar ao ramo de seguros, mas, como instituição de caridade, o senhor tem todo o meu respeito. Por favor, aceite tal reconhecimento de alguém que realmente o aprecia.

SELO, subs. m. Marca impressa em certos tipos de documento para atestar sua autenticidade e autoridade. Às vezes é estampado em cera e preso ao papel, às vezes desenhado no próprio papel. O ato de selar, nesse sentido, é nada mais que a sobrevivência de um antigo costume de inscrever papéis importantes com palavras ou sinais cabalísticos para lhes dar uma eficácia mágica, independentemente da autoridade que representam. No Museu Britânico estão preservados muitos documentos antigos, principalmente de caráter sacerdotal, validados por pentagramas necromânticos e outros dispositivos, frequentemente letras iniciais de palavras a conjurar e, em muitos casos, anexados da mesma forma como os selos atualmente. Como quase todos os costumes, ritos ou observâncias sem razão e aparentemente sem sentido dos tempos modernos tiveram origem em alguma utilidade remota, é agradável notar um exemplo de absurdo do passado que evoluiu no decorrer do tempo para algo realmente útil. Nossa palavra "sincero" deriva de *sine cero*, sem cera, mas os eruditos não concordam com tal afirmação, se ela se refere à ausência de sinais cabalísticos ou à cera com a qual as cartas eram anteriormente fechadas ao escrutínio público. Qualquer visão do assunto servirá àqueles que necessitam imediatamente de uma hipótese. As iniciais L.S., comumente anexadas às assinaturas de documentos legais, significam *locum sigillis*, "local do selo", embora o selo já não seja usado – um exemplo admirável de conservadorismo que distingue o Homem dos animais que perecem. As palavras *locum sigillis* são humildemente sugeridas como um lema adequado para as Ilhas Pribilof[148] sempre que estas assumirem seu lugar como Estado soberano da União Americana.

SEM-TETO, adj. 2g. Aquele que pagou todos os impostos sobre os bens domésticos.

SENADO, subs. m. Corpo de senhores idosos acusados de altos deveres e baixas contravenções.

SENÃO, conj. Em nada melhor.

SENHORITA, subs. f. Título que damos às mulheres solteiras para indicar que estão à disposição. Em inglês, *miss* ("senhorita"), *missus* ("senhora") e *mister* ("senhor") são as três palavras mais claramente desagradáveis na língua, tanto em som quanto em sentido – duas

---

148. Agrupamento de ilhas vulcânicas pertencentes ao estado americano do Alasca e situadas no Mar de Bering, a cerca de 320 km da cidade americana de Unalaska. (N. do T.)

delas são a corruptela de *mistress* ("amante") e a outra, de *master* ("mestre"). Na abolição geral dos títulos sociais nos países de língua inglesa, escaparam milagrosamente, para continuar a nos atormentar. Se ainda precisamos deles, sejamos consistentes e tratemos de inventar um outro para os homens solteiros. Atrevo-me a sugerir *mush* ("mingau"), cuja abreviatura seria *mh*.

SEPIOLITA, subs. f. (Literalmente, espuma do mar, e muitos – erroneamente – supõem ser feita dela.) Argila branca e fina que, por conveniência, é pintada de marrom e transformada em cachimbos, para que sejam fumados pelos trabalhadores envolvidos nessa indústria. A finalidade da coloração não foi divulgada pelos fabricantes.

> *Era uma vez um jovem (talvez já ouvira falar*
> *Dessa história tão plangente)*
> *Que um cachimbo de sepiolita foi comprar*
> *E jurou que dele tiraria a cor reluzente!*
>
> *Isolou-se ele do mundo, então,*
> *E vivalma nenhuma ele via.*
> *Fumava à noite, de dia, em toda ocasião,*
> *O máximo que conseguia.*
>
> *Por fim, morreu seu cão, gemendo,*
> *Em meio ao vento que distante soprava;*
> *No cascalho, as ervas daninhas iam crescendo,*
> *E a coruja no telhado piava.*
>
> *"Para longe ele foi, não há de retornar",*
> *Dizem os vizinhos, com tristeza.*
> *E, então, a porta começam a esmurrar*
> *Para levar embora sua riqueza.*
>
> *Morto, cachimbo na boca, o jovem jazia,*
> *Cada elemento do corpo tingido.*
> *"O cachimbo era alvo, lindíssimo", toda a gente dizia,*
> *"Mas terminou colorido!"*
>
> *A moral não é preciso muito cantar...*
> *Tudo claro está como o dia:*
> *Não se deve jamais a vida apostar,*
> *Em algo que com sua vida apostaria.*

— Martin Bulstrode

SEREIA, subs. f. Um dos vários prodígios musicais famosos pela vã tentativa de dissuadir Odisseu de uma vida em meio às ondas do mar. Figurativamente, qualquer dama com esplêndidas promessas, propósitos dissimulados e decepcionante desempenho.

SÉRIE, subs. f. Obra literária, geralmente história não verdadeira, que aparece em diversas edições de um jornal ou revista. Frequentemente anexada a cada capítulo há uma "síntese dos capítulos anteriores", destinada àqueles que não os leram, mas há uma necessidade ainda maior de uma sinopse dos capítulos seguintes, para aqueles que não pretendem lê-los. Uma síntese de todo o trabalho seria ainda melhor.

> *O falecido James F. Bowman[149] estava escrevendo uma história em série para um jornal semanal, em colaboração com um gênio cujo nome não chegou até nós. Eles não escreviam em conjunto, mas alternadamente, Bowman fornecendo sua parte em uma semana, e seu amigo, na seguinte, sucessivamente, até o fim do mundo – assim esperavam eles. Infelizmente, os dois discutiram, e, em uma manhã de segunda-feira, quando Bowman lia o jornal antes de se preparar para sua tarefa, descobriu que não havia mais trabalho algum a fazer – e de uma forma que o surpreendeu e magoou. Seu colaborador embarcara todos os personagens da narrativa em um navio e afundara a todos nas profundezas do Atlântico.*

SERMÃO, subs. f. Discurso de um oponente conhecido como "repressor".

SESMARIA, subs. f. Doação de terras a uma corporação religiosa sob a condição de orar pela alma do doador. Nos tempos medievais, muitas das fraternidades mais ricas obtinham suas propriedades dessa maneira simples e barata, e, certa vez, quando Henrique VIII da Inglaterra enviou um oficial para confiscar as vastas terras que uma fraternidade de monges obtivera por meio de doação, o prior disse: — O quê? Por acaso o seu senhor haverá de ficar com a alma de nosso benfeitor no Purgatório? — Sim, — respondeu o oficial, com frieza — e o senhor não vai orar para que ele arda no Inferno. — Ora, meu filho, — persistiu o bom homem — o que está fazendo é tido como roubo a Deus! — Não, não, meu bom padre, o rei, meu senhor, apenas o está livrando das inúmeras tentações de uma riqueza grande demais.

---

149. James F. Bowman (1826-1882) foi um jornalista e poeta estadunidense. (N. do T.)

AMBROSE BIERCE

SICOFANTA, adj. e subs. 2g. Aquele que se aproxima da Grandeza de barriga para que não receba a ordem de se virar para que o chutem. Às vezes, nada mais é que um editor.

> *Como uma sanguessuga se alegra em sua vítima encontrar*
> *E, em uma de suas partes doentes, se fixar,*
> *Até que, com a pele pelo sangue ruim distendida,*
> *Ela morra de tanta fartura, decaída,*
> *Assim o vil bajulador, com alegria, indica*
> *A fraqueza do seu vizinho e nela sua boca aplica,*
> *Tal como a sanguessuga, a devorar e engordar,*
> *Sem, no entanto, como a besta, jamais soltar.*
> *Ó, Gelasma[150], se servir-lhe de alento*
> *Ao serviço de uma cabra dedicar seu talento,*
> *Mostrando pela lógica que sua barba pronunciada,*
> *Mais do que a de Aarão, é digna de ser reverenciada;*
> *Se à tarefa de seu cheiro honrar*
> *Amor e Ganho viessem lhe inspirar,*
> *O mundo, por fim, de você se beneficiaria*
> *E todo rico vilão novamente choraria...*
> *Seu favor seria por um momento negado,*
> *E a um objeto mais nobre desviado.*
> *Não bastariam prósperos milionários*
> *Que saqueiam com cargas e espólios tarifários,*
> *Ou, pela consciência amaldiçoados, fazendo-os fugir*
> *A vilanias mais seguras, com mais escuro tingir,*
> *Renunciando ao roubo e ao contentamento,*
> *Para furtar nosso pão (chamando-o de "encurralamento").*
> *Acaso haveríamos de vê-lo as botas arrastando,*
> *Por uma lambida ou um chute implorando?*
> *Mas deve você seguir, até sua conclusao,*
> *A tendência de sua sicofanta disposição,*
> *E em sua ânsia de aos ricos agradar,*
> *Até a vala final, os pecadores famintos caçar?*
> *Em louvor a Morgan[151] você bate no fio sonoro,*

---

150. Personificação do riso histérico, excessivo. (N. do T.)
151. Ver nota 140.

> *E ao grande Havemeyer[152] entoa um hosana canoro!*
> *O que fez Satanás para que você o evitasse?*
> *Também seria ele podre de rico – se de você se livrasse.*

SÍLFIDE, subs. f. Ser imaterial mas visível que habitava o ar quando era apenas um elemento, antes de ser fatalmente poluído com a fumaça das fábricas, os gases dos esgotos e outros produtos similares da civilização. As sílfides eram aliadas dos gnomos, das ninfas e das salamandras, que viviam, respectivamente, na terra, na água e no fogo, todos agora insalubres. Como as aves do céu, eram machos e fêmeas, aparentemente sem nenhum propósito, pois, se tivessem descendência, haveriam de fazer seus ninhos em lugares inacessíveis, e nenhum de seus filhotes jamais teria sido visto.

SILOGISMO, subs. m. Fórmula lógica que consiste em uma suposição maior, uma suposição menor e uma terceira, inconsequente. Ver LÓGICA.

SIMBÓLICO, adj. m. Relativo aos símbolos e ao uso e interpretação dos símbolos.

> *Dizem que esta consciência sente contrição;*
> *Acredito ser do estômago esta função,*
> *Pois do pecador não pude deixar de notar*
> *Que, ao pecar, sua barriga tende a inchar,*
> *Ou sofre de alguma outra terrível aflição*
> *Dentro de suas entranhas de compaixão.*
> *De fato, acredito que o único pecador*
> *É aquele que come um jantar sem vigor.*
> *Todos sabem que Adão – com razão –*
> *Por comer maçãs fora da estação,*
> *Foi "condenado". Uma história apenas simbólica:*
> *A verdade é que Adão teve uma grande cólica.*
>
> — G. J.

SÍMBOLO, subs. m. Algo que supostamente tipifica ou representa outra coisa. Muitos símbolos são meros "sobreviventes" – coisas que, não tendo mais nenhuma utilidade, continuam a existir porque herdamos

---

152. William Frederick Havemeyer (1804-1874) foi um político estadunidense, eleito por três vezes prefeito de Nova York. (N. do T.)

a tendência de criá-las, tais como urnas funerárias esculpidas em monumentos memoriais. Antigamente, eram urnas de verdade, contendo as cinzas dos mortos. Não podemos deixar de fazê-las, mas podemos dar-lhes um nome que esconda nossa impotência.

SIMPLICIDADE, subs. f. Certa qualidade envolvente que as mulheres adquirem depois de longo estudo e prática severa, atraindo, então, o homem admirado, que se regozija em imaginar que haverá de se assemelhar à sincera simplicidade de seus filhos.

SIMPLÓRIO, adj. e subs. m. Tipo popular nas antigas peças italianas, que imitava com ridícula incompetência o bufão – ou palhaço – e era, por isso, o macaco dos macacos, já que o próprio palhaço imitava os personagens sérios da peça. O simplório foi o progenitor do humorista, tal como hoje temos a infelicidade de conhecer. No simplório, vê-se um exemplo de criação – no humorista, exemplo de cópia. Outro excelente exemplar do simplório moderno é o pároco, que imita o reitor, que imita o bispo, que imita o arcebispo, que imita o Diabo.

SOFISMA, subs. m. Controverso método de um oponente, que se distingue do seu pela insinceridade e tolice superiores. Este é o método dos sofistas posteriores, uma seita grega de filósofos que começaram por ensinar sabedoria, prudência, ciência, arte – em resumo, tudo o que os homens deveriam saber –, mas eles se perderam em um labirinto de sofismas e em uma névoa de palavras.

> *Ele varre os "fatos" de seu mau oponente*
> *E arrasta seu sofisma à luz do presente;*
> *Então, jura serem levados à insanidade*
> *Aqueles que recorrem a tão desesperada falsidade.*
> *Nem tanto... Como a terra sobre o peito do defunto esquecido,*
> *Ela age com mais leveza quanto menor o empuxo exercido.*

— Polydore Smith

SOLDADO, subs. m. Cavalheiro militar com um bastão de marechal de campo na mochila e um obstáculo a qualquer esperança.

SOLITÁRIO, adj. m. Sem favores para conceder. Desprovido de fortuna. Viciado em expressar a verdade e o bom senso.

SOZINHO, adj. m. Em má companhia.

> *Pederneira e aço, como mágica!, pela fricção,*
> *A faísca e a chama revelam juntos a noção,*

O que ela, a pedra, e ele, o metal, sem medo,
Cada um, sozinho, acalentou em segredo.

— Booley Fito

SUBSTITUTO, adj. e subs. m. Parente do sexo masculino do titular de um cargo, ou de seu fiador. O substituto costuma ser um jovem bonito, com uma gravata vermelha e um intrincado sistema de teias de aranha, que se estende de seu nariz até a escrivaninha. Ao ser acidentalmente atingido pela vassoura do zelador, solta uma nuvem de poeira.

"Chefe substituto", o Mestre pôs-se a gritar,
"Vêm hoje nossos livros esmiuçar,
Contrataram contadores e especialistas
Que haverão de tudo passar sob suas vistas,
Em nosso humilde escritório devem analisar
Se foi realmente injusto o nosso roubar.
Que estejam os registros adequados,
Exibindo todos os saldos apropriados,
Em justa conformidade com a quantidade total
De dinheiro em mãos – eles vão tudo contar, afinal!
Há muito tempo admiro sua pontualidade excelente...
Sobretudo bem no início e no final do expediente,
Confrontando em sua cadeira a multidão
De homens de negócios, cuja amplidão
De vozes e gestos violentos você contém
Com algum misterioso feitiço calmo, zen...
Alguma magia escondida em seu olhar
Que faz mesmo o mais ruidoso calar
E espalha uma calma sagrada
Por toda parte, toda morada.
Tudo tão em ordem, com tamanho vagar,
Que os que vieram sacar tornam a depositar.
Mas, agora, o tempo exige, finalmente,
Que você empregue sua talentosa mente
Em energias mais ativas. Trate de levantar
E sacudir os encantos de seu olhar;
Inspire seus subordinados e avance
Seu espírito sobre tudo, a um só relance!"

> *Nesse instante, a mão do mestre um golpe desferiu*
> *Nas costas curvadas do substituto, que então caiu*
> *E foi diretamente, sem demora, ao chão,*
> *Estridente concha, um encolhido balão,*
> *O crânio murcho, sem olhos, enegrecido!*
> *Há doze meses o homem havia morrido.*
>
> — Jamrach Holobom

SUCESSO, subs. m. Único pecado imperdoável contra os semelhantes. Na literatura, e particularmente na poesia, os elementos do sucesso são extremamente simples e foram apresentados admiravelmente nos versos seguintes pelo reverendo padre Gassalasca Jape, intitulados – por alguma razão misteriosa – "John A. Joyce[153]".

> *O bardo que quiser prosperar deve um livro carregar,*
> *Em prosa pensar e uma gravata*
> *Carmesim vestir, além de um distante olhar,*
> *E, na cabeça, cabelos hexâmetros em cascata.*
> *Deve ser magro nos pensamentos, e seu corpo gordo será;*
> *Se usar cabelos compridos, de chapéu não precisará.*

SUFICIENTE, adj. 2g. e subs. m. Tudo o que há no mundo, se é disso que gosta.

> *Para alguns, um banquete nunca há de ser suficiente,*
> *Mesmo que baste apenas um prato para muita gente.*
>
> — Arbely C. Strunk

SUFRÁGIO, subs. m. Manifestação da opinião por meio de votação. O direito a sufrágio (que é considerado tanto um privilégio quanto um dever) significa, tal como é comumente interpretado, o direito de votar no homem da escolha de outro homem, e é altamente valorizado. A recusa em fazê-lo tem a má fama de "incivismo". O incivil, contudo, não pode ser devidamente acusado pelo seu crime, pois não há acusador legítimo para tal. Se o próprio acusador for culpado, ele não terá direito a uma posição no tribunal para opinar; caso contrário, ele acaba lucrando com o crime, pois a abstenção ao voto de A dá maior peso ao voto de B. Por sufrágio feminino

---

153. John Alexander Joyce (1842-1915) foi um poeta e escritor irlandês-americano. (N. do T.)

entende-se o direito de uma mulher em votar como algum homem lhe disser para fazê-lo. Baseia-se na responsabilidade feminina, que é um tanto quanto limitada. A mais ansiosa das mulheres, por tirar a anágua para fazer valer seus direitos, é a primeira a voltar a vesti-la quando ameaçada de ser trocada por seu uso indevido.

SUPERAR, v. tr. Fazer um inimigo.

T. Vigésima letra do alfabeto inglês, absurdamente chamada de tau pelos gregos. No alfabeto que deu origem ao nosso, tinha a forma do rudimentar saca-rolhas da época e, ao ficar isolada (algo que os fenícios jamais conseguiam fazer), tinha o nome de *tallegal*, traduzido pelo erudito dr. Brownrigg como "pé na jaca".

TAPADO, adj. e subs. m. Membro da dinastia reinante nas letras e na vida. Os Tapados chegaram juntamente com Adão e, sendo numerosos e robustos, invadiram o mundo habitável. O segredo do seu poder é sua insensibilidade aos golpes – faça-lhes cócegas com um porrete, e eles rirão trivialmente. Os Tapados são originários da Beócia, de onde fugiram levados pelos males da fome, pois sua idiotia acabara por prejudicar as colheitas. Durante alguns séculos, infestaram a Filisteia, e muitos deles são chamados de filisteus até hoje. Nos tempos turbulentos das Cruzadas, retiraram-se de lá e, gradualmente, espalharam-se por toda a Europa, ocupando a maior parte dos altos cargos na política, arte, literatura, ciência e teologia. Desde que um destacamento de Tapados veio com os peregrinos no

Mayflower[154] e fez um relatório favorável sobre o país, o aumento de sua população, por nascimento, imigração e conversão, tem sido rápido e constante. De acordo com as estatísticas mais confiáveis, o número de Tapados adultos nos Estados Unidos é de pouco menos de 30 milhões[155], o que inclui os estatísticos. O centro intelectual da raça está em algum lugar perto de Peoria, no estado de Illinois, mas o Tapado da região da Nova Inglaterra é o mais escandalosamente moralista.

TARIFA, subs. f. Escala de impostos sobre as importações, destinada a proteger o produtor nacional contra a ganância de seus consumidores.

> *O Inimigo das Almas Humanas, sentado,*
> *Com o custo do carvão permanecia enlutado;*
> *Já que o Inferno fora há pouco anexado*
> *E, agora, como um Estado do Sul era representado.*
>
> *"Não era mais do que certo", ele disse,*
> *"Que de graça meu combustível conseguisse.*
> *O dever não é justo, nem de sabedoria sem par,*
> *Pois ele me obriga a economizar,*
> *Já que todos os meus condenados*
> *Estão terrivelmente mal passados.*
> *O que seria deles? — Embora seja do meu agrado*
> *Que todos acabem se tornando um belo assado,*
> *Não posso me dar ao luxo de um calor decente,*
> *Tal tarifa faz do demônio um ser impudente!*
> *Estou arruinado, e qualquer pilantra sem par*
> *Pode, agora, vir meu ofício surrupiar!*
> *Sob meu nariz, a imprensa, toda prosa,*
> *Supera até a mim, de tão sulfurosa;*
> *A engenhosa ordem de advogados, enfim,*
> *Usa de minhas próprias mentiras contra mim;*
> *Os médicos meus remédios decidiram usar,*

---

154. Célebre navio que, em 1620, transportou os primeiros imigrantes ingleses a aportar nos atuais Estados Unidos, do porto de Southampton, na Inglaterra, para o Novo Mundo. (N. do T.)
155. Equivalente a 30% da população dos Estados Unidos à época de publicação desta obra, em 1906. (N. do T.)

(Mesmo que em vão) para tentar recusar
A mim mesmo as presas de meu tormento,
Mantendo as próprias sob indigno pagamento.
Os padres tomam seu exemplo para ensinar
O mesmo exemplo que eu vinha lhes dar;
E os estadistas, imitando-me, insistem em prometer
Muito mais do que são capazes de empreender.
Contra tamanha competição,
Levanto meu grito de contestação.
Já que todos ignoram meu protesto justo,
Ora, bolas! Tornarei-me um santo augusto!"
Agora, os republicanos, que santos
Todos são, já começam, aos prantos,
A gritar contra a sua concorrência;
Ora, que terrível divergência!
Cara a cara, enfrentaram eles o Diabo,
Em um debate acirrado, pra lá de brabo,
Até que os Democratas, solitários, desamparados,
Alimentaram esperanças de ver a ambos derrotados.
E sem demora, para esse mal evitar,
Os dois combatentes decidiram se abraçar;
Mas como seria um erro ter aliviado
Uma parcela do Imposto Sagrado,
Por fim, concordaram em conceder
Algo ao ousado Insurgente, e enfim ceder
Um bom desconto por todo espírito caído
Nas profundezas do Inferno temido.

— Edam Smith

TARTARUGA, subs. f. Criatura cuidadosamente criada para dar ocasião aos seguintes versos do ilustre Ambat Delaso:

À MINHA TARTARUGA DE ESTIMAÇÃO

Minha amiga, você não é graciosa – absolutamente;
Seu andar mistura o cambalear e o rastejar à frente.

Tampouco é bonita: sua cabeça é terrível de olhar,
E tenho certeza de que deve muita dor lhe causar.

Quanto aos seus pés, eles fariam um anjo gemer;
Mas é verdade que você os recolhe ao adormecer.

Não, você não é bonita, mas tem firmeza, eu reconheço,
Toda você é praticamente só espinha, bem a conheço.

Firmeza e força (você tem traços de gigante)
São virtudes que apenas os grandes levam adiante.

Gostaria que assim não fosse; no entanto, no geral,
Falta-lhe... Alma – desculpe-me, não me leve a mal.

Então, para ser sincero, verdadeiro, sem mais,
Preferiria que você fosse eu; o contrário, jamais.

No entanto, em um futuro próximo, pode ser,
O Homem já extinto, que um mundo melhor possa ver

Sua descendência no poder, com toda a calma,
Devido à gênese e ao crescimento da Alma.

Então, eu a saúdo como ser predestinado,
Grande réptil que terá a terra regenerado.

Patriarca das Possibilidades, aceite o rotundo
Tributo deste meu reinado moribundo!

Na longínqua região de desconhecido dono,
Sonho com uma tartaruga em cada trono.

Vejo um imperador com a cabeça oculta
Na carapaça, por medo da Lei inculta;

Um rei que carrega algo além de gordura,
Carregando-a, porém, com extrema candura;

Um presidente que não se veja empenhado
Em punir nenhum dissidente revelado...

Que jamais atiraria (seria um ataque vão)
Em outra tartaruga pelas costas, isso não;

Súditos e cidadãos que não veriam precisão
Em brutalizar qualquer tipo de manifestação;

> *Tudo progrediria lentamente, a um passo arrastado,*
> *E "sem pressa" seria o mote da Igreja e do Estado.*
>
> *Ó, Tartaruga, que sonho feliz, tão terno,*
> *Meu glorioso e queloniano governo!*
>
> *Quem dera tivesse você causado tal revolução,*
> *Entrando no Éden e dele expulsando Adão.*

TECNICALIDADE, subs. f. Em um tribunal inglês, um homem chamado Home foi julgado por calúnia por ter acusado seu vizinho de homicídio. Suas palavras exatas foram: – Sir Thomas Holt pegou um cutelo e bateu com ele na cabeça de seu cozinheiro, de modo que um lado da cabeça caiu sobre um ombro, e o outro, sobre o outro. – O réu foi absolvido por instrução do tribunal, sustentando os doutos juízes que as palavras não acusavam homicídio, pois não afirmavam a morte do cozinheiro, sendo isso apenas uma inferência.

TÉDIO, subs. m. *Ennui*[156], estado ou condição de alguém que está entediado. Muitas derivações fantasiosas da palavra têm sido usadas, mas uma autoridade tão elevada quanto o padre Jape diz que ela vem de uma fonte muito óbvia – as primeiras palavras do antigo hino latino *Te Deum Laudamus*[157]. Nessa derivação aparentemente natural, há algo que nos entristece.

TELEFONE, subs. m. Invenção do Diabo que anula algumas das vantagens de fazer com que uma pessoa desagradável se mantenha distante.

TELESCÓPIO, subs. m. Dispositivo que está relacionado ao olho assim como o telefone em relação ao ouvido, permitindo que objetos distantes nos atormentem com uma infinidade de detalhes desnecessários. Felizmente, não está equipado com uma campainha que nos obrigue ao sacrifício.

TENACIDADE, subs. f. Certa qualidade da mão humana em sua relação com a moeda do reino a que pertence. Atinge seu maior desenvolvimento nas mãos da autoridade e é considerada um equipamento útil a uma carreira política. As seguintes linhas ilustrativas

---

156. "Tédio", em francês. (N. do T.)
157. "Louvamos a Ti, ó Deus", em latim. (N. do T.)

foram escritas acerca de um cavalheiro californiano de alta posição política, que faleceu e agora tem certas contas a prestar:

> Era tamanha a tenacidade de seu apertar
> Que nada de sua mão podia escapar.
> Unte enguias com manteiga à vontade,
> Em baldes com líquidos cheios de adiposidade;
> Tudo em vão... Por conta de sua grande retenção,
> Nem mesmo um só centímetro elas se moverão!
> É uma sorte ser ele tão capaz de planejar
> E que não venha da mão o seu respirar,
> Pois, se assim fosse, de tão grande sua ambição,
> Não demoraria muito a dar sua última inspiração.
> Mas isso seria bom, diria você. Inspirar, ele o faria,
> O problema é que nunca mais expiraria!

TEOSOFIA, subs. f. Antiga fé que detém toda a segurança da religião e todo o mistério da ciência. O teósofo moderno sustenta, tal como os budistas, que vivemos um número incalculável de vezes nesta terra, em vários corpos, porque uma vida não é suficientemente longa para o nosso desenvolvimento espiritual completo – ou seja, uma única vida não é suficiente para nos tornarmos tão sábios e bons quanto desejamos ser. Ser absolutamente sábio e bom – eis a perfeição. E o teosofista é tão perspicaz que observou que tudo aquilo que deseja melhorar eventualmente alcança a perfeição. Observadores menos competentes estão dispostos a aceitar tal fato, a não ser os gatos, que não parecem nem mais sábios nem melhores do que eram no ano passado. A maior e mais obesa dos teosofistas recentes era a falecida madame Blavatsky[158], que não tinha gatos.

TERRA, subs. f. Parte da superfície terrestre considerada propriedade. A teoria de que a terra é uma propriedade sujeita à posse e ao controle privados é a base da sociedade moderna e eminentemente digna de tal superestrutura. Levado isso à sua conclusão lógica, significa que alguns têm o direito de impedir outros de viver, já que o direito de possuir implica no direito de ocupar exclusivamente, e, de fato,

---

158. Elena Petrovna Blavátskaya (1831-1891), mais conhecida como Helena Blavatsky, foi uma prolífica escritora russa, responsável pela sistematização da moderna Teosofia, e cofundadora da Sociedade Teosófica. (N. do T.)

as leis de invasão da propriedade privada são promulgadas sempre que a propriedade da terra é reconhecida. Conclui-se, então, que, se toda a área de terra firme for propriedade de A, B e C, não haverá lugar para D, E, F e G nascerem ou, já nascidos como invasores, nem sequer existirem.

> Uma vida nas ondas do mar, que beleza,
> Um lar no profundo liquefeito,
> A centelha que ofereceu a natureza,
> De mantê-la tenho o direito.
>
> Eles vêm sempre me açoitar,
> Assim que me dirijo ao litoral.
> Então, ora bolas!, para lá não vou voltar...
> Tornei-me um comodoro natural!
>
> — Dodle

TINTA, subs. f. Composto vil de galato de ferro, goma arábica e água, usado principalmente para facilitar o contágio da idiotice e promover crimes intelectuais. As propriedades da tinta são peculiares e contraditórias: ela pode ser usada para construir reputações e desfazê-las; cobri-las de escuridão ou trazê-las à luz; mas é empregada de maneira mais geral e aceitável como argamassa, para unir as pedras de um edifício de fama, e como cal, para ocultar posteriormente a terrível qualidade do material. Há homens, chamados de jornalistas, que estabeleceram banhos de tinta nos quais certas pessoas pagam para entrar, ao passo que outras o fazem para deles sair. Não é raro que alguém que tenha pagado para entrar pague o dobro para sair.

TIPO, subs. m. Pedaço pestilento de metal suspeito de destruir a civilização e a iluminação, apesar de sua óbvia atuação neste incomparável dicionário.

TIRADA, subs. f. Observação contundente e inteligente, geralmente citada e raramente anotada; aquilo que o filisteu tem o prazer de chamar de "piada".

TITULAR, adj. e subs. 2g. Pessoa do mais vivo interesse para os substitutos.

TOLO, adj. e subs. m. Pessoa que permeia o domínio da especulação intelectual e se difunde pelos canais da atividade moral. Ele é onificente, oniforme, onipercipiente, onisciente, onipotente. Foi ele quem inventou as letras, a imprensa, a ferrovia, o barco a vapor, o telégrafo, a banalidade e o círculo das ciências. Ele criou o patriotismo e ensinou a guerra às nações – fundou a teologia, a filosofia, o direito, a medicina e Chicago. Estabeleceu um governo monárquico e republicano. Ele vem de uma eternidade a outra – tal como o amanhecer da criação o viu, continua tolo agora. Na manhã do tempo, cantava nas colinas primitivas e, ao meio-dia da existência, liderava a procissão do ser. Sua mão ancestral estava calorosamente aconchegada no pôr do sol da civilização, e, no seu crepúsculo, ele prepara a refeição noturna, com o leite e a moralidade do Homem, e vira as cobertas da sepultura universal. E, depois que todos nós nos retirarmos para a noite do esquecimento eterno, ele se sentará para escrever a história da civilização humana.

TOMAR, v. tr. Adquirir, frequentemente pela força – mas, de preferência, furtivamente.

TORTA, subs. f. Agente avançado da Morte, cujo nome verdadeiro é Indigestão.

> *A torta fria foi muito apreciada pelos restos mortais.*
>
> — Rev. dr. Mucker
> (no sermão fúnebre de um nobre britânico)

> *A torta fria é uma iguaria detestável*
> *Dos Estados Unidos, apenas comestível.*
> *É por isso que sempre me falta comida*
> *Tao longe da minha Londres querida.*

(Inscrição na lápide de um nobre britânico em Kalamazoo[159])

TORTURA, subs. f. Instrumento argumentativo bastante usado no passado para persuadir os devotos de uma falsa fé a abraçar a verdade viva. Como um chamado aos não convertidos, a tortura nunca teve nenhuma eficácia particular e, agora, é levianamente estimada pelo povo.

---

159. Cidade localizada no estado americano de Michigan. (N. do T.)

DICIONÁRIO DO DIABO

TRADIÇÃO, subs. f. Aprendizagem – em especial aquela que não se origina de um curso regular de instrução, mas da leitura de livros ocultos, ou naturalmente. Essa última é comumente designada de folclore e abrange popularmente mitos e superstições. Na obra *Mitos Curiosos da Idade Média*, de Baring-Gould[160], o leitor encontrará muitos deles traçados retroativamente, através de vários povos em linhas convergentes, em direção a uma origem comum na antiguidade remota. Entre elas, estão as fábulas "Teddy[161], o Assassino de Gigantes", "O Dorminhoco John Sharp Williams[162]", "Chapeuzinho Vermelho e o Monopólio do Açúcar", "A Bela e Brisbane[163]", "Os Sete Vereadores de Éfeso", "Rip Van Fairbanks[164]" e assim por diante. A fábula que Goethe relata de forma tão comovente sob o título de "O Conde-Rei" já era conhecida havia 2 mil anos na Grécia, como "As Pólis e a Indústria Infantil". Um dos mais conhecidos e antigos desses mitos é o conto árabe chamado "Ali Babá e os Quarenta Rockefellers[165]".

TRÉGUA, subs. f. Suspensão das hostilidades contra um assassino condenado, para permitir ao Executivo determinar se o assassinato não poderia ter sido cometido pelo promotor. Qualquer quebra na continuidade de uma expectativa desagradável.

> *Altgeld[166] estava em sua cama incandescente,*
> *Com um demônio à sua cabeceira presente.*
>
> *"Ó, cruel cozinheiro, por favor, conceda-me alguma atenuação...*
> *Alguma trégua da fogueira, por mais breve que seja sua duração.*
>
> *Lembre-se de como, na Terra, perdoei a cada amigo*
> *Seu de Illinois que, na prisão, era mantido de castigo."*

---

160. Reverendo Sabine Baring-Gould (1834-1924) foi um antiquário, romancista e estudioso britânico. (N. do T.)
161. Referência a Theodore Roosevelt Jr. (1858-1919), um estadista, militar, historiador, escritor e 26º presidente dos Estados Unidos, de 1901 a 1909. (N. do T.)
162. John Sharp Williams (1854-1932) foi um senador estadunidense. (N. do T.)
163. Referência a Arthur Brisbane (1864-1936), um dos maiores editores de jornais dos Estados Unidos no início do século XX. (N. do T.)
164. Referência à família Fairbanks, uma das mais influentes e poderosas famílias dos Estados Unidos desde o século XVII. (N. do T.)
165. Referência aos Rockefeller, família de banqueiros, industriais e políticos que se tornou uma das mais ricas e influentes dos Estados Unidos, com uma fortuna baseada no ramo do petróleo durante os séculos XIX e XX. (N. do T.)
166. John Peter Altgeld (1847-1902) foi um político estadunidense e governador do estado de Illinois. (N. do T.)

> *"Alma infeliz! Só por isso vem você se contorcer*
> *Sobre o fogo eterno, um verme que nunca há de morrer?*
>
> *No entanto, por ter pena de seu estado lamentável,*
> *Hei de diminuir sua condenação, e tornar sua dor tolerável.*
>
> *Nada, por um período, seu conforto prejudicará,*
> *E nem mesmo de quem você é se lembrará."*
>
> *Por todo o espaço eterno, um terrível silêncio recaiu;*
> *E o Céu tremeu quando a Compaixão no Inferno se viu.*
>
> *"Enquanto, doce demônio, a minha trégua durar,*
> *Como governador destas bandas, uma trégua vou lhe dar.*
>
> *Há de levar o mesmo tanto que para a prisão voltar levou*
> *Cada um daqueles que você de lá mesmo expulsou."*
>
> *E pela pele de Altgeld perpassou um arrepio genial*
> *Enquanto viravam-no para tostar o lado da dorsal.*
>
> — Joel Spate Woop

TRIBUNA, subs. f. Em latim, *rostrum*, nome do bico de um pássaro ou da proa de um navio. Nos Estados Unidos, tornou-se sinônimo de lugar em que um candidato a cargo público expõe energicamente a sabedoria, a virtude e o poder do populacho.

TRIGO, subs. m. Cereal a partir do qual se pode fazer um uísque razoavelmente bom com certa dificuldade – e que também é usado para fazer pão. Dizem que os franceses comem mais pão per capita do que qualquer outro povo – o que é natural, pois só eles sabem como tornar aquele produto saboroso.

TRINDADE, subs. f. No teísmo multiplicador de certas igrejas cristãs, três divindades inteiramente distintas que consistem em apenas uma. Divindades subordinadas da fé politeísta, como demônios e anjos, não são dotadas do poder de combinação e devem insistir individualmente em suas reivindicações de adoração e propiciação. A Trindade é um dos mistérios mais sublimes da nossa santa religião. Ao rejeitá-lo por ser incompreensível, os unitaristas mostram sua inadequada compreensão dos fundamentos teológicos. Na religião, acreditamos apenas naquilo que não entendemos, a não ser em caso de uma doutrina inteligível que contradiga uma doutrina incompreensível. Nesse caso, acreditamos que a primeira faz parte da última.

TRIQUINOSE, subs. f. Resposta do porco aos defensores da "porcofagia".

> *Moses Mendelssohn[167], tendo adoecido, procurou um médico cristão, que imediatamente diagnosticou o distúrbio do filósofo como triquinose, mas, com tato, deu-lhe outro nome.*
>
> *— Você precisa de uma mudança imediata na dieta — disse ele. — Deve comer 170 gramas de carne de porco todos os dias.*
>
> *— Carne de porco? — exclamou o paciente. — Porco? Nada me levará a tocar nele!*
>
> *— Tem certeza disso? — o médico perguntou, gravemente.*
>
> *— Juro!*
>
> *— Bom! Então, encarregarei-me de curá-lo.*

TROGLODITA, adj. e subs. 2g. Especificamente, um habitante de cavernas do período paleolítico, surgido depois da Árvore e antes da Terra Plana. Uma famosa comunidade de trogloditas residia com Davi na Caverna de Adulão. Tal colônia era morada de "todos os que estavam em perigo, todos os que estavam endividados e todos os que estavam descontentes" – em resumo, todos os socialistas da Judeia.

TROMBA, subs. f. Órgão rudimentar de um elefante que lhe serve no lugar do garfo e da faca – algo que a Evolução lhe negou. Para fins humorísticos, também é popularmente chamada de trompa.

> *Ao ser questionado sobre como sabia que um elefante estava viajando, o ilustre Joe Miller lançou um olhar de reprovação ao seu algoz e respondeu, distraidamente: — Quando a trompa estiver em desarmonia — e atirou-se ao mar de um elevado promontório. Assim pereceu no seu orgulho o mais famoso humorista da antiguidade, deixando à humanidade uma herança de desgraças! Nenhum sucessor digno desse título apareceu, embora o sr. Edward Bok[168], do Ladies' Home Journal, seja muito respeitado pela pureza e doçura de seu caráter pessoal.*

---

167. Moses Mendelssohn (1729-1786) foi um filósofo iluminista judeu alemão. (N. do T.)
168. Edward William Bok (1863-1930) foi um editor estadunidense, vencedor do Prêmio Pulitzer. (N. do T.)

TSÉ-TSÉ, subs. 2g. Inseto africano (*Glossina morsitans*) cuja picada é comumente considerada o remédio mais eficaz da natureza para a insônia, embora alguns pacientes prefiram o do romancista americano (*Mendax interminabilis*).

TUMBA, subs. f. Casa da Indiferença. Atualmente, as tumbas são, de comum acordo, investidas de uma certa santidade, mas, quando estão ocupadas há muito tempo, não é considerado pecado quebrá-las e explorá-las, disse o famoso egiptólogo dr. Huggyns, explicando que uma tumba pode ser inocentemente "removida" assim que seu ocupante parar de "feder" – sua alma terá sido completamente expelida. Em nossos dias, essa razoável visão é geralmente aceita pelos arqueólogos, o que faz com que a nobre ciência da Curiosidade seja largamente dignificada.

TÚMULO, subs. m. Local onde os mortos são depositados, à espera da chegada do estudante de medicina.

> *Ao lado de uma solitária sepultura eu estava –*
> *De arbustos encontrava-se ele coberto;*
> *Na floresta gemiam os ventos, bem perto,*
> *Sem serem ouvidos por quem cochilava,*
>
> *Para um camponês ao lado, disse então:*
> *"Ele, o sopro, não é capaz de escutar!".*
> *"Claro que não", respondeu, "o sujeito acaba de expirar…*
> *O que acontece não consegue ouvir, não."*
>
> *"É verdade", disse eu, "é verdade, infelizmente…*
> *Nenhum som pode seus sentidos agitar!"*
> *"Ora, meu senhor, no que isso pode lhe afetar?*
> *O morto não mexe com a gente."*
>
> *Ajoelhei-me e orei: "Ó Pai, sorria*
> *Para ele, dele tenha piedade!".*
> *E o camponês fitou-me, com gravidade,*
> *E disse: "Mas você não o conhecia!".*

— Pobeter Dunko

UBIQUIDADE, subs. f. Dom ou poder de estar em todos os lugares ao mesmo tempo, mas não em todos os lugares e em todos os momentos, que é a onipresença, um atributo apenas de Deus e do éter luminoso. Essa importante distinção entre a ubiquidade e a onipresença não era clara para a Igreja medieval, e houve muito derramamento de sangue por isso. Certos luteranos, que afirmavam a presença do corpo de Cristo em todos os lugares, eram conhecidos como ubiquitários. Foram sem dúvida condenados por esse erro, já que o corpo de Cristo está presente apenas na eucaristia, embora esse sacramento possa ser realizado em mais de um lugar simultaneamente. Nos últimos tempos, a onipresença nem sempre tem sido compreendida – nem mesmo por sir Boyle Roche[169], por exemplo, que afirmou que um homem não pode estar em dois lugares ao mesmo tempo, a menos que se torne um pássaro.

ULTIMATO, subs. m. Na diplomacia, última exigência antes de recorrer a concessões.

> *Tendo recebido um ultimato da Áustria, o Ministério turco reuniu-se para considerá-lo.*
>
> *— Ó, servo do Profeta, — disse o xeque do Chibouk Imperial ao mamude do Exército Invencível — quantos soldados invencíveis temos no exército?*
>
> *— Defensor da Fé, — respondeu o dignatário, depois de examinar seus memorandos — eles são tão numerosos quanto as folhas que há na floresta!*
>
> *— E quantos navios de guerra impenetráveis aterrorizam o coração de todos os porcos cristãos? — ele perguntou ao imã da Marinha Sempre Vitoriosa.*
>
> *— Tio da Lua Cheia, — foi a resposta — dignifico-me a dizer que são, em número, tantos quanto as ondas do oceano, as areias do deserto e as estrelas do Céu!*

---

169. Sir Boyle Roche (1736-1807) foi um político irlandês. (N. do T.)

> *Durante oito horas, a larga testa do xeque do Chibouk Imperial ondulou-se em evidência de profunda reflexão: ele estava calculando as probabilidades da guerra. Então, disse:*
> *— Filhos dos anjos, a sorte está lançada! Sugerirei ao ulemá do Ouvido Imperial que ele aconselhe a não agirmos. Em nome de Alá, o conselho está encerrado.*

UNÇÃO, subs. f. Lubrificação ou oleação. O rito da extrema-unção consiste em tocar com óleo consagrado por um bispo várias partes do corpo de alguém que está morrendo. Marbury[170] relata que, depois que o rito foi administrado a um certo perverso nobre inglês, descobriu-se que o óleo não havia sido consagrado adequadamente e nenhum outro poderia ser obtido. Ao ser informado disso, o doente disse, com raiva:

> — Ora, deixarei de ser eu mesmo se morrer!
> — Meu filho, — disse o padre — é exatamente isso que tememos.

UNGIR, v. tr. Untar um rei ou outro importante funcionário já suficientemente escorregadio.

> *Assim como os soberanos são pelo sacerdócio ungidos,*
> *Para liderar o populacho são os porcos recheados e cozidos.*
>
> *— Judibras*

UNITARISTA, adj. e subs. 2g. Aquele que nega a divindade de um Trinitário.

UNIVERSALISTA, adj. e subs. 2g. Aquele que abre mão da vantagem de um Inferno em prol das pessoas de outras fés.

URBANIDADE, subs. f. Tipo de civilidade que os observadores urbanos atribuem aos moradores de todas as cidades, a não ser dos de Nova York. Sua expressão mais comum é ouvida na palavra "perdão", e não se mostra inconsistente com o desrespeito pelos direitos dos outros.

> *Em uma colina muito distante se encontrava*
> *O dono de um moinho de pólvora, que ali meditava...*
> *De algo sua mente havia suspeitado...*

---

170. William Marbury (1762-1835) foi um empresário estadunidense dos séculos XVIII e XIX. (N. do T.)

Então, do céu sem nuvens caiu
Um rim humano! De onde aquilo saiu?
O moinho do homem tinha estourado.
O chapéu, da cabeça, ele tirou:
"Perdão, meu senhor", falou,
"Não sabia que estava carregado".

— Swatkin

USO, subs. m. Primeira Pessoa da Trindade literária, sendo a Segunda e a Terceira o Costume e a Convenção. Imbuído de certa honesta reverência por essa Tríade Sagrada, um escritor diligente pode esperar produzir livros que haverão de durar tanto quanto a moda.

UVA, subs. f.

Salve, nobre fruta! Por Homero cantada,
Anacreonte[171] e Caiam[172] também;
Sua glória para sempre está ostentada
Na língua de homens que de mim vão além.

A lira nunca percorreu, em minha mão,
A canção que não posso oferecer:
Por favor, aceite meu dever de submissão...
E aquele que de você escarnece hei de abater.

E cada bebedor de água, cada reclamão
Que carrega seu cantil com birita...
Seus ventres de tragos carregarei com exultação,
E neles baterei com minha clava desdita.

Encha, até a boca, pois esfria a sabedoria
Quando deixamos o vinho descansar.
Eis a morte, aos tolos da Lei Seca sombria
E a toda praga que a videira infestar!

— Jamrach Holobom

UXÓRIO, adj. m. Afeto pervertido desviado na direção da própria esposa.

---

171. Anacreonte (563 a.C.-478 a.C.) foi um poeta lírico grego. (N. do T.)
172. Omar Caiam (1048-1131) foi um poeta, matemático e astrônomo persa. (N. do T.)

AMBROSE BIERCE

VALOR, subs. m. Mistura militar que envolve vaidade, dever e a esperança de um apostador.

> — Por que você parou? — rugiu o comandante de uma divisão em Chickamauga[173], que havia ordenado um ataque. — Avance, meu senhor, imediatamente.
>
> — General, — disse o comandante da brigada desobediente — estou convencido de que qualquer nova demonstração de valor por parte de minhas tropas as colocará em colisão com o inimigo.

VAIDADE, subs. f. Homenagem de um tolo ao valor do burro mais próximo.

> Dizem que as galinhas mais alto cacarejam
> Se não há vida no ovo posto;
> E há galinhas que têm proposto
> Um estudo da humanidade, em que ensejam
> Que homens cujo ofício é a língua ou a caneta dirigir
> Fazem a mais clamorosa fanfarronada
> Sobre seu trabalho que não vale nada;
> E temo que, em relação às galinhas, nada há a lhes distinguir.
> Olhem só! O comandante de campo em seu casaco dourado,
> Seu chapéu alto e sua farda radiante...
> Imperativamente pomposo, grandiosamente ousado,
> Sombrio, resoluto, um sujeito estimulante!
> Quem diria que a única virtude deste lindo ser
> É o fato de que, na batalha, ele nunca o fará sofrer?
>
> — Hannibal Hunsiker

---

173. Batalha de Chickamauga, travada entre 18 e 20 de setembro de 1863, entre as forças americanas e confederadas na Guerra de Secessão Americana (1861-1865). (N. do T.)

VELHO, adj. e subs. m. No estágio de utilidade que não é inconsistente com a ineficiência geral, no caso de um homem velho. Desacreditado pelo tempo e ofensivo ao gosto popular, no caso de um livro velho.

> "Livros velhos? Que o diabo os leve!", Goby disse de, supetão.
> "Todos os dias, frescos devem ser meus livros e meu pão."
> A regra de Goby a própria natureza adota,
> Dando-nos a cada instante um novo idiota.
>
> — Harley Shum

VERDADE, subs. f. Engenhosa combinação de desejo e aparência. A descoberta da verdade é o único propósito da filosofia, a mais antiga ocupação da mente humana, e tem boas perspectivas de continuar a existir – com atividade crescente – até o fim dos tempos.

VERDADEIRAMENTE, adv. Talvez; possivelmente.

VERDADEIRO, adj. m. Burro e analfabeto.

VEREADOR, subs. m. Astuto criminoso que encobre seus roubos secretos fingindo realizar saques às claras.

VERSO BRANCO, exp. Pentâmetros iâmbicos sem rima – o tipo de verso inglês mais difícil de escrever de forma aceitável e, por isso, muito utilizado por aqueles que não conseguem escrever de forma aceitável nenhum outro tipo.

VEZ, subs. f. Suficiente, quando equivalente a uma só unidade.

VÍBORA, subs. f. Espécie de cobra. Assim chamada por seu hábito de somar despesas funerárias aos demais gastos de subsistência.

VIDA, subs. f. Apuro espiritual que preserva o corpo da decomposição. Vivemos diariamente na apreensão da sua perda; no entanto, quando ela é perdida, nada se perde. A pergunta "Vale a pena viver?" tem sido muito discutida, particularmente por aqueles que pensam que não, muitos dos quais, tendo escrito extensamente em suporte à sua própria opinião e, pela observância cuidadosa das leis da saúde, desfrutaram por longos anos das honras de uma controvérsia bem-sucedida.

> "A vida não vale a pena ser vivida, eis a verdade",
> Descuidado cantava o jovem de tenra idade.
> Já adulto, ele continuava com o mesmo modo de ver
> E com ainda mais força o sustentou ao envelhecer.

> Mas, com oitenta e três anos, ao ser chutado por um rapagão,
> Não demorou a gritar: "Tratem de me buscar um cirurgião!".
>
> — Han Soper

VILÃO, adj. e subs. m. Homem cujas qualidades, preparadas para ser expostas como uma caixa de frutas silvestres no mercado – com as boas por cima – foram abertas do lado errado. Cavalheiro às avessas.

VINHO, subs. m. Suco de uva fermentado conhecido pela União Cristã de Mulheres como "licor" e, às vezes, como "rum". O vinho, minha senhora, é o segundo melhor presente de Deus para o homem.

VIOLINO, subs. m. Instrumento para fazer cócegas nos ouvidos humanos por meio da fricção do rabo de um cavalo nas entranhas de um gato.

> A Roma disse Nero: "Se você se virar para fumar,
> Tocarei o violino até o queimar".
> A Nero, Roma respondeu: "Por favor, faça o seu pior,
> Eis a minha desculpa para dizer que não pode fazer melhor".
>
> — Orm Pudge

VIRTUDES, subs. f. pl. Certas abstenções.

VÍSCERAS, subs. f. pl. Estômago, coração, alma e outras entranhas. Muitos eminentes pesquisadores não classificam a alma como uma víscera, mas aquele perspicaz observador de renomada autoridade, o dr. Gunsaulus, está convencido de que o misterioso órgão conhecido como baço é nada menos que nosso componente imortal. Por sua vez, o professor Garrett P. Servis sustenta que a alma do homem é o prolongamento de sua medula espinhal, que forma o cerne da sua ausência de cauda e, como demonstração de sua crença, cita – todo confiante – o fato de os animais com cauda não terem alma. No que diz respeito a essas duas teorias, é melhor suspender qualquer julgamento, acreditando em ambas.

VITUPÉRIO, subs. m. Sátira, tal como entendida pelos burros e por todos aqueles que sofrem de algum obstáculo à inteligência.

VIÚVA, subs. f. Patética figura que o mundo cristão aceitou encarar com humor, embora a ternura de Cristo para com as viúvas fosse um dos traços mais marcantes do seu caráter.

VOLUBILIDADE, subs. f. Saciedade reiterada de um afeto diligente.

VORACIDADE, subs. f. Providência sem trabalho. Poupança do poder.

VOTAR, v. tr. Instrumento e símbolo do poder de um homem livre com o intuito de fazer papel de bobo e destruir seu país.

W (dábliu). De todas as letras do alfabeto inglês, é a única cujo nome é complicado, já que os nomes das demais são monossilábicos. Essa vantagem do alfabeto romano sobre o grego é ainda mais valorizada depois de se soletrar de forma audível alguma palavra grega simples, como *epixoriambikos*. Ainda assim, os eruditos agora pensam que outras instâncias – além da diferença entre os dois alfabetos – podem ter contribuído para o declínio da "glória que um dia foi a Grécia" e na ascensão da "grandeza que foi Roma". Não pode haver dúvida, contudo, de que, ao simplificar o nome da letra "w" (chamando-a de "uau", por exemplo), a nossa civilização poderia ser, se não mais evoluída, ao menos mais tolerável.

WALL STREET, subs. comp. m. Símbolo do pecado que todo demônio deve repreender. Que Wall Street seja um covil de ladrões é uma crença que serve a todo salafrário malsucedido com alguma esperança de alcançar o Céu. Até mesmo o grande e bom Andrew Carnegie[174] fez a sua profissão de fé nesse assunto.

> *Carnegie, o destemido, pronunciou aos berros seu clamor*
> *À batalha: "Todo corretor de ações é um explorador!".*
> *Carnegie, Carnegie, você nunca há de predominar,*
> *Mantenha o vento de seu slogan para a sua vela tremular,*

---

174. Andrew Carnegie (1835-1919) foi um empresário e filantropo escocês. (N. do T.)

> *Volte para a sua ilha de perpétua cerração,*
> *Livre-se do kilt e da pena, silencie sua canção:*
> *Ben Lomond[175] chama seu filho do combate armado...*
> *Voe, voe da região de Wall Street, fique bem afastado!*
> *Enquanto você ainda possui um único vintém*
> *(Oxalá fosse eu um dos herdeiros também),*
> *Seria sensato de quaisquer guerras financeiras regredir,*
> *Assim o valor de seu crédito não haverá de cair.*
> *Para um homem entre rei das finanças e o mar,*
> *Ai, Carnegie, sua língua exagera no falar!*
>
> — Banco Anônimo

WASHINGTONIANO, adj. m. Membro da tribo Potomac que trocou o privilégio de governar a si mesmo pelas vantagens de um bom governo. Para lhe fazer justiça, deveriam dizer que não se tratava de algo que ele quisesse fazer.

> *Tiraram-lhe o voto e deram-lhe, no lugar,*
> *O direito, tendo-o merecido, de seu pão mastigar.*
> *Ele clama por seu "chefe", pobre coitado (foi tudo em vão!),*
> *Pedindo-lhe que volte e afaste-o logo de sua obrigação.*
>
> — Offenbach Stutz

WHANGDEPOOTENAWAH, subs. m. "Desastre", na língua ojibwa. Aflição inesperada que golpeia com força.

> *Se você me perguntar de onde vem esse riso,*
> *De onde vem esse grande sorriso audível,*
> *Com sua extensão labial,*
> *Com sua distorção maxilar,*
> *E seu ritmo diafragmático*
> *Como o ondular de um oceano,*
> *Como o tremular de um tapete,*
> *Eu responderia, eu deveria lhe dizer:*
> *Das grandes profundezas do espírito,*
> *Do abismo não mergulhado,*

---

175. Montanha situada na região das *Highlands* ("Terras Altas") da Escócia. (N. do T.)

Da alma esse riso brota,
Como a fonte, o borbulhar,
Como o rio do cânone,
Para entoar e avisar
Que agora meu humor está ensolarado.
Se você me fizer mais perguntas...
Por que as grandes profundezas do espírito,
Por que o abismo não mergulhado
Da alma expulsa esse riso,
Esse grande sorriso audível?
Eu deveria responder, eu deveria lhe dizer
Com um coração branco, taciturno,
Com um língua verdadeira, honesto indígena:
William Bryan[176], *ele pegou,*
Ele pegou Whangdepootenawah!

Por acaso não é o grou-canadense, com seu crocitar,
No meio do pântano, mergulhado até os joelhos,
Mergulhado, em silêncio, até os joelhos,
Com as pontas das asas cruzadas atrás
E seu pescoço junto ao corpo,
Com seu bico, seu biquinho, enterrado
E caído sobre o peito,
Com a cabeça retraída, para dentro,
Enquanto seus ombros despontam para fora?
Por acaso o grou-canadense, com seu crocitar,
Estremece, acinzentado, diante do vento norte,
Desejando ter morrido quando pequeno,
Assim como faz o pardal, com seu trinar?
Não, não é o Crocitador que se põe de pé,
Mergulhado no pântano cinzento e sombrio,
Cinzento e sombrio até os joelhos.
Não, é o incomparável William Bryan
Percebendo que ele pegou,
Pegou Whangdepootenawah!

---

176. William J. Bryan (1860-1925) foi um advogado e político estadunidense. (N. do T.)

X. Em nosso alfabeto, sendo uma letra desnecessária, tem uma invencibilidade adicional aos ataques dos reformadores ortográficos e, como eles, sem dúvida durará tanto quanto a língua. X é o símbolo sagrado da nota de dez dólares e, em uma sigla como PX, representa Cristo – e não, como se supõe popularmente, por representar uma cruz, mas porque a letra correspondente no alfabeto grego é a inicial de seu nome – *Xristos*. Se representasse uma cruz, representaria Santo André, que "testemunhou" sobre uma cruz com esse formato. Na álgebra da psicologia, "x" representa a mente da mulher. Palavras que começam com X são de origem grega e não são definidas em um dicionário padrão.

XERIFE, subs. m. Nos Estados Unidos, diretor-executivo de um condado, cujas funções mais características, em alguns estados do oeste e do sul, são capturar e enforcar bandidos.

> *John Elmer Pettibone Cajeem (um ser*
> *Sobre quem não sinto alegria em escrever),*
> *Pior sujeito que poderia sobre a terra viver.*
>
> *"Eu juro!", comentavam frequentemente,*
> *"Nunca o sol olhou para um tipo de gente*
> *Tão mau quanto John, o vizinho indecente."*
>
> *Íntegro pecador, tinha ele outro defeito,*
> *Completamente louco ficava, não havia jeito,*
> *Se soubesse que havia outro mau – e pior – sujeito.*
>
> *Nesse caso, achava certo se levantar*
> *A qualquer hora da noite, e assim tratar*
> *De a luz da tal pessoa perversa apagar.*

A despeito dos pedidos da cidade, o arrastaria
Até a árvore mais próxima e, que coisa mais fria!,
Balançando livremente seu corpo deixaria.

Ou, às vezes, com um humor sem censura,
A estrutura relutante da azarada criatura
Era entregue à labareda mais pura.

Enquanto ficava ela tostada e ardente,
John, despreocupado, fitava toda a gente,
Daquela cidade justa e decente.

"Que tristeza", dizia a vizinhança benquista,
"Que ele despreze toda lei altruísta...
Que seja ele um a-nar-quis-ta."

(Eis a maneira que eles preferiram usar
Para palavra tão abominável pronunciar,
Tão grande aversão John foi neles despertar.)

"Resolvido está", disseram, em seguida,
"John, o Malfeitor, deve parar com essa vida,
E jamais continuar com essa coisa proibida."

"Por estas relíquias sagradas" – nesse momento,
Cada homem mostrou o seu memento
Recolhido em um pretérito linchamento...

"Por isso juramos que por fim ele abandonará
Seus caminhos, nem doer nossos corações fará,
Com cordas, tochas, estacas, não mais nos matará.

Sua mão direita vermelha vamos amarrar
Até que não tenha mais liberdade para realizar
Os mandatos de seu ilícito legado sem par."

E, naquele instante, naquela reunião,
Nomearam-no xerife do lugar, então.
Dizem, a nomeação foi arrematada em oração.

— J. Milton Sloluck

XINGAMENTO, subs. m. Invectiva de um oponente.

ZANZIBARITA, adj. e subs. 2g. Habitante do Sultanato de Zanzibar, na costa oriental da África. Os zanzibaritas, um povo guerreiro, são mais conhecidos neste país por conta de um ameaçador incidente diplomático ocorrido há alguns anos. O cônsul americano na capital ocupava uma residência de frente para o mar, com uma praia de fina areia entre ambos. Para grande escândalo da família desse funcionário, e contra repetidos protestos do próprio, a população da cidade persistia em usar a praia para tomar banho. Certo dia, uma mulher desceu até a beira d'água e estava se abaixando para tirar a roupa (um mero par de sandálias) quando o cônsul, indignado além da conta, disparou uma carga de tiro de chumbinho na parte mais visível da sua pessoa. Infelizmente para a cordialidade existente entre duas grandes nações, tratava-se da sultana.

ZELO, subs. m. Certo distúrbio nervoso que aflige os jovens e inexperientes. Paixão que precede a efusão.

> *Quando Zelo buscou a Gratidão pelos favores seus,*
> *Partiu imediatamente, exclamando: "Ó, meu Deus!".*
> *"O que você quer?" perguntou-lhe Deus, se curvando.*
> *"Uma pomada para a minha cabeça, que está sangrando."*
>
> — Jum Coople

ZÊNITE, subs. m. Ponto no céu diretamente acima de um homem em pé ou de um repolho crescendo. Tanto um homem na cama quanto um repolho na panela não são considerados como tendo zênite, embora desse ponto de vista da questão houvesse, certa vez, uma considerável divergência entre os eruditos, alguns sustentando que a postura do corpo era imaterial. Tais teóricos eram chamados de Horizontalistas, e seus oponentes, de Verticalistas. A heresia horizontalista foi finalmente extinta por Xanobus, o rei-filósofo de Abara, um zeloso verticalista. Ao entrar em uma assembleia de filósofos que debatiam o assunto, ele lançou uma cabeça humana decepada aos pés dos seus oponentes e pediu-lhes que determinassem o seu zênite, explicando que seu corpo estava pendurado pelos calcanhares do lado de fora. Observando que era a cabeça de seu líder, os horizontalistas apressaram-se a professar sua conversão a qualquer opinião que a Coroa quisesse defender, e o horizontalismo tomou o seu lugar entre os *fides defuncti*[177].

ZEUS, subs. m. Chefe dos deuses gregos, adorado pelos romanos como Júpiter e pelos americanos modernos como Deus, Ouro, Multidão e Cão. Alguns exploradores que chegaram às costas da América – e um outro que professa ter penetrado uma distância considerável até o interior – acreditavam que esses quatro nomes representavam um sem-número de divindades distintas, mas, no seu trabalho monumental sobre Fés Sobreviventes, Frumpp insiste que os nativos são monoteístas, sem nenhum outro deus além de si mesmos, a quem adoram sob muitos nomes sagrados.

ZIGUEZAGUEAR, v. int. Avançar de modo incerto, de um lado para o outro, como quem carrega o fardo do homem branco. (De zig, "z", e *jag*, palavra islandesa de significado desconhecido.)

> *Ele ziguezagueou de modo tão incomum*
> *Que ninguém conseguia passar por lado nenhum;*
> *Então, para com segurança por ele passar,*
> *Tive que me forçar a do ziguezague desviar.*
>
> — Munwele

ZOOLOGIA, subs. f. Ciência e história do reino animal, incluindo seu rei, a Mosca Doméstica (*Musca maledicta*). O pai da Zoologia foi Aristóteles, como é universalmente reconhecido, mas o nome da sua mãe não chegou até nós. Dois dos mais ilustres expositores dessa ciência foram Buffon[178] e Oliver Goldsmith[179], de quem aprendemos (*L'Histoire Générale des Animaux* e *A History of Animated Nature*[180]) que a vaca doméstica troca os chifres a cada dois anos.

---

177. "Persuasão do falecido", em latim. (N. do T.)
178. Georges-Louis Leclerc, conde de Buffon (1707-1788), foi um naturalista, matemático e escritor francês. (N. do T.)
179. Oliver Goldsmith (c. 1728-1774) foi um médico e escritor irlandês. (N. do T.)
180. "História Geral dos Animais", em francês, e "Uma História da Natureza Animada", em inglês, respectivamente. (N. do T.)